DE LA SCIENCE À L'IGNORANCE

DU MÊME AUTEUR

Livres

Niels Bohr, Critérion, 1990. Nouvelle édition revue et augmentée : *Niels Bohr et la physique quantique*, collection « Points Sciences », Éditions du Seuil, 2001.

Cours de physique : DEUG, 1re année, Ellipses, 1993.

L'Autorité de la science, Éditions du Cerf, 1995.

Le Chaos, collection « Que sais-je ? », P.U.F., 1999 ; édition revue, 2002. (Traduit en chinois)

La Science suicidaire, F.-X. de Guibert, 1999.

Contributions à des ouvrages collectifs

Le Chaos et l'Occident, dans : B. d'Espagnat (dir.), *Implications philosophiques de la science contemporaine*, PUF, 2001.

Niels Bohr : un malentendu prolongé, dans : M. Espinoza (dir.), *De la science à la philosophie, Hommage à Jean Largeault*, L'Harmattan, Paris, 2001.

FRANÇOIS LURÇAT

DE LA SCIENCE À L'IGNORANCE

Essai

ÉDITIONS DU
ROCHER
Jean-Paul Bertrand

« Esprits libres »
Une collection dirigée
par Chantal Chawaf

Annie Cohen, *La Langue blanche des rouleaux d'écriture*
Jean-Paul Goux, *La Voix sans repos*
Liliane Lurçat, *La Manipulation des enfants*
Catherine Rihoit, Olivier Schatzky, *La Société de la fin du spectacle*

ISBN 2 268 04523 4

Pour Liliane, à qui ils n'en ont pas fait accroire

Nous entendons par civilisation la culture consciente de l'humanité, c'est-à-dire de ce qui fait d'un être humain un être humain : la culture consciente de la raison. La raison humaine est active, avant tout, de deux manières : en tant qu'elle règle la conduite humaine et en tant qu'elle tente de comprendre tout ce que l'homme peut comprendre ; en tant que raison pratique et en tant que raison théorique. Les piliers de la civilisation sont par conséquent la morale et la science, et les deux ensemble. Car la science sans la morale dégénère en cynisme et détruit ainsi la base de l'effort scientifique lui-même ; et la morale sans la science dégénère en superstition et risque ainsi de se muer en cruauté fanatique. La science est la tentative de comprendre l'univers et l'homme ; elle est par conséquent identique à la philosophie ; elle n'est pas nécessairement identique à la science *moderne*.

Leo Strauss[1]

Le problème de l'origine de la physique mathématique est le problème crucial de l'histoire moderne et de la pensée moderne.

Jacob Klein[2]

Un fil conducteur : science et totalitarisme

Ceci n'est pas un ouvrage pour spécialistes, et pas non plus un livre de vulgarisation scientifique : c'est un essai sur la situation paradoxale de la science dans le monde contemporain. La science est devenue l'autorité suprême, pour ne pas dire unique – mais nous ne savons ni la comprendre, ni la distinguer de ses imitations grossières et destructrices. Elle s'était fixé, dès le début des temps modernes, un but : comprendre le monde pour le maîtriser ; rendre l'homme, selon la célèbre formule de Descartes, « comme maître et possesseur de la nature ». Nous savons aujourd'hui que la maîtrise est matériellement impossible. (La quantité d'énergie mise en jeu dans un tremblement de terre ou dans un ouragan dépasse très largement ce que nous pouvons produire ou dominer.) Mais il est apparu aussi que les efforts vers la maîtrise sont gros de dangers imprévus.

Le plus grave et le moins perçu de ces dangers n'est pas matériel, mais culturel et moral. Car les sciences, fruit de l'exercice assidu d'une certaine forme de pensée rationnelle, apparaissent désormais – avec la complicité active ou passive de la « communauté scientifique » – comme la forme la plus efficace de la magie. Cette transmutation, opérée sous la houlette des médias par la pensée consensuelle, ne relève pas de la rationalité scientifique dans sa rigueur mais de sa maladie chronique, qu'on appelle le *scientisme* *. Les scientistes attribuent aux méthodes et aux modes de pensée de la physique une portée sans limites ; ils travaillent ainsi à détruire les fondements de notre civilisation, à commencer par l'instruction publique. Sur le chemin qui va de la science à l'ignorance, nous sommes déjà allés très loin.

J'aborde ici les problèmes posés par notre usage de la science en fonction d'un de leurs aspects : le côté culturel, ou pour mieux dire : le versant moral de la civilisation, par opposition à son versant matériel. Car les sciences ne sont pas seulement des systèmes de connaissances et de moyens d'action : elles définissent depuis leurs débuts – inséparables de ceux de la philosophie – une manière de comprendre le monde où nous vivons – monde naturel et monde humain, étroitement liés et pourtant bien distincts.

Approche culturelle des problèmes et donc, nécessairement, approche historique. Les deux premiers chapitres de cet essai résument à grands traits l'histoire de la physique depuis Galilée. Une des conclusions que l'on peut tirer de cette histoire, c'est qu'elle concerne une science bien particulière, qui a son objet et ses méthodes propres. Les spéculations scientistes, qui de nos jours jouent le rôle d'une pensée officielle, ne s'appuient pas à bon droit sur la science mais sur ce qu'il y a de plus spéculatif, de moins fondé dans la métaphysique occidentale.

Cet essai prend la suite de deux livres antérieurs [1], recueils d'articles qui étudiaient des points particuliers tout en cherchant aussi quelles conclusions pouvaient en découler du point de vue de l'histoire de l'Occident. Une interrogation parcourait ces esquisses : comment la civilisation qui a porté si loin la rationalité scientifique a-t-elle pu accoucher aussi de la barbarie qui s'est donné libre cours tout au long du XXe siècle ? Comment se fait-il que l'on trouve dans la même histoire une certaine rationalité théorique et pratique portée à son plus haut point d'efficacité, et le comble de la négation de l'humain, dans les idées et dans les actes ?

Une première clé pour répondre à la question peut être trouvée dans un fait d'observation courante : c'est dans la pensée des mêmes personnes, des mêmes groupes sociaux et des mêmes institutions que l'on rencontre, d'une part cette forme de rationalité, d'autre part cette extrême inhumanité. La fascination exercée hier par le nazisme et par le communisme, aujourd'hui par le totalitarisme islamiste, atteint son maximum dans les milieux scientifiques. Ce phénomène s'étend sur plus d'un siècle, dans différents pays et à des époques différentes.

Pour Leo Strauss il n'y avait pas là de paradoxe. « La tyrannie d'aujourd'hui, écrivait-il en 1954, contrairement à la tyrannie classique, se fonde sur le progrès illimité de la “conquête de la nature” que la science moderne a rendu possible, ainsi que sur la vulgarisation ou sur la diffusion de la connaissance philosophique ou scientifique [2]. »

Le philosophe ne mettait pas en cause la science comme connaissance rationnelle, mais en tant qu'elle rend possible une possession de la nature sans limite et sans frein. Sa thèse était en somme la suivante : une civilisation qui ne reconnaît plus qu'une seule autorité, celle de la science, est par là même incapable de s'imposer les limites qui s'imposent. Nous pouvons apprécier aujourd'hui la profondeur des vues de Strauss. En liant constamment les connaissances philosophiques ou scientifiques à des thèses idéologiques, en les diffusant sur un fond d'ignorance généralisée, on mine par avance la résistance aux forces totalitaires qui se manifestent dans le monde actuel.

L'idée la plus dangereuse parmi celles qui sont ainsi popularisées, c'est la négation de l'humain. Les biologistes de l'ADN, qui tiennent le devant de la scène, ne cessent d'affirmer que l'homme n'a pas, selon l'expression du célèbre James Watson [3], « quelque chose de spécial » qui le sépare des autres vivants : puisque plus de 98 % de ses gènes sont les mêmes, paraît-il, que ceux de telle espèce de chimpanzé, c'est donc que la différence entre l'homme et ce grand singe est minime, etc. Un physiologiste, Jared

Diamond, imagine l'expérience de pensée suivante : on prend des êtres humains, on leur ôte leurs vêtements et tout ce qu'ils possèdent, on les prive de la parole de sorte qu'ils soient réduits à grogner, mais sans modifier en rien leur anatomie. On les enferme ensuite dans une cage, dans un zoo, et on laisse venir « les visiteurs habituels, habillés et dotés de la parole. Les hommes en cage seraient pris pour ce qu'ils sont : des chimpanzés presque dépourvus de fourrure et marchant debout [4] ».

Mais pourquoi passer sous silence le fait que cette expérience n'est pas vraiment imaginaire ? Les êtres humains qui étaient poussés dans le couloir menant à la chambre à gaz, à Auschwitz et autres lieux, étaient nus et privés de tout, et beaucoup d'entre eux sans doute perdaient aussi l'usage de la parole. (Il faut lire la description qu'a donnée Vassili Grossman de cette marche à la mort dans son roman *Vie et Destin* [5].) Les bourreaux ne les considéraient pas comme des humains. « Des lemmings », dit après la guerre Stangl, commandant de Treblinka, en parlant des convois de Juifs [6].

D'une manière générale, à notre époque la pensée collective des savants s'acharne à démontrer que la réalité humaine se borne à du formulable en termes physico-chimiques. Comme l'écrivait Hannah Arendt après la Seconde Guerre mondiale, « on tente de façon organisée d'exterminer la notion d'être humain [7] ». Tentative qui bat en brèche grossièrement la culture occidentale dans tous ses aspects, qu'ils relèvent de la source juive, de la tradition chrétienne ou de l'humanisme gréco-latin. Pensée d'analphabètes qui s'impose au nom de la science par intimidation, non par honnête argumentation.

Les thèses scientistes trouvent leur source dans une erreur de portée historique, que nous tenterons d'analyser sous différents aspects. Elle remonte à Galilée lui-même (si du moins on se limite aux temps modernes, ce qui sera presque toujours le cas dans cet essai). Galilée trouve la loi mathématique de la chute des corps, et par cette découverte il croit pouvoir justifier une thèse de portée universelle : le monde est mathématique. Toute la physique moderne est issue de la loi de la chute des corps ; les généralisations abusives et arbitraires du scientisme, pour leur part, commencent avec la faute de raisonnement galiléenne.

Elles concernent avant tout les sciences humaines qui, dans la mesure où elles s'inspirent du modèle de la physique, sont devenues des techniques de manipulation des êtres humains. En particulier les « sciences de l'éducation » sont le fruit d'une double influence : modèle de la physique, séquelles totalitaires. Derrière le rideau de fumée de leurs discours obscurs, les nouvelles générations successives sont précipitées dans une chute vertigineuse vers l'ignorance.

La critique du scientisme est donc une tâche urgente, qui s'impose aux esprits soucieux de l'avenir de notre civilisation. Le scientisme, c'est l'ivresse de la pensée scientifique grisée de ses succès. Cet essai souhaite contribuer à l'essor d'une pensée dégrisée [8].

À la fin du livre, une section intitulée Notes *donne des citations, des références et quelques compléments. Un* Dictionnaire *définit et justifie l'usage un peu particulier de certains mots (*savants, atomique*, etc.). La première occurrence de ces mots est signalée dans le texte par un astérisque* *.

INTRODUCTION

La science nous éblouit par sa puissance, mais nous négligeons sa vérité. En effet qu'entend-on de nos jours par « la science » ? Les exemples couramment cités relèvent plutôt de la technologie * : exploration de l'espace extraterrestre, organismes génétiquement modifiés, médicaments nouveaux... Si l'on fait appel à des souvenirs scolaires on tombe sur des fragments de connaissances élémentaires, par exemple en physique, en géologie, en biologie, qu'un abîme semble séparer des exploits que nous présentent les médias. Nous sommes informés de résultats qui suscitent l'admiration, la perplexité ou l'effarement, mais sans rien apprendre sur les voies par lesquelles ils ont été atteints. Il semble qu'une muraille d'incompréhension sépare désormais les sciences de la curiosité publique.

La physique a dépassé ses anciens fondements métaphysiques

Cette situation est nouvelle dans l'histoire de la civilisation occidentale. Pendant quelque trois siècles, de la révolution galiléenne au début du XXe siècle, le mot « science » a évoqué un ensemble de connaissances rationnelles qui rendaient le monde intelligible. Les sciences progressaient :

en même temps qu'elles accumulaient les connaissances, elles les rendaient plus accessibles. Ce qui avait coûté des efforts héroïques à des génies comme Galilée, Newton ou Faraday devenait peu à peu accessible à toute personne instruite, pour peu qu'elle se donne la peine de l'étudier. Le progrès des sciences servait de modèle à l'idée de progrès humain : puisque le premier était attesté, le second était certainement possible et même nécessaire [1]. Il en allait de même pour le déterminisme. L'idée qu'à partir de la connaissance de l'état actuel d'un système on peut prédire son évolution future, bien vérifiée en astronomie et dans certaines branches de la physique, inscrite – semblait-il – dans les équations les mieux établies, était devenue un principe métaphysique. Elle n'était plus considérée comme une propriété vérifiable de certains systèmes : elle faisait, croyait-on, partie de la définition même de la science.

Aujourd'hui encore pour certains savants *, et non des moindres, « la science est ennemie du hasard » et le déterminisme est un dogme intouchable [2]. Force est pourtant de reconnaître que la physique elle-même dément désormais l'idée du déterminisme comme principe universel. Il y a un siècle environ, quand les travaux d'Henri Poincaré sur la mécanique céleste ont mis en évidence des solutions instables des équations de la mécanique newtonienne, auxquelles correspondent par exemple des mouvements instables d'un système de trois corps comme Soleil-Terre-Lune, la défaite du déterminisme comme principe universel est restée secrète. Mais avec la physique quantique, depuis les années 1920 les physiciens et les philosophes ont été confrontés à ce qu'on a appelé l'indéterminisme et qu'il serait plus juste d'appeler les limites du déterminisme.

Les combats en retraite n'y peuvent rien : le déterminisme universel, un des piliers majeurs des fondements métaphysiques de la science classique *, a fait son temps. Comme nous le verrons, les autres piliers se sont lézardés à peu près en même temps. Le principe de localisation, qui érigeait en absolu la possibilité de décrire exactement dans l'espace et le temps tout processus physique, et le principe analytique, qui postulait que tout système et tout processus physiques peuvent être subdivisés en éléments aussi fins qu'on le désire, sont contredits eux aussi par la physique quantique. C'est en fait toute la base philosophique de la physique classique qui a été remise en cause. Ses principes ne sont pas devenus complètement faux du jour au lendemain : ils n'avaient pas été adoptés sans raisons. S'ils ont été dépassés, c'est seulement en tant que principes universels, vérités métaphysiques. Ils ont été rétrogradés, ramenés au rang plus modeste de propriétés vérifiables, plus ou moins vraies, plus ou moins fausses selon les cas.

Revenir sur des généralisations abusives, situer des notions et des théories scientifiques dans des ensembles plus vastes qui peuvent aider à les mieux comprendre, tout cela représente évidemment des progrès considérables de la connaissance scientifique. On peut donc s'étonner : pourquoi n'ont-ils pas été accueillis comme tels ? La réputation des avancées théoriques majeures de la physique au XXe siècle est largement négative : on parle sans cesse de paradoxes, de limitations de la connaissance ; certains savants annoncent carrément aujourd'hui qu'il n'y a plus rien à comprendre [3]. Il y a là un véritable refus de la connaissance, qui peut prendre sens si l'on replace l'histoire des conceptions scientifiques dans l'histoire générale. Le XXe siècle, en effet, est aussi celui de terribles catastrophes, de malheurs inouïs. La barbarie s'est déchaînée, dans des conditions qui sont encore trop peu comprises.

Les sciences et les totalitarismes

Les deux premiers totalitarismes, le nazi et le communiste, se réclament tous deux de la science. Après la Seconde Guerre mondiale, l'extension aux humains de la notion darwinienne de sélection naturelle a été écartée pendant un temps, dans l'atmosphère d'horreur créée par le dévoilement des crimes hitlériens. Écartée, et non réfutée : depuis quelque temps cette extension est à nouveau considérée comme présentable. Dans son livre *Le Programme et l'Erreur*, paru en 1978, l'éminent biologiste Sir Macfarlane Burnet (qui a reçu en 1960 le prix Nobel de médecine) déplorait : « Les politiques racistes hitlériennes sont encore sous le coup de l'anathème, et tout soutien ouvert à une politique eugénique serait également considéré comme inadmissible par ceux qui se prononcent en faveur d'alliances non sélectionnées. Cependant, je crois que, sous cette apparence, se dissimule encore une forte sympathie pour l'approche galtonienne. » Il formulait aussi l'hypothèse selon laquelle « une sous-population génétiquement définissable comprend la grande majorité des individus requis pour le fonctionnement d'un État industriel scientifique et pour son développement culturel et artistique [4] ». Le reste, le complément de ce groupe, était évalué à 80 %. En secret, une partie des élites actuelles pense certainement ainsi, ce qui aide à comprendre la destruction délibérée de l'enseignement (voir le chapitre III). Quant aux biologistes, si on leur montrait la citation nombre d'entre eux se récrieraient sans doute avec horreur. Encore faudrait-il savoir s'ils rejettent aussi les conceptions théoriques dont elle découle.

Les biologistes qui avaient mis leur science au service du nazisme étaient des savants de haute compétence ; aujourd'hui encore, quand le généticien allemand Benno Müller-Hill essaie d'obtenir des documents précis sur la participation des biologistes allemands aux entreprises criminelles du nazisme, il se heurte à un silence général qui donne à réfléchir. J'avais pensé un moment à emprunter pour cet essai le titre de son article « Le silence des savants » [5] ; les esprits systématiques, en effet, ne savent répondre que par le silence à des pensées extérieures à leur système.

Quant au communisme il repose sur la théorie marxiste, formulation la plus systématique et la plus efficace de la métaphysique du progrès, elle-même fondée sur une analogie avec le progrès scientifique. Sa conception est déterministe : le remplacement du capitalisme par le socialisme est une nécessité historique, dont la réalisation peut seulement être hâtée ou retardée ; le fait d'aller dans le sens de l'histoire donne aux partis révolutionnaires, porteurs de la science de la société, des droits spécifiques. Celui, en particulier, d'user de la violence, et l'on sait qu'ils ne s'en sont pas privés. Le totalitarisme communiste n'a pas fait jusqu'à présent l'objet d'une critique radicale et approfondie ; contrairement à son frère nazi, il n'est guère discrédité.

Résumons : les principes métaphysiques de la science classique ont été, en tant que tels, dépassés par la science du XXe siècle, par la physique en particulier. Mais ils étaient devenus les justifications d'idéologies néfastes, qui ont présidé aux terribles malheurs de ce même siècle. Ces idéologies ont été, l'une frappée d'anathème plutôt que détruite par l'analyse rationnelle (c'est le cas du nazisme) ; l'autre considérée indépendamment des conséquences pratiques de son application, ce qui lui permet de se refaire une vertu (c'est le cas du marxisme).

La survie de principes dépassés

Comme nous le verrons, les progrès de la physique au XXe siècle ont rendu obsolète la métaphysique de la science classique. Ce dépassement est un événement historique de première grandeur. Pourtant ni l'histoire des sciences, ni l'histoire générale ne reconnaissent sa portée. Elles le passent sous silence, ce qui revient à nier implicitement son existence même. Les idéologies qui s'apuyaient sur des conceptions surmontées par le mouvement de la physique depuis bientôt un siècle se sont détachées de cette source et mènent désormais une vie autonome. Elles continuent à se réclamer de la science, mais d'une façon de plus en plus formelle.

De plus le totalitarisme nazi et le totalitarisme communiste se sont maintenant recyclés dans l'islamisme, qui pour sa part ne se réclame pas de la science (bien qu'il fasse grand usage de ses techniques). Les préjugés scientistes jouent un grand rôle dans le courant de soumission à ce nouveau totalitarisme. Si l'histoire est écrite d'avance, à quoi bon résister ? Si nous ne sommes que des sacs à gènes, quel sens peut-il y avoir à défendre notre dignité ? Et que veut dire la fierté pour des chimpanzés sans fourrure ?

Ici encore, il faudra constater que les leçons des bouleversements du XXe siècle n'ont pas été tirées. D'une part la physique, qui ne parvient pas à expliciter sa rupture de fait avec ses anciennes bases métaphysiques, s'impose de plus en plus comme le modèle de toute science possible, et même comme le principe de l'attitude possible et souhaitable de l'homme face au monde naturel et humain. D'autre part cette impuissance à rompre est reçue comme la justification d'une attitude radicalement opposée à l'idéal de la science classique : le renoncement à comprendre, théorisé comme impossibilité et inutilité de comprendre.

Il aurait fallu reconnaître que la physique a dépassé ses anciens principes métaphysiques, critiquer méthodiquement ces principes et aller de l'avant. Le refus de cette remise en cause, ou l'incapacité de l'affronter, ont abouti à la crise de la physique : non une stérilité ou un arrêt, mais un déclin de la compréhension, qui compromet les relations entre la physique et l'ensemble de la culture. En même temps, plus les vieux principes perdaient leur fondement rationnel et plus leur ambition s'étendait. Jamais l'ancienne idée de prendre la physique comme modèle pour l'étude de l'homme n'avait été mise en application avec autant de zèle. Jamais elle n'avait eu des conséquences aussi désastreuses. L'autorité de la science sert à justifier un lâche abandon aux flux et aux reflux de l'histoire, conçus comme des mouvements naturels.

La crise des relations entre les sciences et la civilisation

Les historiens distinguent les temps modernes, qui vont de la chute de Constantinople (1473) à la Révolution française (1789), et l'époque contemporaine, qui prend la suite jusqu'à nos jours. Pour l'étude des sciences dans l'histoire de la civilisation occidentale il est commode de déplacer la frontière entre ces deux époques et de la placer au début du XXe siècle. Ce moment est marqué, en effet, par les découvertes physiques d'Einstein et Bohr, aussi décisives que celles de Galilée et Newton ; mais aussi par une crise profonde de la compréhension de la physique, qui n'a fait que s'aggraver depuis et a conduit à cette conséquence désastreuse et à peine concevable : le renoncement à comprendre les sciences.

La science classique s'est développée d'abord autour de l'astronomie et de la physique. Elle apparaît avec le recul du temps comme une des caractéristiques les plus riches en conséquences de la civilisation européenne moderne, qu'on peut personnifier par les figures de Christophe Colomb, Copernic, Luther et Galilée. Dans la civilisation contemporaine le rôle des sciences s'est encore accru. On mesure ainsi l'importance et la gravité de la crise profonde et multiforme que traversent les relations entre la science et la civilisation dont la science constitue, selon l'expression de Leo Strauss, la colonne vertébrale [6].

Le signe actuel le plus immédiatement visible de cette crise est sans doute que la science est moins aimée. Comme l'enfant gâté qui casse son jouet, avons-nous tendance à ne plus voir que les nuisances causées par la science, devenons-nous aveugles à ses bienfaits ? La désaffection à l'égard de la science, et même la peur de la science, ne cessent de s'amplifier dans la civilisation occidentale. Les étudiants se détournent des études scientifiques, si massivement que le fait est désormais reconnu par les pouvoirs publics. (En 2000, il y a eu dans les universités françaises

24 % d'inscriptions en DEUG sciences de moins qu'en 1995 [7].)

La science est de moins en moins comprise. Sans doute n'y a-t-il jamais eu qu'une petite minorité pour suivre dans le détail les démarches des mathématiques ou de l'astronomie, de la physique ou de la biochimie. Mais ces petits cercles d'initiés, souvent différents d'une discipline à l'autre, étaient entourés d'un vaste halo d'amateurs éclairés, de personnes instruites et curieuses, dont les membres savaient où les savants voulaient en venir et pouvaient, le temps aidant, mesurer peu à peu la portée des avancées les plus significatives. Un cercle plus large encore englobait ceux qui, ne suivant le mouvement scientifique que de loin, étaient pourtant capables de lui attribuer une signification. Leurs positions et leurs jugements permettaient à l'opinion publique de se situer par rapport à la science.

Depuis un siècle la brèche n'a fait que s'élargir entre la science et le public. Les différents cercles qui jouaient un rôle de passeurs entre l'une et l'autre se sont désintégrés ; ils ont été remplacés par une littérature de vulgarisation qui se révèle globalement incapable de s'élever à la hauteur des tâches précédemment assumées par les cercles en question. Elle devrait, pour faire face à la crise, devenir critique et philosophique ; or elle est demeurée aveugle à la crise et ne se pense que comme pédagogique, ce qu'elle ne réussit guère à être. Elle n'a pas su empêcher une idée de s'imposer : il faut désormais renoncer à comprendre la science. Peu à peu l'obscurité a été perçue par beaucoup comme un fait auquel il faut se résigner, parfois même comme un signe de profondeur.

À partir de la Seconde Guerre mondiale un autre facteur est venu infléchir et aggraver la crise : la puissance militaire que confère la science à ceux qui la maîtrisent s'est dramatiquement révélée, avec une ampleur toute nouvelle, à Hiroshima et Nagasaki. Les États ont enrôlé la science au service de leurs politiques respectives. Soudain les savants ont disposé de moyens matériels considérablement accrus, en même temps que d'une autorité et d'un prestige social nouveaux. Ils sont d'ailleurs devenus des « scientifiques * ». Le poids économique, militaire, politique de la recherche scientifique s'est accru d'une manière explosive, tandis que son aspect spéculatif et hypothétique – toujours présent puisqu'il est constitutif de la science elle-même – était éclipsé aux yeux du public. Pour la pensée massifiée de notre temps, sans cesse façonnée et remodelée par les médias, *les sciences*, définies par des domaines de recherche et des méthodes spécifiques, tendent à disparaître et seule subsiste *la science*, mot qui évoque avant tout la puissance mystérieuse des techniques fondées sur diverses disciplines scientifiques.

Le résultat le plus visible de cette dérive est que l'idée des sciences comme exercice d'une certaine forme de pensée rationnelle est en voie de disparition. Naguère le public savait, ou pressentait, que les sciences formulent des hypothèses, conçoivent, préparent et réalisent des expériences, édifient, modifient et réfutent des théories, vivent des débats et des controverses. Désormais la science semble progresser par explosions successives. Chaque découverte, au moment où elle est annoncée (souvent d'ailleurs, au mépris de toute rigueur et de toute prudence, avant que ne paraisse la publication scientifique qui seule permettrait de l'accueillir de manière critique) – au moment de son annonce, donc, suscite les propos enthousiastes de quelques spécialistes et l'ébahissement programmé des plus crédules. Suivent quelques commentaires le plus souvent obscurs, et la percée sensationnelle va tomber dans l'oubli ; personne n'informera le public de sa confirmation ou de sa réfutation, ni n'approfondira sa portée véritable. Le temps manque, car nous sommes déjà assaillis par une nouvelle annonce, entourée du même brouillard prometteur que la précédente.

Cette perception publique de la science, organisée par les médias avec la complicité active ou passive des savants, ne permet plus au public, même instruit, de distinguer pertinemment entre vraies et fausses découvertes, et pas davantage entre vraies et fausses sciences. Elle pousse avec persévérance toujours dans la même direction néfaste, celle de la non-distinction entre science et magie.

La crise des sciences

On ne peut pas comprendre la crise des rapports entre la science et la civilisation, les fausses interprétations persistantes de la science et la désaffection à son égard, si on refuse de voir qu'elles manifestent aussi une crise des sciences elles-mêmes. Crise qui touche la science en tant qu'elle n'est pas pur tâtonnement empirique, mais pratique orientée par une pensée issue de la philosophie et qui, en dépit de toutes les apparences, ne s'en est jamais séparée complètement. Nous parvenons ainsi au cœur du présent essai.

– Mais, dira-t-on, peut-on vraiment parler de crise, alors que les sciences continuent à vivre, à produire – à un rythme jamais ralenti – travaux et publications ? Et si d'ailleurs il y avait crise, les institutions scientifiques, les universités, les académies n'auraient-elles pas poussé des cris d'alarme ?

– Les signes objectifs de la crise sont nombreux et divers, nous en avons déjà rencontré quelques-uns. Dans son grand ouvrage *La Crise des sciences européennes et la Phénoménologie transcendantale* (1936), Edmund Husserl (1859-1938) la caractérisait en des termes qui révèlent l'ampleur de sa vision historique en même temps que son esprit de responsabilité. (Dans le passage qui suit, les mots « fondation originelle de la nouvelle philosophie » désignent à la fois la révolution scientifique du XVIIe siècle, personnifiée par Kepler, Galilée, puis Huygens, Newton et leurs contemporains, et la nouvelle philosophie fondée par Descartes.)

« En fin de compte, écrivait le philosophe, toutes les sciences modernes entrèrent dans une crise d'une nature particulière, ressentie comme toujours plus énigmatique, concernant le sens de leur fondement en tant qu'elles sont des rameaux de la philosophie – sens qu'elles continuaient à porter en elles-mêmes. C'est là une crise qui n'entame pas ce qui est scientifique au sens artisanal du terme dans les réussites théoriques et pratiques, et qui pourtant ébranle de fond en comble le sens de vérité de la science dans son ensemble. Dans ce processus il ne s'agit pas simplement des intérêts d'une forme spéciale de la culture parmi d'autres, nommée "science" ou "philosophie", et qui ne serait qu'un élément dans l'humanité européenne. Car la fondation originelle de la nouvelle philosophie est [...] la fondation originelle de l'humanité européenne moderne, précisément en tant qu'humanité qui, par opposition à l'humanité antérieure, à l'humanité médiévale et antique, veut se renouveler radicalement par sa nouvelle philosophie, et par elle seule. C'est pourquoi la crise de la philosophie a la signification d'une crise de toutes les sciences modernes en tant que membres de l'universalité philosophique : c'est, d'abord de façon latente, puis de plus en plus manifestement, une crise de l'humanité européenne elle-même quant à ce qui donne globalement sens à sa vie culturelle, à l'ensemble de son "existence"[8]. »

Le silence des savants au sujet de cette crise, laquelle n'a fait que s'approfondir depuis l'époque où Husserl écrivait ces lignes, ne dément pas l'existence de la crise mais en est lui-même un élément important. Ce silence pose une question : la crise des sciences n'est-elle pas littéralement impensable tant qu'on reste prisonnier du cadre de pensée à l'intérieur duquel s'est développée la science classique ?

Les savants et la philosophie : de Descartes à Husserl

Vouloir déborder ce cadre, ce n'est pas s'insurger contre la rationalité scientifique. Il s'agit bien plutôt aujourd'hui de la sauver. Tâche déjà entreprise par des philosophes comme

Husserl ou Leo Strauss ; mais le sens de leurs travaux n'a pas été suffisamment compris, et la plupart de nos contemporains se contentent aujourd'hui de considérer la science comme un fait. Un peu comme les passagers d'un train lancé à grande vitesse qui ne connaîtraient ni la destination de leur voyage, ni le mode de fonctionnement du train.

Analysant la manière dont les philosophes et les savants se sont représenté la science moderne, le philosophe husserlien Aron Gurwitsch[9] distingue trois périodes. La première, qui va du milieu du XVIIe siècle au milieu du XVIIIe, est une *période de validation* : il s'agit de justifier la thèse fondatrice selon laquelle l'univers n'est pas ce qu'il paraît être, mais plutôt ce que révèle la physique mathématisée. Le philosophe capital est ici Descartes, auquel il convient à mon avis d'ajouter Galilée.

La deuxième période est celle du triomphe de la science : ses succès sont tellement éclatants qu'elle semble n'avoir plus besoin d'être justifiée. On peut l'appeler la *période de la science comme un fait* (en entendant par là qu'elle jouit d'une autorité incontestable). La période s'ouvre en 1748, quand le grand mathématicien suisse Leonhard Euler présente à l'Académie royale de Prusse, à Berlin, un mémoire intitulé *Réflexions sur l'espace et le temps*. Ce qui nous importe ici n'est pas le contenu du mémoire, mais le sens de la démarche : pour Euler les questions concernant l'espace et le temps, discutées depuis des siècles par les philosophes, doivent désormais être tranchées par la physique, arrivée à maturité avec les travaux de Newton et de ses disciples et continuateurs. C'est, dit Gurwitsch, une « déclaration d'indépendance » de la physique à l'égard de la philosophie.

Et la troisième période ? On pourrait considérer qu'elle s'ouvre en 1936, avec la publication à Belgrade, dans la revue *Philosophia*, du début (§ 1 à 27) de *La Crise des sciences européennes et la Phénoménologie transcendantale*. Les paragraphes 1 à 10 du livre analysent la signification philosophique de l'œuvre de Galilée. Analyses qui auraient dû et devraient mettre fin au statut de la science comme fait et ouvrir la *période de la science comme problème*.

Mais la deuxième période est-elle vraiment terminée ? Husserl meurt en 1938, et la guerre éclate l'année suivante. Il n'y avait guère de chance avant la guerre pour que l'importance de la *Crise des sciences européennes* soit comprise par les savants ; et l'après-guerre a vu arriver de nouvelles générations, plus éloignées encore de la problématique de Husserl. On ne comprend guère aujourd'hui que la science, tout en étant légitime et précieuse, doit être considérée comme un problème, et très peu considèrent la *Crise* comme un manifeste, dont les analyses visent un but qui n'est pas seulement théorique et ouvrent – en droit, sinon en fait – une troisième période. Pour la plupart des passagers du train dont nous parlions, la science demeure un fait et rien de plus. Les savants eux-mêmes sont en général de cet avis. Ils ne voient pas la nécessité de se détourner de leurs problèmes quotidiens pour se plonger dans des textes qui, dans la mesure où ils ne raisonnent pas selon les voies qui leur sont familières, leur paraissent dépourvus de toute pertinence.

Situation contradictoire de la science

La science est un des quelques foyers où se concentrent les contradictions de la civilisation occidentale, portées à l'incandescence par le monde contemporain. Source d'une puissance énorme et croissante, de moins en moins maîtrisée, elle révèle cruellement notre impuissance à résoudre les problèmes actuels. Elle est rationalité tranchante comme la lame d'un rasoir ou d'un cutter, et pourtant elle ne parvient pas à se séparer des fausses sciences les plus irrationnelles ; le manque de courage des hommes n'est pas seul en cause ici, mais aussi les tares congénitales de la science et de la philosophie modernes.

Accepte-t-on la science ? On accepte alors en bloc ses deux faces, rationnelle et irrationnelle, avec les folles prétentions du scientisme au savoir total. On garde le silence sur les parasites de l'entreprise scientifique, qui portent le même nom qu'elle et ne savent imiter que ses faiblesses. Quant à ceux qui refusent la science en bloc, leurs propos ne dépassent guère le recours à la peur.

Il y a quelques siècles ou quelques décennies, la science était censée porter tous les espoirs de l'humanité. La mode serait plutôt aujourd'hui de lui attribuer tous les malheurs du monde. L'effort de l'étudier sérieusement semble devenir de plus en plus pénible : pourquoi ne pas abandonner ses contenus rationnels aux spécialistes et garder seulement les spéculations les plus superficielles, les moins sérieuses qui se couvrent de son autorité ? La science, dira-t-on alors, est déterministe par définition : elle a réfuté la liberté et la responsabilité de l'homme. L'homme, d'ailleurs, n'est qu'un grand singe parmi d'autres ; son unicité n'est plus qu'un préjugé hérité des âges obscurs, et de graves professeurs militent pour l'attribution de droits politiques aux *autres* grands singes… Tout est chaos ; et d'ailleurs on ne peut pas mesurer telle et telle caractéristique du mouvement d'un électron ; mais d'autre part les physiciens travaillent à la « théorie de tout » : autant dire qu'ils posséderont bientôt la formule de l'univers…

Questions

Toutes ces contradictions mal pensées, toutes ces confusions plus ou moins publicitaires pourraient-elles s'imposer si nous, les savants, savions un peu mieux ce que nous faisons ? Ne suggèrent-elles pas que la clarté cartésienne était largement illusoire, et que la science a toujours été opaque à elle-même ? Et ne faudrait-il pas reconnaître ce qui est advenu à partir du début du XXe siècle : quand les extraordinaires avancées de la physique sont entrées en contradiction flagrante avec ses fondements métaphysiques traditionnels, cette contradiction n'a pas été reconnue mais occultée, détériorant ainsi radicalement les relations entre science et philosophie, et l'intelligibilité des sciences ?

Autre question : selon quels critères les bribes de savoir scientifique qui parviennent jusqu'au public sont-elles sélectionnées ? Il semble bien que le tri ne se fasse pas au hasard, et que seuls franchissent les barrières les éléments qui semblent conforter la vieille métaphysique scientiste *: déterminisme absolu, réduction à la physique, pensée par tout ou rien, etc.

Dans cet essai...

Dans cet essai je pars des problèmes déjà cités : désaffection envers la science et même peur de la science ; incompréhension de la nature et des résultats des démarches scientifiques ; non-distinction entre les sciences authentiques et leurs imitations illusoires ou mensongères ; destruction de l'enseignement au nom des sciences de l'éducation et grâce à elles ; impuissance à penser les problèmes que posent les relations entre l'homme et la nature. Constatant que la plupart des savants gardent le silence sur ces sujets si importants, je tente pour ma part de les analyser en m'appuyant non seulement sur des données scientifiques, mais aussi sur des travaux philosophiques, ceux par exemple de Husserl, de Hannah Arendt et de Leo Strauss.

Le chapitre premier survole l'histoire de la physique classique, des origines (Galilée) au début du XXe siècle. Il s'efforce d'éclairer les deux faces contradictoires de cette histoire : audace créatrice des pionniers qui ouvrent successivement des domaines nouveaux à la connaissance scientifique ; fondements métaphysiques mal posés, qui coupent de plus en plus profondément la physique du sens commun. Les physiciens, dont l'esprit critique est actif dans l'édification de leur science en tant qu'artisanat, admettent en général ces fondements sans discussion ; Maxwell est à certains égards une exception remarquable, sinon remarquée. Le cas du déterminisme, pensé comme condition *a priori* de la science et non comme propriété importante et limitée, montre lui aussi comment la pensée scientifique peut être dominée par une métaphysique non critique.

Le chapitre II développe l'idée que la physique contemporaine, à partir du début du XXe siècle, a brisé la gangue métaphysique au sein de laquelle s'était développée la physique classique. La relativité d'Einstein n'a pas seulement remplacé l'espace et le temps absolus de Newton par un espace-temps absolu, elle a bouleversé aussi les notions de matière et d'énergie. Les transformations mutuelles des électrons et du champ électromagnétique, régies par la fameuse loi $E = mc^2$, amènent à créer la notion de particule, qui n'est pas un minuscule grain de matière permanente mais un objet physique susceptible d'être créé et détruit. La réalité physique des atomes est solidement établie ; il apparaît bientôt qu'ils ne sont pas insécables mais ont une structure interne, avec des électrons autour d'un noyau central. C'est l'étude de cette structure interne qui va conduire Bohr à introduire des changements conceptuels si profonds qu'on est encore loin de nos jours de les avoir assimilés. Le plus étonnant concerne le mode d'être des objets atomiques : ils ont un lien intime, essentiel avec les objets macroscopiques (appareils) qui rendent possible leur manifestation. La philosophie traditionnelle est incapable de saisir cela, tandis que la phénoménologie de Husserl pourrait y aider. Le drame théorique de l'incompréhension et du refus de la pensée bohrienne dure encore aujourd'hui, alors que des expériences raffinées permettent de vérifier d'une manière beaucoup plus détaillée la pertinence et la profondeur de cette pensée. Le chapitre mentionne aussi, brièvement, les études sur le chaos, qui remettent le déterminisme à sa juste place. Il s'intéresse enfin à un autre aspect de la physique quantique, encore moins bien compris : le frémissement incessant de toutes les formes atomiques de la matière, mouvement absolu qui ressuscite la vieille notion de l'éther, appelé aujourd'hui le vide quantique. Découverte que la physique elle-même n'admet qu'à reculons, comme si elle avait honte de ses propres progrès ; et qui pourtant renouvelle, entre autres, la notion même de mouvement.

Le chapitre III caractérise brièvement les pratiques fondées sur les prétendues « sciences de l'éducation ». Abandon pédagogique des élèves qui doivent « construire leur savoir » par eux-mêmes, suppression de la répétition, automatismes de base non installés… Manipulation psychologique des élèves professeurs dans les IUFM, refus d'enseigner et contrôle permanent. Trois témoignages sont ensuite cités. L'historien Jacques Barzun analyse la destruction de l'école américaine dans les années 1970-1980 ; il l'attribue pour une part à l'influence de la science en tant que force culturelle : « Ne faites pas attention au sens commun. » La psychologie sert à remplacer l'enseignement par les thérapies. Le physicien Richard Feynman considère la science de l'éducation comme une pseudo-science qu'il compare au « culte du cargo ». La psychologue Liliane Lurçat tire de sa longue expérience du terrain la conclusion qu'on assiste à une destruction méthodique de l'enseignement élémentaire, opérée à partir du haut. Pour elle les sciences de l'éducation, instruments de cette destruction, ne relèvent pas de la science mais du scientisme. Le chapitre s'interroge ensuite sur l'imitation de la physique, principe directeur de ces sciences de propagande. Mentionnant enfin les buts et les effets moraux et politiques de la soumission de l'école au scientisme de l'éducation, il conclut : en détruisant le savoir, on détruit la fierté.

Le chapitre IV s'interroge sur notre impuissance face aux diverses détériorations de l'environnement, dont on parle mais qui ont tendance à s'aggraver. Il décrit des exemples divers (effets des pesticides, accident chimique de Bhopal) et cite les positions solides et argumentées d'un savant, Roger Heim, sur les pesticides. La question du nucléaire est analysée plus longuement : accidents de Three Mile Island, de Tchernobyl, etc. ; dangerosités comparées des différentes formes d'énergie ; problème des déchets nucléaires. Le forçage de l'effet de serre et le changement climatique, puis la question des OGM sont abordés. On discute ensuite quelques aspects théoriques du problème écologique : d'abord la position d'un historien, Lynn White, pour qui la détérioration de l'environnement découlerait de la tradition biblique encore présente en Occident. Puis l'idée que la solution des problèmes écologiques impose de reconnaître que l'homme est une partie de la nature, ou encore que l'homme est un animal que rien d'essentiel ne distingue des autres.

Enfin le chapitre V présente des conclusions qu'il est inutile de résumer ici, dans la mesure où elles ne découlent pas de positions politiques ou philosophiques *a priori*, mais des analyses précédentes.

Contre la science ?

J'ai rencontré des gens estimables que choque mon attitude critique envers les sciences actuelles. Il leur semble, je pense, qu'en critiquant les fausses sciences et le scientisme je risque de discréditer un héritage fragile et précieux : les acquis des sciences authentiques, sédiments dans lesquels sont déposés des trésors de rigueur, de prudence et d'audace intellectuelles. Pour tout dire ils se demandent si je ne suis pas contre la science. (La science, dont il faut avouer qu'ils ne connaissent guère que le concept.)

Pourtant, quand je m'inquiète et m'indigne de la complicité actuelle entre une certaine pensée porteuse du label « science » d'une part, la montée de l'ignorance et la dégradation physique et morale du monde d'autre part ; ou encore, quand je cherche à restituer les vérités qu'a pu atteindre la physique du XXe siècle – dans toutes ces démarches, je place plus haut la science que ne le fait l'opinion banale pour qui elle ne serait qu'un ensemble de recettes, fructueuses ou nocives selon le cas. Reconnaître la haute valeur des connaissances scientifiques authentiques implique en particulier le souci que ces connaissances soient comprises et soient transmises. Compréhension et transmission gravement compromises de nos jours par la crise mentionnée plus haut. Un amour honnête des sciences implique donc une recherche, nécessairement critique, des origines de la crise. Il implique aussi que l'on prenne soin de distinguer les sciences authentiques de leurs contrefaçons mensongères et nocives.

La science moderne est née dans une ambiance d'audace intellectuelle. La situation actuelle du monde met en question sa survie, en même temps que celle de la civilisation qui lui a donné naissance. Elle ne continuera pas automatiquement, par le simple jeu de sa logique propre. L'esprit inventif, la passion de la vérité qui animaient les grands pionniers requièrent notre admiration. Leurs travaux, les découvertes qui en ont résulté mériteraient notre étude attentive. Mais il ne suffirait même pas de retrouver, dans les conditions nouvelles du temps présent, l'élan créateur de ces grands ancêtres. Il faut aussi regarder en face, pour les dépasser, les faiblesses de leur pensée. Cela, non dans l'esprit d'autodénigrement qui est à la mode aujourd'hui, mais pour nous attaquer enfin aux tâches urgentes requises par la situation dramatique que nous vivons.

Décembre 2002

CHAPITRE PREMIER
LA PHYSIQUE DES TEMPS MODERNES ET SA GANGUE MÉTAPHYSIQUE

Ce qui a permis, d'après Husserl, le grand progrès de la physique moderne, c'est que Galilée a aperçu dans la géométrie et la mathématique élaborées par l'antiquité, l'ontologie de la nature. La grande erreur des autres sciences, – comme la psychologie, par exemple, – consiste à voir dans cette ontologie de la nature, l'ontologie propre à toutes les régions du donné, ou encore à rejeter toute ontologie. Ce qui s'impose donc, ne serait-ce que pour contribuer au progrès des sciences, c'est d'établir les ontologies de toutes les régions des objets.

EMMANUEL LEVINAS [1]

Galilée, l'abstraction et l'expérience

La physique étudie les lois des phénomènes naturels et techniques, mais elle ne peut découvrir ces lois qu'en contournant dans une large mesure la complexité des phénomènes : avec ses appareils elle crée des situations artificiellement épurées, et elle décrit mathématiquement ces situations en les simplifiant encore. (Pour calculer les mouvements des planètes, l'astronome remplace le plus souvent chacune d'elles par un point.) Ce chapitre et le suivant vont explorer au pas de course l'histoire de la physique, parce que c'est, depuis le début des temps modernes, la science dominante : celle qui tend à servir de modèle aux autres. (C'est peut-être moins évident aujourd'hui, puisque désormais la biologie s'attribue la plus grande part de l'attention médiatique, des crédits de recherche et des investissements des industries techno-scientifiques ; mais il s'agit seulement d'une partie de la biologie, celle justement qui réduit l'objet de son étude à des phénomènes physico-chimiques.)

Le premier savant qui ressemble aux physiciens actuels est Archimède de Syracuse (287-212 avant notre ère). Il trouve en particulier la condition d'équilibre d'un levier. Il ne s'occupe pas du mouvement. Ses travaux sur l'équilibre des corps flottants sont restés classiques.

Galilée (1564-1642) est le successeur d'Archimède. (Cela ne veut pas dire qu'entre-temps personne n'a réfléchi à la physique : au contraire, Galilée hérite aussi des spéculations de nombre de penseurs du Moyen Âge.) Sa méthode est géométrique comme celle d'Archimède, mais elle va beaucoup plus loin : il représente aussi par des longueurs des grandeurs physiques comme des durées ou des vitesses. Il étudie la chute des corps : une pierre ou un boulet lâchés du haut de la tour de Pise, ou un cylindre qui roule sur un plan incliné.

Pour mesurer un peu son audace, pensons au problème de la vitesse instantanée. Si un coureur se déplace à vitesse constante, et s'il parcourt cent mètres en dix secondes, nous calculons sa vitesse en divisant la distance par la durée : 100 mètres divisé par 10 secondes égale 10 mètres par seconde. Mais le mouvement de la pierre qui tombe n'est pas aussi simple : la chute est accélérée, sa vitesse n'est pas constante. Comment, alors, définir cette vitesse variable ? Quelle longueur faut-il diviser par quelle durée ? Ce problème difficile trouvera une solution profonde quand Newton créera le calcul différentiel, précisément à propos du mouvement. (Leibniz le créera de son côté, avec d'autres motivations.)

Galilée ne peut pas aller si loin, mais par la géométrisation il réussit à contourner la difficulté. Il fait l'hypothèse que la durée à partir du moment où la pierre est lâchée sans vitesse peut être représentée par un côté de l'angle droit d'un triangle rectangle, et la vitesse instantanée par l'autre côté de l'angle droit ; au cours du mouvement le triangle grandit, mais ses angles demeurent constants. La distance parcourue est alors donnée par l'aire (mesure de la surface) du triangle. Cette hypothèse implique que la vitesse croît proportionnellement au temps, et donne aussi la distance en fonction du temps. Galilée vérifie expérimentalement qu'elle décrit bien le mouvement réel, si du moins on peut faire abstraction de la résistance de l'air (la chute d'une feuille échappe à ses raisonnements, et d'ailleurs son analyse pose encore aujourd'hui des problèmes difficiles).

La description géométrique de la chute fait aussi abstraction d'autres propriétés de la pierre et de son mouvement. La pierre a une couleur, une consistance… Si elle est lancée, c'est avec une intention, etc. Tout cela n'est pas pris en compte.

La physique de Galilée procède donc par *abstraction*, au sens actif du terme : elle *met de côté* ce qui ne peut pas être géométrisé. Dans la suite de l'histoire de la physique, la géométrie sera dans une large mesure remplacée par le calcul : les durées et les vitesses dont s'occupait Galilée peuvent être mesurées (pour nous : en secondes et en mètres par seconde), et donc elles sont remplacées par des nombres. Mais cela ne change pas l'essentiel : abstraction, mathématisation.

Galilée procède aussi à des expériences. Contrairement à ce qu'on a cru pendant longtemps, en particulier sous l'influence du grand historien des sciences Alexandre Koyré, ces expériences ont joué un rôle déterminant dans ses découvertes concernant la chute des corps[2]. Pourtant les écrits du physicien ne sont pas sans ambiguïtés à propos du rôle de l'expérience ; l'erreur de Koyré peut sans doute s'expliquer, non seulement par son platonisme, mais aussi par le fait que Galilée, tandis qu'il expose de manière talentueuse et détaillée ses raisonnements théoriques, est d'une grande discrétion quant à la réalisation de ses expériences.

Cela se comprend très bien, si l'on tient compte du fait que dans ses courants les plus influents, la pensée occidentale n'a jamais admis que sous la contrainte le rôle des expériences et des observations dans les sciences. L'idéal, c'est la découverte qui résulte d'une déduction rigoureuse, mathématique à partir des « premiers principes ». Dans sa *Dioptrique* (1637), Descartes commence par se féliciter de l'invention de la lunette astronomique, puis il ajoute : « Mais, à la honte de nos sciences, cette invention, si utile et si admirable, n'a premièrement été trouvée que par l'expérience et la fortune [3]. »

Nous retrouverons dans la suite de cet essai des faits comparables. Dans la science occidentale l'expérimentation est une servante qui joue un rôle essentiel, mais la maîtresse de maison est la théorie, et bien souvent l'histoire est présentée comme si elle avait préparé le dîner toute seule. (Cela est vrai pour la physique, mais pas seulement pour elle.) On peut observer que les noms des grands physiciens expérimentateurs du XXe siècle sont bien moins connus que ceux des grands théoriciens. Chacun connaît le nom d'Einstein, mais qui connaît Rutherford, C. T. R. Wilson ou Rabi ?

Le diamant rationnel et sa gangue irrationnelle

Dans les écrits de Galilée, physique et philosophie sont intimement mêlées ; il les désigne globalement par le mot philosophie. Sa démarche théorique se résume en deux points : mathématiser le monde physique, et faire abstraction des qualités rebelles à la mathématisation. Démarche qu'il justifie de la manière la plus simple que l'on puisse imaginer : premièrement, si le monde physique peut être mathématisé c'est qu'il est lui-même mathématique ; en second lieu, s'il est possible de faire abstraction des qualités non mathématisables c'est qu'elles n'existent pas en dehors de nous.

L'idée que le monde réel est mathématique remonte aux Grecs, on la trouve chez les pythagoriciens et chez Platon. Galilée, qui en fait un des principes directeurs de son œuvre, lui donne une forme qui deviendra classique : « La philosophie est écrite dans cet immense livre qui se tient toujours ouvert devant nos yeux, je veux dire l'Univers, mais on ne peut le comprendre si l'on ne s'applique d'abord à en comprendre la langue et à connaître les caractères avec lesquels il est écrit. Il est écrit dans la langue mathématique et ses caractères sont des triangles, des cercles et autres figures géométriques, sans le moyen desquels il est impossible d'en comprendre un mot. Sans eux, c'est une errance vaine dans un labyrinthe obscur [4]. »

Formulation brillante d'une idée qui peut séduire par sa simplicité mais qui, comme nous le verrons, soulève de graves difficultés.

Comment Galilée justifie-t-il sa décision de faire abstraction de toutes les propriétés des objets excepté leur forme et leur mouvement ? D'une part, dit-il, nous pouvons imaginer une pierre sans couleur ou sans consistance, mais pas une pierre sans forme. D'autre part, les qualités autres que forme et mouvement sont plutôt inhérentes à notre corps sensible qu'aux objets inanimés auxquels nous les attribuons.

Ce dernier argument du père de la physique moderne jouera un rôle important dans l'histoire de la pensée. Examinons-le de plus près. Galilée part d'une constatation : les propriétés autres que la forme et le mouvement (les « qualités secondes », dira-t-on plus tard) se manifestent à nous selon des modalités qui font intervenir notre corps et varient selon la région corporelle concernée. Ainsi le frottement d'une plume produit une sensation intense de chatouillement sur les aisselles, mais une sensation faible sur d'autres parties du corps. De là il croit pouvoir déduire que ces qualités « ne sont en dehors de nous que des noms [5] ». Essayons d'expliciter le raisonnement : Galilée sous-entend qu'une sensation qui dépend à certains égards du sujet sentant ne peut pas révéler des traits qui appartiennent réellement au corps qui produit la sensation (la plume dans l'exemple choisi). Pour lui, ce genre de sensations s'oppose à la vision, révélatrice de vérité. Il faut replacer cette démarche galiléenne dans le prolongement de toute la pensée de la Renaissance italienne sur la perspective : déjà les peintres du Quattrocento cherchaient une conception scientifique de la vision, comme le suggère le rôle attribué à la *camera oscura* où l'image, par un processus purement physique, se forme sur le fond d'une boîte percée d'un petit trou. Il faut tenir compte aussi de l'influence de l'astronomie, sœur aînée de la physique : elle étudie des objets qui semblent n'avoir – à l'époque de Galilée, et jusqu'à l'apparition de la spectroscopie (analyse physique de la lumière) au XIXe siècle – pas d'autres propriétés que la forme et le mouvement.

Il faut sans doute rattacher cette méfiance radicale à l'égard des sens non visuels à la critique de la perception et du sens commun, qui joue un rôle important dans la genèse de la pensée scientifique moderne. L'imperfection des sens, le fait qu'ils sont sujets à diverses illusions, servent d'argument pour discréditer leur témoignage. Ils semblent être tenus pour infirmes : on ne peut ajouter foi qu'à la seule vision, et encore, à la condition qu'elle s'appuie solidement sur les béquilles de la géométrie. Par une démarche analogue le sens commun, qui refuse l'idée du mouvement de la Terre (rotation diurne et révolution annuelle), est disqualifié au profit du seul raisonnement géométrique, appuyé sur des observations quantitativement élaborées [6].

La position de Galilée et de ses continuateurs – les savants, et des philosophes comme Descartes et Locke – est cohérente ; et le recul historique nous permet d'apprécier son très grand mérite : elle a présidé à la naissance de la physique classique et l'a justifiée au long des étapes de son histoire. Reconnaître cela ne saurait toutefois nous empêcher de réfléchir : la meilleure marque de respect qu'on puisse donner aux grands penseurs n'est pas de répéter docilement ce qu'ils ont dit, mais d'essayer de prolonger leur démarche critique.

L'idée du livre de l'univers écrit avec des signes géométriques n'est guère soutenable : les objets mathématiques (ceux que mentionne Galilée et les autres) sont des idéalités, définies par des actes intellectuels ; comment le monde physique, qui peut nous nourrir et nous blesser, pourrait-il être fait d'objets idéaux ? D'autre part, s'il en était ainsi la physique serait une science exacte. Or si les théories physiques sont mathématiques par leur forme, et donc nécessairement exactes, l'exactitude disparaît quand on considère leur application à des objets matériels. Les grandeurs physiques sont toujours définies avec une certaine marge d'imprécision, qu'on peut réduire et rendre minuscule mais non annuler. Les descriptions mathématiques des phénomènes physiques ne « collent » jamais exactement, elles sont toujours, selon le mot d'Yves Rocard, « un petit peu fausses ».

Quant à la négation des qualités sensibles, forme et mouvement exceptés, on ne pouvait s'y tenir qu'au prix de révisions périodiques : par exemple la couleur et le poids, que Galilée ne sait pas mathématiser et qu'il rejette donc dans l'inexistence, deviendront par la suite des caractéristiques physiques comme les autres (le poids étant remplacé par la masse). De nos jours, pourtant, les physiciens conservent l'essentiel de la démarche galiléenne, sous une forme réduite à l'essentiel : ils ne reconnaissent pas la réalité des qualités sensibles en tant que telles. Ils les considèrent toujours comme des indices peu fiables de ce qui compte seulement : les propriétés physiques, mesurables par des appareils adéquats et explicables par des raisonnements mathématiques appropriés. Le physicien vit ainsi dans un monde double : en théorie il n'accorde aucune valeur au témoignage de ses sens, mais en pratique les actes les plus simples de la physique expérimentale (et aussi de la vie quotidienne) font constamment appel à ce témoignage, en règle générale reçu comme authentique ou au moins comme signifiant. L'influence sociale croissante de la métaphysique sous-jacente à la physique amène l'homme moderne à vivre dans un monde marqué par cette sorte d'hypocrisie intellectuelle. La négation des qualités secondes ne correspond ni à la réalité de la vie quotidienne, ni à la vérité d'une pensée libre et soucieuse de rigueur.

Comment la physique et les sciences apparentées ont-elles pu, sur une base métaphysique aussi fragile, se développer avec la rigueur et la fécondité que l'on sait ? Et cela étant admis, n'ont-elles pas été quand même marquées à certains égards par cette naissance trompeuse ? Certains aspects de la crise actuelle des sciences et de la civilisation occidentale ne remonteraient-ils pas à ce trouble originel ? Le diamant rationnel de la physique, alliance du raisonnement mathématique et de l'enquête expérimentale, n'a-t-il pas subi l'influence de la gangue irrationnelle au sein de laquelle il s'est développé, c'est-à-dire de principes métaphysiques qui ont réussi à s'imposer et à survivre bien qu'ils soient contraires au sens commun, et malgré tous les démentis subis de la part du développement même de la science ?

Newton et l'action à distance

Galilée avait réussi à décrire mathématiquement des mouvements : celui d'une pierre qui tombe, ou d'un boulet qui décrit une trajectoire parabolique avant de retomber sur terre. Newton franchit un pas de plus – un pas de géant – en passant de la simple description du mouvement (la cinématique, comme nous disons aujourd'hui) à l'analyse de ses causes (la dynamique). La première idée de base est celle de l'*inertie* : un corps totalement isolé, sur lequel ne s'exerce aucune action, se meut nécessairement en ligne droite et à vitesse constante ; on dit que son mouvement est rectiligne uniforme. Newton (1642-1727), dans ses *Principes mathématiques de la philosophie naturelle* (première édition,

1686 ; dernière édition revue par l'auteur, 1726), fait de la loi de l'inertie la première loi du mouvement, formulée à peu près comme dans les cours de physique actuels [7]. Mais avant les lois du mouvement, le traité présente des définitions. Voici la définition III : « La force qui réside dans la matière (*vis insita*) est le pouvoir qu'elle a de résister. C'est par cette force que tout corps persévère de lui-même dans son état de repos ou de mouvement uniforme en ligne droite. » Cette définition, à première vue, est périmée : de nos jours « force » désigne seulement une action extérieure sur un corps (mesurée par un vecteur, c'est-à-dire par une flèche qui a une direction et une grandeur déterminées). C'est ce que Newton appelait la force exercée (force imprimée, dans le langage du XVIIIe siècle). La définition IV dit : « La force imprimée (*vis impressa*) est l'action par laquelle l'état du corps est changé, soit que cet état soit le repos, ou le mouvement uniforme en ligne droite. » Nous verrons pourtant que la définition III peut recevoir un sens nouveau à la lumière de la physique quantique.

Il y a là un exemple de la différence entre la science actuelle et la science moderne à sa naissance. Nous faisons une physique d'ingénieurs, qui a l'avantage de la sobriété et de l'efficacité : voici les équations du mouvement, voici des formules qui résument l'essentiel dans des cas simples, voici des ordinateurs pour résoudre approximativement les équations dans les cas compliqués. Galilée et Newton ne sont pas moins ingénieurs que nous, mais de plus ils sont philosophes. Ce qu'ils disent, quand cela n'est pas directement exprimable de manière mathématique, aide à comprendre ce qui se passe. Ce « *pouvoir que la matière a de résister* », c'est l'inertie au sens de l'expérience quotidienne, celle qui se révèle par exemple quand nous commençons à pousser une voiture tombée en panne. Les définitions de Newton nous permettent aussi de comprendre, par exemple, le mouvement de la Lune autour de la Terre, ou celui de la Terre autour du Soleil. Il fallait, disait à peu près Valéry, être Newton pour entreprendre d'expliquer pourquoi la Lune tombe, alors qu'il est évident qu'elle ne tombe pas. La Lune tombe en effet vers la Terre, mais sans se rapprocher d'elle – justement à cause de l'inertie : pendant une durée infinitésimale elle se rapproche un peu de la Terre parce qu'elle tombe un petit peu, mais par inertie elle s'en éloigne aussi un petit peu le long de la tangente à sa trajectoire, et la combinaison de ces deux mouvements donne une distance à la Terre à peu près constante, un mouvement circulaire en première approximation.

Cela, c'est l'inertie ; mais il y a aussi la gravitation. La force exercée par la Terre sur la Lune (et *vice versa*), c'est la célèbre attraction universelle de Newton : elle décroît avec la distance, précisément comme l'inverse du carré de la distance. Comment une telle action d'un corps sur un autre est-elle possible ? La distance moyenne de la Terre à la Lune est d'environ 385 000 km. Comment agissent-elles l'une sur l'autre, à cette distance ?

Le problème se posait à peu près dans les mêmes termes pour les savants contemporains de Newton. Pour les newtoniens (par exemple Roger Cotes, dans sa préface à l'édition de 1713 des *Principes*), la loi de la gravitation était connue par l'expérience, et donc l'action à distance ne posait pas de problème particulier[8]. On peut voir en lui un précurseur des positivistes actuels. Mais Newton trouvait cela absurde. Dans une lettre à Richard Bentley, il écrivait ceci : « Que la gravité soit innée, inhérente et essentielle à la matière, de sorte qu'un corps puisse agir sur un autre à distance, à travers un espace vide (*a vacuum*), sans la médiation de quelque autre chose pour transporter l'action et la force de l'un à l'autre, cela est pour moi une si grande absurdité qu'à mon avis aucun homme ayant une faculté de réfléchir avec compétence aux problèmes philosophiques ne peut y tomber[9]. »

Newton consacra beaucoup d'efforts à la recherche d'une explication de la gravitation qui ne ferait pas intervenir l'action à distance, mais sans trouver de solution satisfaisante. Il voulait faire intervenir un « milieu beaucoup plus subtil que l'air, lequel milieu reste dans le vide après qu'on en a pompé l'air », milieu qu'il appelait d'un nom emprunté aux philosophes grecs de l'Antiquité : l'éther [10]. Prenant acte de son échec il se borna à énoncer, à la fin de son *Traité d'optique*, les questions qu'il s'était posées. Tout cela fut mis de côté par ses disciples et continuateurs, qui trouvaient dans l'action à distance une source féconde de problèmes et même d'explication de phénomènes.

Faraday, Maxwell et la notion de champ

Le XVIIIe siècle voit le triomphe de la mécanique newtonienne, en particulier dans le domaine de la mécanique céleste : les particularités les plus fines des mouvements des planètes et de la Lune sont soumises au calcul, qui fournit (à une exception près concernant Mercure, qui devra attendre Einstein) des résultats en accord avec ceux des observations. Mais à la fin du siècle s'ouvre un domaine nouveau de la physique, qui d'abord est double : l'électricité et le magnétisme. L'électricité statique était connue depuis l'Antiquité ; avec les matériaux actuels (textiles synthétiques, matières plastiques) les phénomènes d'électrisation par frottement sont entrés dans la vie quotidienne, le plus souvent comme des nuisances. Au temps des Lumières ils sont moins familiers, mais on les étudie et même on en fait des expériences de physique amusante dont les salons sont friands. Le degré d'électrisation d'un corps isolant peut être mesuré, ce qui définit une nouvelle grandeur physique appelée charge électrique. Il existe des charges de deux espèces différentes, qu'on appelle alors vitreuses et résineuses, aujourd'hui positives et négatives. La découverte essentielle est que les charges électriques exercent des forces les unes sur les autres : les charges de même espèce (en langage actuel : de même signe) se repoussent, tandis que les charges d'espèces différentes (de signes contraires) s'attirent. En 1785, l'ingénieur et physicien Charles Augustin Coulomb (1736-1806) découvre la loi qui donne la force qui s'exerce entre deux charges électriques ; découverte rendue possible par l'invention du pendule de torsion, appareil capable de mesurer de très faibles forces. Il se trouve que cette loi est l'exact analogue de la loi de la gravitation découverte par Newton : la force varie comme l'inverse carré de la distance. Coulomb établit aussi une loi analogue pour le magnétisme. Il lui faut pour cela imaginer l'existence de « masses magnétiques » analogues aux charges électriques ; par exemple il considère que les deux pôles d'un aimant portent des masses magnétiques opposées. L'étude théorique de l'électricité et celle du magnétisme se développent, jusque vers le milieu du XIXe siècle et au-delà, comme des théories mathématiques d'action à distance.

Ces théories cependant fixent leur attention sur les phénomènes statiques, où les charges demeurent fixes. En 1800 Alessandro Volta (1745-1827) découvre dans toute leur généralité les courants électriques en trouvant le moyen de les produire à l'aide d'une pile ; un courant électrique est un déplacement de charges, de même qu'un courant dans un fluide est un mouvement des particules de ce fluide. La pile permet de faire des expériences sur le courant électrique et rend possible la découverte capitale de Hans Christian Oersted (1777-1851) : une aiguille aimantée placée au voisinage d'un fil électrique est déviée quand un courant passe dans le fil.

Le lien ainsi établi pour la première fois entre l'électricité et le magnétisme va rendre possible le développement de l'électromagnétisme. De tout ce développement expérimental et théorique, intense durant le XIXe siècle, nous ne retiendrons ici qu'un aspect : la naissance de la notion de champ. Le génial physicien et chimiste autodidacte Michael Faraday (1791-1867) compensait son ignorance des mathématiques par l'usage systématique de représentations géométriques, élaborées à partir de ses recherches expérimentales. Le principal concept qu'il introduit est celui de *ligne de force*. Posez une vitre sur un aimant, et saupoudrez-la de limaille de fer : les grains de limaille vont dessiner des « lignes de force magnétiques » qui forment des sortes de chevelures, reliées aux pôles de l'aimant. Pour Faraday ces lignes sont des objets physiques qui emplissent tout l'espace. Pour les corps électriquement chargés on peut définir d'une manière analogue des lignes de force électriques. Ces concepts permettront à Faraday de concevoir et d'interpréter des expériences ingénieuses et variées, et de découvrir en particulier de nouvelles relations entre les phénomènes électriques et magnétiques.

Un physicien, James Clerk Maxwell (1831-1879), va reconnaître le génie de Faraday et saura donner à ses découvertes une forme mathématique. Il s'appuie sur l'analogie entre les lignes de force et les lignes de courant dans un fluide en mouvement (ces dernières sont les trajectoires d'un grain de poussière emporté par le mouvement du fluide). En chaque point, le fluide a une vitesse déterminée, qui se mesure en mètres par seconde et possède de plus une orientation ; on peut donc la caractériser par un vecteur, c'est-à-dire par une flèche. Ce vecteur est tangent en chaque point à la ligne de courant qui passe par ce point, puisque l'un et l'autre (le vecteur et la ligne) indiquent la direction du mouvement. On dit qu'il y a un *champ de vitesses*, et les lignes de courant sont les *lignes de champ* qu'il définit. Les lignes de force de Faraday sont, raisonne Maxwell, elles aussi des lignes de champ. Elles permettent de définir un *champ magnétique* et un *champ électrique*. Les propriétés de ces champs, leurs relations mutuelles (les unes découvertes expérimentalement par Faraday, les autres imaginées par Maxwell et confirmées par des expériences ultérieures) – tout cela sera résumé par Maxwell dans quatre équations ; ces « équations de Maxwell » forment depuis lors le noyau de la théorie des phénomènes électromagnétiques.

Remarquons aussi que le mémoire de Maxwell intitulé « Sur les lignes de force de Faraday » (1855-1856) expose une conception du rôle des mathématiques en physique, bien différente de celle de Galilée. Pour Maxwell, ce rôle se définit par l'analogie « entre les lois physiques et les lois des nombres », c'est-à-dire par une « similitude partielle entre les lois d'une science et celles de l'autre qui fait que chacune d'elles illustre l'autre [11] ». Cette conception plus souple et plus subtile se retrouve chez plusieurs mathématiciens et physiciens (par exemple de nos jours chez le mathématicien russe Vladimir Arnold). Mais elle reste toujours discrète : les trompettes de la renommée préfèrent décidément le pythagorisme de Galilée.

Le champ et l'action locale

La notion de champ, fruit de la réflexion physico-mathématique de Maxwell à partir des expériences conçues, réalisées et interprétées par Faraday, était destinée à jouer un rôle déterminant en physique. Pouvait-elle résoudre le problème de l'action à distance, posé par la gravitation newtonienne ? Aujourd'hui il semble tout simple de dire : il n'y a pas d'action à distance, les forces (électromagnétiques ou gravitationnelles) sont transmises par le champ du même nom. Mais au temps de Maxwell il était difficile de penser le champ comme un objet physique. Les savants n'étaient pas prêts à admettre que le monde physique se compose de deux types d'entités : la matière usuelle et les champs. Ici nous rencontrons pour la première fois la difficulté (presque une impossibilité), propre à la pensée occidentale, d'accepter la pluralité, de renoncer – même provisoirement – à la passion unificatrice.

Dans sa discussion avec les tenants de l'action à distance, Maxwell reprend d'abord littéralement la conception de Faraday : les lignes de force sont des objets physiques ; elles possèdent une tension intrinsèque analogue à celle d'une corde élastique, dirigée selon la ligne de force, en même temps qu'une pression perpendiculaire tend à les écarter les unes des autres [12]. Mais plus tard, en 1864, il formulera de manière plus abstraite les conclusions qu'il avait obtenues grâce à cette image mécanique, et c'est cette formulation abstraite, indépendante de toute considération mécanique, que la postérité retiendra, sous le nom d'« équations de Maxwell [13] ».

Il faut noter cependant que pour Maxwell, chacune des deux formulations a ses mérites, et qu'il n'entend pas éliminer l'une au profit de l'autre : « Puisque tout le monde n'a pas la même forme d'esprit, la vérité scientifique doit se présenter sous différents aspects, et il faut tenir pour également scientifique ce qui se présente sous une forme solide et sous des couleurs vives, et ce qui n'apparaît que dans le filigrane de l'expression symbolique [14]. » L'argument et la conclusion sont remarquables ! Pour Galilée le physicien lit le grand livre de l'univers, et par suite sa subjectivité, son humanité même ne jouent qu'un rôle négligeable : il suffit qu'il connaisse la langue mathématique, dans laquelle le livre est écrit. Corollaire : il n'y a qu'une seule théorie possible. Pour Maxwell au contraire, la pluralité des formes d'esprit implique que la vérité scientifique doit se présenter sous différents aspects : ici le rôle de la subjectivité des physiciens est reconnu et on en tire les conséquences, sans abandonner pour autant la poursuite de la vérité. Telle est la leçon que le physicien tire de sa collaboration avec Faraday.

Les deux formulations, celle de Faraday et celle de Maxwell, excluent l'action à distance. La théorie du champ électromagnétique, explique Maxwell dans son mémoire de 1864, suppose que dans l'espace au voisinage des corps électrisés ou aimantés il y a de la matière en mouvement, qui produit les phénomènes électromagnétiques que l'on observe. Cette matière, c'est l'éther que l'étude de l'optique avait déjà conduit à imaginer : un milieu qui est présent partout, aussi bien dans la matière usuelle que dans le vide, et qui propage les ondulations lumineuses. (Les expériences d'optique avaient déjà conduit, en effet, à admettre que la lumière est formée d'ondes.)

Les équations de Maxwell synthétisent tout ce que les expériences de Faraday et d'autres physiciens avaient permis de découvrir. Elles conduisent aussi à une conclusion nouvelle et capitale : une perturbation électromagnétique peut se propager sous forme d'ondes, et quand Maxwell calcule la vitesse de cette propagation il trouve qu'elle ne diffère pas significativement de la vitesse de la lumière, connue depuis longtemps. Cela permet, dit-il, de conclure que la lumière est une perturbation électromagnétique ; mais il ne manque pas de rappeler que cette conclusion avait déjà été atteinte par Faraday, avec d'autres arguments [15]. Les développements ultérieurs de la physique ont confirmé et développé l'idée de la lumière comme forme particulière d'ondes électromagnétiques. Les communications actuelles (radio, télévision, téléphone portable…) ont rendu familières certaines ondes électromagnétiques, dont les longueurs d'onde se mesurent en centimètres ou en mètres, tandis que celles de la lumière visible sont comprises entre 400 et 800 nanomètres (millioniémes de millimètre).

Le déterminisme

Pour aborder la question du déterminisme il nous faut maintenant revenir un peu en arrière. On a peine à imaginer l'ampleur du raz de marée d'enthousiasme qu'avait suscité chez les initiés, et au-delà, la publication de l'ouvrage magistral de Newton, les *Principes mathématiques de la philosophie naturelle*. Un rêve très ancien se réalisait : désormais la raison humaine, puisqu'elle avait été capable de cet exploit, devait pouvoir franchir n'importe quel obstacle. Le poète Alexander Pope (1688-1744) s'écriait :

La Nature et ses lois étaient cachées dans les ténèbres.
Dieu dit : Que Newton soit ! et tout fut lumière [16].

Parmi toutes les résonances métaphysiques des découvertes newtoniennes nous ne retiendrons que ce que nous appelons aujourd'hui le déterminisme : la possibilité de prévoir l'avenir. Sous une forme implicite, c'était une idée aussi ancienne que les observations astronomiques : constater qu'un phénomène est périodique, c'est-à-dire se reproduit à l'identique au bout d'un laps de temps déterminé, c'est déjà en prévoir le déroulement futur. (Pensez au retour des saisons ou aux phases de la Lune.) Newton avait été enthousiasmé quand il avait découvert que les équations dynamiques d'un système mécanique permettaient de déterminer le mouvement de ce système. (Plus précisément, le mouvement est déterminé quand on connaît aussi ce qu'on appelle les *conditions initiales*, c'est-à-dire les positions et les vitesses des composantes du système à un instant donné.) Avant la publication complète de ses travaux il avait, selon une coutume de l'époque, fait connaître l'anagramme d'une phrase latine qui énonçait ce principe [17]. Et en effet, la théorie newtonienne permet d'aller bien au-delà de la facile prévision qui concerne un mouvement périodique. Les mouvements planétaires ne sont périodiques que dans l'« approximation keplérienne » où l'on néglige les attractions mutuelles entre les planètes, beaucoup plus faibles que la force exercée sur elles par le Soleil puisque leur masse est très faible par rapport à celle du Soleil (Jupiter, la plus massive, est environ 1000 fois plus légère que le Soleil ; la Terre est 300 fois plus légère que Jupiter, etc.) En utilisant seulement la dynamique newtonienne et l'attraction universelle, Laplace (1749-1827) réussit à rendre compte avec une bonne précision des écarts entre les mouvements observés des deux planètes les plus massives (Jupiter et Saturne) et les prédictions de l'approximation keplérienne [18]. Ces travaux de Laplace sont publiés entre 1784 et 1788 ; mais dans un mémoire antérieur (publié entre 1773 et 1776), Laplace affirmait déjà : « L'état présent du système de la nature est évidemment une suite de ce qu'il était au moment précédent, et, si nous concevons une intelligence qui, pour un instant donné, embrasse tous les rapports des êtres de cet Univers, elle pourra déterminer pour un temps quelconque pris dans le passé ou dans l'avenir la position respective, les mouvements, et généralement les affections de tous ces êtres [19]. »

C'est là un exemple remarquable d'un certain type de relation entre la science et la métaphysique. Le déterminisme absolu que décrit Laplace représente-t-il une systématisation abusive par le savant de ses résultats scientifiques, une énorme exagération de leur portée (qui est en vérité déjà considérable) ? Il s'agit bien plutôt d'une thèse métaphysique qui joue le rôle d'un programme scientifique. Comme l'écrit à ce propos l'historien des sciences Giorgio Israël, « la métaphysique ouvre le chemin et les mathématiques suivent [20] ».

Limites du déterminisme physique

Le déterminisme au sens de Laplace (c'est-à-dire la possibilité de prévoir les mouvements futurs d'un système mécanique, ou plus généralement d'un système physique quelconque, quand on connaît son état présent) est une idée directrice qui a joué un rôle important dans la science, en stimulant l'esprit des savants qui désiraient la justifier. Mais tandis que pour Laplace il constituait un principe métaphysique inconditionnel, le développement scientifique l'a fait apparaître de plus en plus clairement comme une propriété de l'évolution des systèmes physiques, valable dans certaines conditions et dans certaines limites. Dès 1876 Maxwell avait observé que dans certains cas, une hypothétique connaissance *exacte* des conditions initiales permettrait de déterminer complètement le mouvement (comme l'affirmait Laplace), mais la connaissance *approchée* de ces conditions ne permet de le déterminer que sur un intervalle de temps fini. Or dans la pratique, la connaissance est toujours approximative et la définition même des grandeurs mesurées comporte, elle aussi, nécessairement un certain flou. Voici un exemple très simple : si un crayon parfaitement symétrique était posé verticalement sur sa pointe, il resterait éternellement en équilibre ; ici les conditions initiales (position verticale, vitesse nulle) déterminent toute la suite du mouvement, qui se réduit à l'immobilité. Mais si le crayon n'est vertical qu'approximativement, après une période d'apparente immobilité il va tomber, et nous ignorons de quel côté. Bien entendu, ce dernier cas sera toujours réalisé dans la pratique. Les mathématiciens et les physiciens savaient que Maxwell avait raison sur ce point : dans certains cas le mouvement est *instable*, et par suite *la prévision n'est possible que pour une durée finie.* (En effet la marge d'imprécision qui entache les conditions initiales entraîne sur la connaissance du mouvement une imprécision qui croît avec le temps, en sorte qu'après une certaine durée le mouvement n'est plus déterminé du tout.) Mais ils considéraient ce genre de cas comme une sorte de tare, qu'il fallait exclure pour avoir affaire à ce qu'on appelle des « problèmes bien posés ».

Cependant il apparut bientôt que dans des exemples qui ne sont pas forgés pour leur extrême simplicité (comme celui du crayon), mais se rattachent à des problèmes physiques importants, certaines des solutions des équations de la dynamique sont instables. Ce fut le cas pour ce qu'on appelle le « problème des *n* corps » : on idéalise le système solaire en remplaçant le Soleil et les planètes par des points matériels qui s'attirent selon la loi de Newton, et on demande de déterminer le mouvement du système dynamique ainsi défini, quand les conditions initiales sont données. Le mathématicien, physicien et philosophe Henri Poincaré (1854-1912) inventa (dans les années 1888-1899) des méthodes mathématiques entièrement nouvelles pour

Dét & causalité

étudier ce problème, et il découvrit que certaines solutions des équations du mouvement sont instables. Cela impliquait que la prévision des mouvements des planètes, possible aux yeux du mathématicien pur qui part de conditions initiales exactes, est pratiquement limitée dans le temps par l'imprécision qui affecte toute mesure physique, si raffinée soit-elle. Les contemporains n'aperçurent pas toute la portée de la découverte de Poincaré et de son implication.

À vrai dire il y avait là quelque chose de scandaleux, comme chaque fois qu'une découverte contredit des idées généralement admises, surtout quand celles-ci sont parmi les piliers de la conception du monde régnante. Expliquant pourquoi les mathématiciens qui ont continué l'œuvre de Poincaré ont longtemps négligé l'existence de trajectoires instables, dont la découverte nous paraît aujourd'hui si importante, les mathématiciens Florin Diacu et Philip Holmes écrivent : « Elle allait contre l'optimisme régnant, avec son désir de maîtrise du monde naturel[21]. »

Si l'on définit le déterminisme, non comme une propriété des équations mais comme la possibilité pratique de déterminer le mouvement une fois les conditions initiales connues (c'est-à-dire mesurées), alors il faut dire que Poincaré a découvert des limites du déterminisme. Il n'y a là aucun scandale scientifique, aucune faillite, sauf celle d'un principe métaphysique qu'on a pris, à tort, pour une condition de possibilité de la science. Les défenseurs du déterminisme métaphysique font ici une confusion avec ce qui est en effet une condition de possibilité des sciences de la nature : l'existence de lois naturelles, qu'il vaut mieux appeler la causalité. Celle-ci a été définie avec précision par Husserl. Dans un texte de 1936, publié par la suite comme l'Appendice IV de *La Crise des sciences européennes et la Phénoménologie transcendantale,* il écrivait en particulier ceci : « La causalité, la dépendance de tout ce qui advient à une chose à l'égard de son environnement, et finalement de toute la nature, cela fait partie *a priori* de l'idée de nature, entendue comme la nature d'une science mathématique de la nature. Cela vaut également pour la physique nouvelle. "Causalité", cela ne veut pas dire calcul univoque au sens de la physique classique – c'était plutôt là la première interprétation de la causalité naturelle, celle qui était le plus immédiatement à portée de la physique commençante[22]. » Par « calcul univoque », le philosophe entendait précisément le déterminisme au sens de Laplace. Quant à la causalité naturelle, elle prend des formes différentes selon le domaine de phénomènes considéré et selon le degré d'avancement de la science. Husserl sous-entend que le déterminisme métaphysique de Laplace est une étape révolue dans l'histoire de la physique. Nous verrons que la pensée occidentale se montre, dans une large mesure, incapable de dépasser cette étape. Le déterminisme métaphysique semble bien être une constante de la pensée européenne, déjà présente chez les Grecs sous la forme du Destin, force aveugle et sans limites contre laquelle les hommes étaient impuissants (voir Sophocle), et qui s'imposait même aux dieux.

Déterminisme et hasard

Dans ce chapitre il aurait fallu parler aussi de l'irruption du hasard dans la théorie physique, avec la théorie cinétique des gaz édifiée par Maxwell, Boltzmann et d'autres à partir des années 1850-1860. L'utilisation systématique de la théorie des probabilités permet de traiter les gaz comme des systèmes d'atomes ou de molécules, et d'interpréter ainsi les principes de la thermodynamique. Ce qui est remarquable ici est que l'intervention du hasard a toujours été regardée, pendant la période considérée et malgré quelques esprits indépendants comme Poincaré (voir le chapitre II), comme un pis-aller. Il serait, raisonnait-on, trop compliqué de suivre les mouvements des milliards de milliards de molécules contenues dans une portion macroscopique de fluide : nous prendrons donc en compte seulement les probabilités qui caractérisent la distribution des vitesses et des positions des molécules. Et il est bien vrai que cette décision permet l'étude théorique du gaz ; mais cela résulte-t-il de la faiblesse de nos moyens de calcul et de notre pensée, ou faut-il reconnaître au contraire que les probabilités nous donnent sur les propriétés du gaz des renseignements plus pertinents qu'un hypothétique catalogue de trajectoires individuelles ? Ce dernier ne permettrait pas, par exemple, de définir des notions comme la température du gaz, sa viscosité, sa compressibilité…

Le déterministe ne parvient pas à nous convaincre que ces notions découlent logiquement de l'impuissance de notre pensée à suivre les trajectoires individuelles. Il refuse d'admettre ce que suggère une étude sans préjugé de la physique : le hasard et le déterminisme sont constamment présents dans cette science, l'un ou l'autre jouant le rôle principal selon le phénomène étudié et les modalités selon lesquelles on le considère (échelle de temps, précision, degré d'isolement, etc.). La science, affirme-t-il avec passion, est l'ennemie du hasard. Sa persévérance héroïque relève-t-elle d'une pensée rationnelle ? On répondrait par l'affirmative si l'on définissait la rationalité par un ensemble de thèses fixées pour l'éternité, immunisées contre les découvertes expérimentales. On pourrait ainsi rédiger de beaux traités, où la théorie déduit ses théorèmes à partir de quelques axiomes habilement choisis. Mais tôt ou tard il faut bien se rappeler que la physique repose aussi sur l'expérimentation avec ses résultats parfois imprévus, capables de mettre en question les édifices théoriques les plus majestueux.

Pourquoi la physique ?

Le sujet de ce livre n'est pas la physique : c'est l'influence culturelle et morale de la science sur l'histoire et sur l'état présent des sociétés occidentales. L'exploit de Galilée est parti, nous l'avons vu, d'une attitude de principe : faire abstraction de toutes les propriétés des objets physiques, à l'exception de leur forme et de leur mouvement. L'influence de cette attitude sur la pensée et sur la culture occidentale est double. D'une part, en caractérisant la manière dont les physiciens abordent les problèmes qu'ils traitent, elle a été d'une extraordinaire fécondité scientifique. Mais cette caractérisation est entachée d'une illusion fondamentale : au lieu d'ignorer consciemment certaines propriétés des objets physiques, elle nie leur existence. Selon le mot de Husserl, elle prend pour l'être vrai ce qui est une méthode. Prise à la lettre, largement partagée et rarement critiquée (du moins explicitement), cette attitude a produit, ou justifié, un dramatique appauvrissement de la pensée, et de la vie tout entière.

Un seul exemple : la physique ignore toute différence radicale, absolue ; elle ramène en effet les qualités à des différences quantitatives. Appliquant ce principe d'une manière servile, au mépris du sens commun et de l'expérience historique, les penseurs du gène évaluent en somme à 2 % la différence entre l'homme et le chimpanzé. C'est mettre l'autorité de la science au service de ce qu'Arendt appelait l'extermination de la notion d'être humain. Car la différence entre l'homme et tout autre être vivant ne peut pas être évaluée par un pourcentage, qu'il soit de 2 % ou de 99 % : c'est une différence absolue, qui exige de chaque être humain qu'il se conduise humainement. Il est accablant de devoir rappeler de telles évidences.

Pour comprendre comment des âneries savantes pèsent d'un poids énorme (et croissant) sur une civilisation qui peut, par ailleurs, s'enorgueillir de traditions nobles et courageuses, d'œuvres littéraires, artistiques et scientifiques qui enrichissent le patrimoine de l'humanité entière, il faut pouvoir toucher du doigt les raisons concrètes de l'efficacité du principe galiléen. Si ce principe était purement arbitraire, son influence serait moins écrasante. La pensée galiléenne ignore ce qui n'est pas mathématisable ; elle s'est imposée parce qu'elle permet effectivement de décrire mathématiquement une partie importante des phénomènes de la nature et des procédés de la technique. La culture occidentale n'était, apparemment, pas armée pour penser la pluralité. Elle n'a pas su admettre la validité *régionale* des méthodes qu'elle a découvertes.

L'histoire de la physique aide à comprendre le sens de l'expression « validité régionale ». Elle montre comment la méthode galiléenne s'est élaborée dans un domaine bien particulier : l'étude de la chute des corps. Comment cette méthode a été appliquée avec succès dans des régions de plus en plus englobantes du monde physique : la mécanique d'abord, avec ce domaine d'application privilégié, les mouvements des astres. Puis les phénomènes électromagnétiques, qui jouent un rôle déterminant dans la nature avec la lumière, d'une importance capitale pour la vie sous toutes ses formes. L'extension du domaine où cette méthode prouvait son efficacité et sa puissance a été un processus d'une étonnante rapidité : il n'a pris que quelques siècles. On peut ainsi comprendre que ces conquêtes foudroyantes aient frappé les esprits au point de faire admettre que la méthode possédait une validité universelle. D'autant plus que la philosophie occidentale ne s'est guère intéressée à la notion de validité régionale, privilégiant la recherche de concepts et de méthodes à portée universelle.

Le chapitre suivant va montrer d'un autre point de vue l'importance de la difficulté qu'éprouve la pensée occidentale à penser le régional (par opposition à l'universel). Au XXe siècle, la découverte des phénomènes quantiques a abouti à des contradictions avec les principes de la physique classique, qui de Galilée à Lorentz avaient permis tant de découvertes et reçu tant de confirmations. La crise ainsi ouverte a été comprise et résolue par Niels Bohr, qui a su voir que les concepts classiques n'avaient en vérité qu'une validité régionale, et découvrir le fil conducteur qui conduit aux concepts quantiques. Ainsi le principe de régionalité, qui jusqu'alors relevait seulement du sens commun, devenait un concept clé pour l'interprétation de la nouvelle physique. Mais il s'est produit un phénomène révélateur : tandis que les découvertes strictement techniques de Bohr étaient unanimement reconnues, la solution qu'il a apportée à la crise de la physique quantique n'a pas été comprise. Elle a été rejetée, non à la suite de débats argumentés, mais essentiellement par le silence. Cette histoire mérite d'être racontée avec quelques détails.

CHAPITRE II
LA PHYSIQUE DU XXe SIÈCLE BRISE LA GANGUE

Les modes d'apparaître de la chose ne sont, par conséquent, pas des caractères ajoutés, par les procédés de la connaissance, à la chose existante ; ils font son existence même.

EMMANUEL LEVINAS [1]

Einstein, l'espace-temps et le vaisseau spatial

En 1905, Einstein crée la théorie appelée « théorie de la relativité restreinte ». Il n'est pas motivé par un résultat expéri mental particulier, mais par un souci de cohérence logique : il constate que les deux piliers de la physique classique, mécanique de Newton et électromagnétisme de Faraday-Maxwell, ne sont pas compatibles. À ses yeux l'espace et le temps absolus de Newton ne sont pas des conditions *a priori* de toute expérience possible, ils ont pour seule justification l'accord des données d'observation avec la mécanique newtonienne dont ils sont un principe de base. Or il se trouve que cette mécanique est secrètement liée à l'existence de corps solides : son espace et son temps absolus supposent des instruments de mesure rigides. Quand on prend en compte les phénomènes électromagnétiques, que Newton ignorait, la cohérence du bel édifice newtonien est ébranlée. Pour rétablir une cohérence, Einstein propose de définir d'une manière nouvelle les grandeurs et les relations spatiales et temporelles : non plus comme l'arpenteur accroché à la croûte terrestre, mais comme le cosmonaute dans son vaisseau spatial !

J'emploie ce langage anachronique pour souligner que les définitions einsteiniennes étaient par avance en accord avec les techniques de mesure du temps et de l'espace développées plus tard par l'aviation et le radar, puis par la navigation spatiale. Le principe commun de toutes ces techniques est simple : on ne mesure plus les longueurs avec une règle ou une chaîne d'arpenteur, on ramène leur mesure à celle d'un temps – celui que prend une onde radar ou une onde laser pour parcourir la distance considérée. Aujourd'hui le système américain GPS (*Global Positioning System*), qui utilise des satellites pour repérer la position d'un objet sur la terre, devient d'un usage courant, il est question de l'utiliser pour guider les autobus dans les villes et les agriculteurs dans les champs ; l'Europe prépare un système comparable et concurrent. En moins d'un siècle la théorie de la relativité restreinte, avec sa réputation initiale d'extrême abstraction, est devenue le principe fondateur de techniques de plus en plus répandues.

Cela ne nous dispense pas de faire effort pour la comprendre. La théorie einsteinienne n'est pas plus « relativiste » que la mécanique de Galilée-Newton, elle l'est autrement. Le temps et l'espace absolus newtoniens sont relatifs aux corps solides rigides. L'espace-temps absolu einsteinien est relatif à la propagation de la lumière et des autres ondes électromagnétiques.

Signification de l'équation $E = mc^2$

La même année 1905, Einstein découvre une autre face de sa conception de l'espace-temps : celle qui concerne l'énergie et la quantité de mouvement*. Jusqu'alors la masse était conçue comme une propriété des corps séparée de toutes les autres : on pouvait la mesurer avec précision, elle figurait dans les équations de la dynamique, mais elle restait quelque peu mystérieuse. Depuis Lavoisier on savait qu'elle se conserve dans les réactions chimiques : la nature des molécules change, mais la masse totale reste la même. « Rien ne se perd, rien ne se crée » : les changements physiques, pensait-on, finissent toujours par se ramener à de simples déplacements, ou à des redistributions des atomes entre les différentes molécules.

Or avec la notion nouvelle de « grain de lumière », de photon (encore Einstein, encore en 1905 !) la situation changeait radicalement. Quand un atome émet un photon, celui-ci est créé ; quand il absorbe un photon, celui-ci est détruit. Ce n'est que de la lumière, pensait-on plus ou moins obscurément, en sous-entendant : c'est à peine matériel… (Maxwell : la lumière n'est pas une substance, puisque dans le phénomène d'interférence la lumière peut s'ajouter à la lumière pour donner de l'obscurité.[2]) Mais en 1932, Carl Anderson fait une découverte expérimentale capitale : celle des électrons positifs, bientôt nommés positons. Ces particules ne diffèrent des électrons ordinaires que par leur charge électrique, qui est positive tandis que celle des électrons est négative. Il apparaîtra bientôt que leur présence dans la chambre de Wilson du physicien (voir plus loin sur cet appareil) est due à un processus d'un type entièrement nouveau : un photon de grande énergie rencontre un noyau (qui sert en quelque sorte d'enclume), et il se détruit en donnant naissance à une paire électron-positon.

On a trop peu réfléchi sur la portée de cette découverte. Le processus par lequel un photon disparaît et donne naissance à une paire électron-positon, et la transformation en sens inverse d'une paire en deux ou trois photons, ainsi qu'un grand nombre de processus analogues, ont obligé les physiciens à modifier radicalement leur concept d'objet physique, plus précisément de particule. Mais cette modification s'est faite dans la hâte et le silence. La mécanique newtonienne peut être exposée à partir du concept de « point matériel » : un objet physique dont on décide de négliger les dimensions, si bien que son état de mouvement à un instant donné est caractérisé seulement par une position (celle d'un point géométrique) et une vitesse. Une hypothèse implicite est ici que le point matériel est un objet permanent, qui ne peut ni apparaître ni disparaître. Hypothèse qui paraît absolument évidente, car la permanence des objets est une donnée de l'expérience quotidienne. Toute la mécanique de Newton et de ses successeurs repose sur cette évidence implicite.

Avec la nouvelle mécanique d'Einstein, la mécanique relativiste comme on le dit (improprement) de nos jours, l'hypothèse de la permanence des objets est dépassée. Elle reste valable, en général, dans le monde macroscopique, mais elle n'a qu'une validité limitée dans le domaine atomique *. Le concept de *point matériel* indestructible est remplacé par celui de *particule* susceptible d'être créée et détruite. La notion de masse va être transformée en accord avec ce changement : elle est liée désormais à l'énergie. Plus précisément, l'énergie d'une particule peut être décomposée en deux termes : le premier (« énergie de masse ») dépend seulement de la masse de cette particule (c'est le fameux $E = mc^2$, formule où c désigne la vitesse de la lumière dans le vide), tandis que le second (« énergie cinétique ») dépend de son mouvement. La mécanique relativiste était adaptée par avance à la description de processus où des particules apparaissent et disparaissent. Par exemple, pour qu'un photon puisse créer une paire électron-positon il doit posséder au moins l'énergie suffisante pour que sa disparition fournisse les énergies de masse des deux particules de la paire, soit $2mc^2$ si m désigne la masse (commune) d'un électron négatif et d'un positon. La loi de conservation de la masse, suggérée par les expériences de Lavoisier et vérifiée par la suite avec une précision croissante, n'est donc pas une loi exacte, elle est seulement très bien approchée lors des réactions chimiques, au cours desquelles les énergies de masse sont presque exactement conservées. Au contraire, dans le processus de création d'une paire électron-positon, la masse n'est pas conservée du tout : une partie de l'énergie du photon se transforme en l'énergie de masse des deux particules créées. Dans les réactions nucléaires, où les acteurs ne sont pas des molécules comme en chimie mais des noyaux, il peut y avoir transformation d'une partie importante des énergies de masse en énergie cinétique (énergie de mouvement). Cela explique que certaines réactions nucléaires peuvent dégager des énergies très importantes : c'est le cas pour la fission nucléaire contrôlée dans les réacteurs, qui leur permet de fournir de l'énergie pour la consommation pacifique ; c'est le cas aussi pour la fission nucléaire explosive dans les armes atomiques (ou plus précisément nucléaires).

Les débuts de la physique atomique

Après Galilée, puis Newton et les newtoniens (parmi lesquels Laplace), une autre étape de l'histoire de la physique va nous offrir un nouvel exemple des relations entre la science et la métaphysique. La maîtrise croissante des phénomènes électromagnétiques, et plus généralement les progrès de diverses techniques, offrent au cours du XIXe siècle des moyens nouveaux et considérables à la physique expérimentale. Les atomes avaient été imaginés par des philosophes de l'Antiquité ; tout au long du XIXe siècle les chimistes les emploient comme des êtres utiles mais fictifs ou purement hypothétiques ; le physicien Ludwig Boltzmann (1844-1906) est convaincu de leur existence réelle et s'appuie sur eux pour développer la théorie cinétique des gaz, qui apparaîtra plus tard comme une discipline d'avant-garde, mais rencontre en son temps une furieuse opposition qui le désespère. Pourtant au tournant du siècle les preuves en faveur de l'existence des atomes s'accumulent[3]. Par la suite Jean Perrin (1870-1942) montrera qu'on peut déterminer la masse individuelle des atomes par une douzaine de méthodes différentes qui donnent des résultats convergents, ce qui prouvera définitivement leur réalité. Les chimistes savaient en effet, depuis longtemps, déterminer les masses *relatives* des atomes : si on choisit de mesurer la masse d'un atome d'hydrogène par le nombre 1, celle d'un atome de carbone est mesurée par 12. Mais Perrin mesure des masses *absolues* ; autrement dit, il détermine le nombre d'atomes que contient un gramme d'hydrogène. Ce nombre, appelé nombre d'Avogadro, vaut à peu près « 6 suivi de 23 zéros » (6 fois 10 puissance 23 en langage savant, ou six cent mille milliards de milliards). Son inimaginable énormité permet de deviner pourquoi la structure granulaire de la matière échappe à l'expérience courante.

En même temps que les atomes sont reconnus comme existant réellement, ils perdent leur définition traditionnelle (*atome* veut dire insécable). J. J. Thomson (1856-1940) et Jean Perrin expérimentent sur les rayons cathodiques (ceux-là mêmes qui nous procurent aujourd'hui les images de la télévision) ; ils montrent qu'ils sont constitués de corpuscules possédant une charge électrique négative et une masse très inférieure à celle de l'atome d'hydrogène (le plus léger de tous les atomes). Comme de plus leurs propriétés sont indépendantes du matériau dont sont faites les électrodes du tube cathodique, Thomson conclut qu'il s'agit d'un constituant commun à toutes les espèces d'atomes connues des chimistes, qui sera appelé l'électron.

C'en était donc fait, apparemment, de la notion d'atome dans son sens primitif et étymologique : puisque les atomes contiennent des électrons beaucoup plus légers qu'eux-mêmes, c'est qu'ils ont une structure. Puisque les électrons sont chargés négativement, tandis que dans leur état normal les atomes sont électriquement neutres, c'est que les atomes contiennent aussi un constituant positif. Toutes ces conclusions seront prises en compte par le modèle d'atome élaboré en 1911 par Rutherford.

Ernest Rutherford (1871-1937), physicien complet, est avant tout un expérimentateur. Il a formulé (avec Frederick Soddy) les bases de la théorie de la radioactivité. Le phénomène de radioactivité, découvert en 1896 par Henri Becquerel, étudié en particulier par Pierre et Marie Curie, impliquait des conséquences au moins aussi considérables que l'existence même des atomes. Il s'agit en effet de transformations qui se produisent « spontanément », sans cause extérieure apparente, dans les atomes de certains corps. Ceux-ci émettent des particules de diverses espèces, qu'on désigne par les premières lettres de l'alphabet grec : alpha, béta, gamma. Les particules alpha, massives et très rapides, fournirent à Rutherford les projectiles nécessaires pour étudier la structure de l'atome. Deux de ses élèves, Geiger et Marsden, placent une mince feuille d'or sur le trajet des rayons alpha émis par une source radioactive (une ampoule de radon). Dans la plupart des cas, les particules alpha traversent la feuille sans être déviées, ou presque. Mais dans un cas sur 8 000 environ, la particule est renvoyée vers l'arrière. Rutherford analyse la situation : ce phénomène indique que l'atome d'or contient, en plus de ses électrons, un constituant central petit et massif, porteur d'une charge électrique positive : le noyau. Le « modèle de Rutherford » de la structure de l'atome est donc le suivant : un noyau central, des électrons périphériques. La comparaison avec le système solaire s'impose : le noyau ressemble au Soleil, les électrons aux planètes. Mais il y a évidemment une énorme différence d'échelle, et de plus l'attraction exercée par le Soleil sur les planètes est gravitationnelle, tandis que le noyau attire les électrons par une force électrique.

Les quanta de Planck et l'atome de Bohr

L'atome planétaire de Rutherford permit de résoudre beaucoup de problèmes : on apprit vite à distinguer les phénomènes qui mettent en jeu les électrons (propriétés chimiques, optiques, etc.) et ceux qui relèvent du noyau : la masse, la radioactivité. Mais il posait aussi un problème extrêmement difficile. Selon les lois connues de l'électromagnétisme, en effet, dès qu'un électron se meut d'un mouvement autre que rectiligne uniforme il doit rayonner (émettre des ondes électromagnétiques), et par conséquent perdre de l'énergie. Les électrons de l'atome devraient donc perdre de l'énergie par rayonnement, et par suite l'atome serait instable. De plus les caractéristiques d'un atome planétaire ne sont pas fixées par les lois physiques connues : comme nous le savons, le mouvement d'un système mécanique selon Newton dépend des conditions initiales, et celles-ci sont *a priori* arbitraires ; les astronomes ne calculent pas les dimensions des orbites planétaires, ils ne peuvent que les mesurer. Or chaque élément chimique a des propriétés constantes qui permettent de l'identifier : des atomes aux dimensions arbitraires, et de plus instables, sont donc en contradiction flagrante avec tout ce que l'on sait par expérience. La contradiction semblait insoluble, et l'était en vérité. Niels Bohr (1885-1962) la dépassa par une décision audacieuse, d'où devait sortir un peu plus tard la théorie la plus surprenante de l'histoire de la physique : la mécanique quantique.

Prenant acte du fait que la stabilité des atomes et la fixité de leurs propriétés étaient incompatibles avec les lois physiques connues en 1913, Bohr adopte une démarche empirique : lorsque les lois connues sont manifestement en contradiction avec les faits qu'il s'agit d'expliquer, mettre ces lois de côté et partir des propriétés expérimentalement établies. Une des propriétés les mieux connues des atomes était leur *spectre*. Ce mot se rapporte au fait que chaque atome ne peut émettre ou absorber que des rayonnements électromagnétiques de fréquences déterminées ; le spectre est l'ensemble de ces fréquences. Par exemple, l'atome de sodium peut émettre de la lumière d'un certain jaune, celui qu'on voit quand une goutte d'eau (toujours un peu salée) tombe dans la flamme du gaz ; il n'émet pas dans le bleu, le vert ou le rouge. Pour rendre compte du caractère discret, discontinu du spectre, on dit qu'il se compose de *raies spectrales*.

Ici un bref retour en arrière s'impose. À la fin du XIXe siècle les physiciens étudiaient assidûment les propriétés du rayonnement électromagnétique en équilibre avec la matière (« rayonnement thermique »). Ayant pris connaissance des mesures effectuées par son ami Heinrich Rubens et d'autres physiciens [4] sur le spectre de ce rayonnement, Max Planck trouva en 1900 une formule mathématique qui décrivait bien ce spectre. Il chercha alors à comprendre cette formule, et cet effort apparaît aujourd'hui comme le point de départ de la physique *quantique.* Il fut amené en effet à postuler que la matière n'émet et n'absorbe de l'énergie électromagnétique que par paquets (par *quanta*), et que l'énergie de chaque quantum est proportionnelle à la fréquence du rayonnement. Le coefficient de proportionnalité de cette relation, c'est la célèbre constante de Planck, désignée par la lettre h. (Plus tard, on acceptera l'idée audacieuse émise par Einstein dès 1905, et on admettra que cette relation entre énergie et fréquence est propre au champ électromagnétique lui-même, qui a donc une structure granulaire et se compose de *photons*.)

Or l'étude expérimentale des spectres atomiques, grâce à des techniques de mesure parvenues à un haut degré de précision, avait conduit à une découverte empirique capitale : un spectre atomique ne se compose pas de fréquences fondamentales et de leurs multiples, appelés harmoniques, comme on s'y attendrait par analogie avec un système macroscopique (une corde de piano ou de violon). Pour l'atome les fréquences ne sont pas des *multiples*, mais des *différences* d'un petit nombre de « termes spectraux », dont chacun est caractérisé par un nombre entier. Cette loi empirique s'appelle le *principe de combinaison.* La relation de Planck nous permet alors de dire la même chose sur des énergies : il y a dans le rayonnement d'un atome des énergies qui sont des différences entre des énergies déterminées, caractérisées par un nombre entier.

Bohr donne de ces relations énigmatiques une interprétation simple et hardie. Dans un atome, l'énergie des électrons est *quantifiée*, c'est-à-dire qu'elle ne peut prendre que certaines valeurs. Chaque valeur possible de l'énergie caractérise un *état stationnaire* de l'atome. On peut ranger ces états dans l'ordre des énergies croissantes et attribuer à chacun d'eux un numéro d'ordre, appelé *nombre quantique*. De plus, quoi qu'en dise la physique classique *l'atome ne rayonne pas quand il est dans un état stationnaire*, mais seulement quand il passe d'un état stationnaire à un autre, d'énergie plus petite. Ce passage s'appelle une *transition,* et il a des propriétés littéralement renversantes : il est global, non décomposable, non descriptible comme un processus qui se déroule dans le temps ! Ces hypothèses inouïes expliquent très simplement le principe de combinaison : la transition d'un état stationnaire à un autre d'énergie moindre libère une énergie déterminée (la *différence* entre les énergies de l'état initial et de l'état final), et cette énergie est emportée par le quantum de rayonnement, le photon émis. Le principe de combinaison apparaît ainsi comme une conséquence de la quantification des énergies de l'atome et de la loi de conservation de l'énergie. Enfin Bohr trouve une loi mathématique simple qui donne les énergies des états stationnaires de l'atome d'hydrogène (le plus simple de tous, puisqu'il a un seul électron) ; il retrouve ainsi complètement la formule empirique qui donne le spectre de l'hydrogène.

L'accueil réservé par les physiciens aux articles dans lesquels Bohr exposait son explication de l'atome planétaire de Rutherford est très intéressant. D'une part, ils reconnaissent tout de suite l'immense pas en avant que représente ce travail, qui met en relation des phénomènes physiques jusqu'alors considérés séparément ; d'ailleurs d'autres confirmations expérimentales des idées de Bohr ne tardent pas à apparaître. Mais d'autre part, les contradictions inhérentes à la représentation bohrienne de l'atome (ce qu'on appelle aujourd'hui l'« atome de Bohr ») sont mal vécues par beaucoup d'entre eux. Hendrik Anton Lorentz (1853-1928), qui avait été l'auteur d'une vaste synthèse appelée « théorie des électrons », incorporant les électrons dans la physique classique (celle de Newton et Maxwell), exprime sa souffrance en 1924, lors d'une rencontre avec le jeune physicien soviétique Abram Fédorovitch Joffé : « Aujourd'hui, exposant la théorie électromagnétique, j'affirme qu'un électron en mouvement sur une orbite rayonne de l'énergie, et demain dans le même amphithéâtre, je dis que l'électron ne perd pas d'énergie en tournant autour du noyau. Où donc est la vérité, si on peut affirmer deux choses qui s'excluent mutuellement ? D'une façon générale, sommes-nous capables de connaître la vérité, et cela a-t-il un sens de s'occuper de science [5] ? »

La mécanique quantique

L'atome de Bohr apparaissait comme une solution d'attente ; mais il marque aussi une étape importante dans l'histoire de la physique. Tandis que les autres physiciens, à commencer par Planck et Einstein, s'efforçaient de faire entrer les découvertes récentes sur l'atome et le rayonnement dans le cadre de la physique classique, Bohr s'était définitivement installé dans la rupture. Mais pour lui, rupture ne signifiait pas destruction. Il a constamment affirmé que la physique classique demeurerait éternellement indispensable à la pensée du physicien, et que les développements bouleversants du début du XXe siècle (y compris celui dont nous allons parler maintenant) ne la réfutaient pas, mais marquaient les limites de son domaine de validité. Cette idée reçut aussi une formulation technique, sous le nom de *principe de correspondance* : les lois classiques de Newton et de Maxwell ne sont pas exactes quand on les applique à l'atome, mais elles deviennent approximativement vraies quand on considère des nombres quantiques élevés. (On se rappelle que le nombre quantique d'un état stationnaire de l'atome est son numéro, quand on numérote ces états dans l'ordre des énergies croissantes.) Le principe de correspondance fut le guide de Bohr et de ses disciples dans les années 1918-1925, et ils en tirèrent des développements dont on a récemment redécouvert la fécondité.

Ce fut l'influence de Bohr, et en particulier une idée qu'il exprimait avec insistance, qui permit à son jeune disciple Werner Heisenberg (1901-1976) de prendre l'initiative d'où devait sortir la mécanique quantique. L'idée était que les concepts physiques tirent leur seule légitimité de leur capacité à « couvrir la situation expérimentale [6] ». Il ne s'agissait pas d'une banalité, mais bien d'une position polémique dirigée contre la conception régnante : pour celle-ci, les concepts de base de la physique classique étaient *absolument* légitimes ; on admettait par conséquent (explicitement ou non) qu'ils étaient invulnérables à toute contestation appuyée sur l'expérience. (On sait que Kant avait cru pouvoir déduire *a priori* les principes de la physique newtonienne [7]. Même si les physiciens de cette époque n'étaient pas tous des lecteurs de Kant, l'idée des concepts classiques comme conditions *a priori* de la scientificité leur était familière en tant qu'évidence implicite. Elle survit encore de nos jours.)

En 1925, donc, Heisenberg publie un article qui marque le début d'un renouvellement radical de la théorie de l'atome : au lieu que les grandeurs mécaniques (positions, quantités de mouvement*) des électrons soient représentées par des nombres comme on l'avait toujours fait depuis les newtoniens, il propose de les représenter par des objets mathématiques plus compliqués, des tableaux de nombres (il ne savait pas alors que les mathématiciens les avaient déjà étudiés sous le nom de matrices). Au sujet de ces matrices il nous suffira de savoir que leur introduction s'appuyait sur le principe de correspondance de Bohr, dont Heisenberg faisait un usage systématique. Grâce à ce principe, il pensait pouvoir passer de la théorie classique du rayonnement (qui met en jeu, nous l'avons dit, des fréquences fondamentales et leurs multiples appelés harmoniques) à la théorie quantique, où les fréquences rayonnées sont proportionnelles à des différences d'énergies. Les physiciens, à l'exception de Bohr et de quelques autres, étaient réticents en raison de l'extrême abstraction de l'approche de Heisenberg, qui faisait usage de notions mathématiques inusitées en physique. Cependant l'intervention de Max Born (1882-1970), aidé de son assistant Pascual Jordan (1902-1980), devait permettre de transformer l'idée de principe en une théorie plus cohérente, que Born appela « mécanique quantique ».

Contradictions avec la physique classique

Depuis les débuts de la physique quantique il apparaissait qu'elle remettait en cause l'esprit de la physique classique, ses principes généraux, ses présupposés philosophiques. La physique classique privilégie la continuité : les mouvements fondamentaux que décrit la mécanique (les mouvements des planètes par exemple) sont continus ; une planète, par exemple, ne saute pas instantanément d'un point à un autre mais passe continûment du premier au second. Il peut bien apparaître des discontinuités, par exemple lors d'une collision de deux astres (ou de deux billes), mais elles ne sont pas essentielles ; souvent une description plus fine peut les éliminer (les deux billes subissent une déformation élastique au cours de la collision, qui n'est pas instantanée comme le ferait croire une description simplifiée). Mais de toute façon il y a continuité dans les principes de base. Or dès 1900 Planck pose que l'énergie échangée entre un récipient solide et le rayonnement électromagnétique qu'il contient est quantifiée : elle ne peut prendre que des valeurs multiples d'un certain quantum. Il espère que cette discontinuité ne sera qu'apparente. En

1905 Einstein va plus loin : selon son hypothèse c'est le champ électromagnétique lui-même qui a une structure discontinue. Quant à l'atome de Bohr, il est essentiellement discontinu : l'énergie des électrons est quantifiée, elle saute d'une valeur à une autre, et de plus ce saut n'est pas descriptible comme un processus dans le temps et l'espace !

La mécanique quantique enfin va s'éloigner encore plus de la pensée classique. Sa cohérence mathématique et son accord jamais infirmé avec les résultats d'expériences donnent aux discontinuités un caractère nécessaire. Le principe de localisation, lui aussi, est mis à mal. Les électrons sont localisés dans beaucoup d'expériences, tels ceux qui sont astreints à nous offrir, grâce à leur impact sur un écran, les plaisirs et les servitudes de la télévision. Mais dans d'autres expériences ils ne sont pas localisés : on décrit souvent, dans les exposés de vulgarisation, des situations imaginaires où des électrons traversent un dispositif expérimental formé de deux trous, et on explique que l'existence d'interférences exclut la possibilité de donner un sens à la question de savoir par lequel des deux trous est passé un électron qui est détecté à l'extrémité de l'appareil. Peu nous importent ici les détails, ce qui compte est que la détermination précise des formes et des mouvements, chère à Galilée, Descartes et leurs successeurs, n'est pas toujours possible. De ce fait la théorie perd son caractère intuitif, sa « visibilité ». Enfin le déterminisme est mis en défaut : les prévisions de la mécanique quantique sont le plus souvent des probabilités. Il est vrai qu'elle fournit aussi des certitudes, mais celles-ci apparaissent comme des conséquences des probabilités ! La désintégration d'une source radioactive, par exemple, présente des régularités statistiques : par suite du grand nombre de noyaux qu'elle contient, la décroissance de son activité obéit à une loi exponentielle (activité divisée par deux chaque fois que s'écoule une durée appelée période). Cette loi décrit le phénomène à une approximation d'autant meilleure que le nombre de noyaux est plus élevé. Mais au niveau des noyaux individuels c'est le hasard qui règne, on ne peut pas prédire à quel instant tel noyau déterminé va se désintégrer. Nous reviendrons sur ce point.

Toutes ces nouveautés, je viens de les présenter sous une forme négative : on ne peut pas localiser un électron, on ne peut pas prédire l'instant où un noyau va se désintégrer... Le bilan des découvertes de la physique atomique, et de la théorie qui en rend compte (la mécanique quantique), se résumerait-il à un recul de la connaissance scientifique ? Certainement pas, puisque les objets et les propriétés découverts par la physique atomique et nucléaire prennent très bien leur place dans le cadre de la mécanique quantique : tout cela représente au contraire un élargissement considérable de notre connaissance de la matière. Il ne faut pas trop écouter les propos sur l'impossibilité quantique de ceci ou de cela : en fait la théorie quantique prévoit couramment les valeurs numériques de certaines grandeurs physiques avec des précisions étonnantes, allant parfois jusqu'à six ou huit décimales et plus, exploit dont la physique classique (c'est-à-dire non quantique) n'est que rarement capable.

Mais tout de même, pourquoi ces impossibilités ? Le mérite de Niels Bohr aura été de donner une réponse cohérente à la question. Je vais tenter de la résumer, sans m'astreindre à utiliser les même mots que le physicien danois.

Comment comprendre la mécanique quantique ?

Depuis l'« atome de Bohr » (1913), le physicien avait une certitude : en découvrant la structure de l'atome la physique avait pénétré dans une région nouvelle, régie par des lois différentes. La physique classique, celle de Newton et Maxwell, n'était pas réfutée : il apparaissait seulement que son domaine de validité était limité. Remarquons tout de suite à quel point cette première idée était audacieuse : la pensée scientifique s'est toujours efforcée d'universaliser les lois qu'elle découvre. Selon Bohr, au contraire, la physique quantique a prouvé que la physique classique est valable seulement dans un domaine particulier de phénomènes physiques, que nous conviendrons d'appeller le domaine classique.

Seconde idée essentielle : considérons la manière dont les objets atomiques se manifestent à nous. Ils sont trop petits et trop légers pour être directement accessibles à nos sens. Mais on peut les observer indirectement. Une des plus grandes découvertes de la physique au XXe siècle est due à un météorologue, Charles Thomson Rees Wilson (1869-1959). En tentant de reproduire en laboratoire certains phénomènes qui se produisent dans les nuages, il inventa en 1912 la « chambre à brouillard », qui fut appelée par la suite chambre de Wilson. Si dans un récipient cylindrique contenant de l'air saturé d'humidité on abaisse soudainement la pression (on augmente le volume du récipient en tirant un piston), une partie de la vapeur d'eau va se condenser sous forme de fines gouttelettes. Celles-ci ne se forment pas n'importe où mais sur des « germes », en particulier sur les trajectoires des particules électriquement chargées qui ont traversé la chambre. (En effet, tout le long de cette trajectoire il y a des atomes qui ont perdu un électron dans leur collision avec la particule chargée ; ils sont donc eux-mêmes chargés et favorisent la condensation.) Par suite on peut observer la trajectoire d'une particule chargée, sous forme d'une ligne de gouttelettes. Un autre procédé de détection consiste à créer dans un récipient contenant un gaz un champ électrique presque assez intense pour provoquer une décharge électrique (un éclair en miniature). Si une particule chargée traverse le récipient, elle va provoquer la décharge. Tel est par exemple le principe du compteur de Geiger-Müller, qui décèle la présence d'une source radioactive en détectant les particules chargées qu'elle émet.

Ces deux moyens de détection des particules chargées constituent des ponts entre le monde atomique et le monde sensible. Si l'on réfléchit à la disproportion entre ces deux mondes, mesurée par la valeur énorme du nombre d'Avogadro, l'existence de tels ponts était *a priori* hautement improbable ; la réalisation de la chambre de Wilson, qualifiée en son temps de « plus belle expérience du monde », est peut-être la découverte la plus bouleversante de la physique du XXe siècle, et nos esprits blasés devraient s'étonner que des appareils de ce genre puissent exister. La chambre de Wilson et le compteur de Geiger-Müller reposent sur le même principe essentiel, celui de l'avalanche : petite cause, grands effets. La particule chargée ionise quelques atomes dans le gaz du compteur (elle leur arrache des électrons), chacun de ces atomes à son tour va en ioniser plusieurs autres et ainsi de suite jusqu'à la formation d'un courant dont l'intensité n'est pas négligeable à l'échelle macroscopique, et suffit pour déclencher le compteur.

Sachant cela, imaginons un visiteur à l'esprit libre et curieux dans un laboratoire de physique atomique. À toute affirmation du physicien qui le guide, notre sceptique objecte : « Comment le savez-vous ? – Je le sais, en définitive, parce qu'ici ou ailleurs, on a observé l'avalanche produite par l'objet atomique en question. – C'est donc une particularité constante des objets atomiques dont vous me parlez, de ne pouvoir être décelés et étudiés que par l'intermédiaire d'un appareil macroscopique dans lequel ils déclenchent un processus de type avalanche ? – Oui. – Mais alors, cette loi générale doit se traduire dans les formalismes mathématiques qu'élaborent vos théoriciens ? – C'est bien le cas. Les particularités surprenantes de la mécanique quantique, celles en particulier de son formalisme mathématique, sont directement liées à la manière dont les objets atomiques se manifestent à nous. »

Côme, septembre 1927

Tel est le cœur de l'analyse que Niels Bohr présenta en septembre 1927, à un congrès international de physique tenu à l'occasion du centième anniversaire de la mort de Volta[8]. Dans son exposé Bohr situe d'abord la théorie quantique par rapport à la physique classique : d'une part la théorie quantique apporte une limitation essentielle aux concepts de la physique classique dans leur application aux phénomènes atomiques ; mais d'autre part, elle exige que les données expérimentales soient interprétées à l'aide de ces mêmes concepts classiques.

Pourquoi ? Simplement parce que les expériences sont nécessairement faites à l'aide d'appareils de dimensions macroscopiques, c'est-à-dire à l'échelle humaine. Pour des objets de telles dimensions, la description classique est *possible* ; Bohr précisera plus tard, dans son compte rendu de ses discussions avec Einstein, qu'à son avis cette description classique est même nécessaire. Le mot « expérience », en effet, désigne « une situation où nous pouvons dire à d'autres hommes ce que nous avons fait et ce que nous avons appris ». Cela veut dire que nous pouvons décrire le dispositif de l'expérience et ses résultats[9]. Or les concepts de la physique classique sont particulièrement intelligibles, dans la mesure où ils se réfèrent (malgré leur abstraction) à notre expérience quotidienne. On appréciera la profondeur et l'originalité de l'argument : Bohr éprouve le besoin de justifier ce qui pourrait être considéré comme allant de soi. Les plans d'un appareil de physique sont dessinés selon la géométrie usuelle (euclidienne), ils ne font aucune place au flou quantique ! De plus Bohr considère que la théorie quantique doit être intelligible, et que cette exigence peut imposer des conditions à la formulation même de la théorie. Dans tout cela nous sommes déjà loin de la métaphysique de la physique classique. Selon celle-ci, en effet, le physicien qui élabore la théorie d'un phénomène ne fait que *lire* le livre de l'univers, et par suite les particularités de l'esprit humain ne jouent aucun rôle dans sa théorie.

Bohr en vient alors au cœur de la question, à ce qu'il appelle le postulat quantique. Selon ce postulat, toute observation des phénomènes atomiques entraîne une interaction avec l'instrument d'observation qui ne peut être négligée. « *On ne peut par conséquent attribuer une réalité indépendante, au sens physique ordinaire de ce mot, ni aux phénomènes ni aux instruments d'observation.* »

Analyse audacieuse et profonde, qui remet en cause un principe fondamental de la physique classique, le *principe analytique* : tout système physique et tout phénomène physique peuvent être subdivisés aussi finement qu'il le faut pour les besoins de l'analyse. Elle exprime en effet que le système formé par un électron (par exemple) et son environnement macroscopique est, en principe, impossible à séparer (par la pensée) en ses composantes. Bohr parlait à ce propos d'*individualité*. Si le mot n'avait pas un autre sens, on pourrait dire que le système électron-appareil est *atomique* (étymologiquement : insécable, impossible à couper).

Les physiciens et les philosophes ont accueilli ce point central de l'interprétation bohrienne de la physique quantique d'une manière surprenante : par le silence. À ma connaissance, la phrase en italique n'est jamais citée ni commentée [10].

La course à la déréalisation

Comme nous l'avons vu, Galilée et ses successeurs avaient nié la réalité des qualités sensibles, exception faite de celles qui sont descriptibles géométriquement. Le monde du physicien, pris pour le monde vrai, s'éloignait du monde réel, c'est-à-dire du monde sensible. La mécanique quantique devait aller encore plus loin dans l'abstraction. Elle découvrait en effet que cette géométrisation elle-même n'avait pas une validité universelle : elle apparaissait désormais comme une approximation, valable à la limite des grands nombres quantiques. Mais alors, où était la vérité du monde physique ? Les physiciens les plus influents répondaient : dans des objets mathématiques beaucoup plus abstraits que ceux de la vieille géométrie euclidienne, à savoir des fonctions d'onde dans des espaces de configuration à plus de trois dimensions, ou des vecteurs dans des espaces de Hilbert de dimension infinie.

Déjà la preuve expérimentale de l'existence des atomes avait suggéré à l'illustre astronome Sir Arthur Stanley Eddington (1882-1944), dans son livre *La Nature du monde physique*, aujourd'hui un peu oublié mais qui avait eu un grand retentissement dans les années 1920 et 1930, la description fameuse d'une table. Vous croyez voir une table avec sa forme, sa couleur, la texture de son bois...? Vous êtes, disait Eddington, dans l'erreur. Il n'y a en vérité que des atomes qui s'agitent frénétiquement, oscillant à des vitesses énormes autour de leurs positions d'équilibre. Telle est la vérité que nous livre la physique, et qui devrait nous faire perdre nos illusions familières : le plein de la table n'existe pas, il n'y a que des atomes et du vide.

Mais cette description démocritéenne devait à son tour paraître naïve, douée d'un charme désuet, par comparaison avec le point de vue de la mécanique quantique, telle qu'elle est vue par les théoriciens les plus épris d'abstraction (comme Heisenberg par exemple). Les atomes sont remplacés par des objets mathématiques, d'ailleurs algébriques et non géométriques.

Bohr remet en cause les principes galiléens

Comment situer la conception bohrienne de la mécanique quantique par rapport à cette course à la déréalisation ? Bohr ne remet pas en cause la pertinence des instruments mathématiques, d'une abstraction inouïe, qui constituent l'arsenal de la mécanique quantique. Bien au contraire : il veut leur donner, en plus de la force contraignante que représentent des preuves expérimentales jamais remises en cause, la solidité de l'intelligible. L'élément de base du formalisme mathématique de la mécanique quantique s'appelle une amplitude, et fait intervenir deux vecteurs abstraits. L'un de ces vecteurs représente la préparation d'une expérience, tandis que l'autre représente le résultat de celle-ci. Préparation et résultat nécessitent des appareils, et Bohr affirme avec insistance que tous ces appareils doivent être décrits en termes des concepts de la physique classique. Thèse surprenante ! D'une part en effet, elle exprime une évidence : les appareils sont des objets en métal ou en verre, fabriqués par les techniciens de l'atelier du laboratoire ou les ouvriers de l'industrie ; ils ont été préalablement dessinés, et possèdent manifestement une forme et une position… Mais d'autre part, cette description classique des appareils signifie un peu plus que l'évidence qu'elle énonce explicitement. Pour s'en convaincre, chacun peut regarder les illustrations d'un des textes les plus remarquables de Bohr, le rapport sur son long débat avec Einstein qu'il écrivit pour le volume jubilaire de celui-ci (il s'agissait de célébrer les soixante-dix ans d'Einstein, en 1949). Ouvrez le livre de poche et regardez les figures. Il y en a de deux types : des schémas abstraits à deux dimensions, et des dessins réalistes en perspective cavalière, qui n'omettent ni un boulon ni un rouage. Les schémas sont liés au point de vue d'Einstein, les dessins réalistes à celui de Bohr. Cela doit bien avoir un sens.

En effet, les figures doivent être comprises à la lumière du texte du rapport. Le passage suivant est particulièrement révélateur : « […] il importe de façon décisive de reconnaître que, d'aussi loin que les phénomènes puissent transcender le domaine de l'explication physique classique, la description de tous les résultats d'expérience doit être exprimée en termes classiques. La raison en est simple : par le mot d'"expérience", nous nous référons à une situation où nous pouvons dire à d'autres hommes ce que nous avons fait et ce que nous avons appris ; il en résulte que la description du dispositif expérimental et des résultats d'observation doit être exprimée en un langage dénué d'ambiguïté, se servant convenablement de la terminologie de la physique classique [11]. »

Pourquoi Bohr éprouve-t-il le besoin de justifier une pratique qui va de soi : décrire en termes classiques le dispositif expérimental et les résultats d'expérience ? (Pratique universellement adoptée, bien que des spécialistes de la mécanique quantique la contestent au nom de leur idéal irréaliste d'exactitude absolue [12].) Sa remarque implique que les concepts classiques jouissent d'une intelligibilité particulière, et que la nécessité d'être intelligible peut jouer un rôle dans la structure d'une théorie physique. Mais les figures réalistes suggèrent un peu plus : un certain retour, non seulement vers la physique classique, galiléenne, mais encore en deçà : vers la reconnaissance du monde sensible. Car si seule comptait la forme de l'appareil, un schéma du type habituel suffirait amplement. Cette tendance au retour vers le monde sensible se manifeste souvent dans les textes de Bohr, par exemple dans un exposé de 1938 à Varsovie et dans la discussion avec von Neumann au cours de la même réunion [13]. Critiquant un exposé de von Neumann qui utilisait des logiques purement formelles pour décrire les situations rencontrées en physique quantique, Bohr affirmait s'être efforcé pour sa part « de conserver les formes logiques de la vie quotidienne, dans lesquelles les expériences immédiates sont nécessairement enfermées ». Il justifiait l'emploi des concepts classiques pour la description des expériences par la nécessité d'utiliser « le langage ordinaire et les définitions pratiques ». Vie quotidienne, expériences immédiates, langage ordinaire, définitions pratiques : il y a là une remise en cause tout à fait nette des principes galiléens. Galilée, reprenant la tradition platonicienne interprétée par le christianisme, disait en somme : le monde sensible n'est pas le vrai monde, car il comporte des qualités qui en vérité sont illusoires. Le monde vrai, c'est le livre de l'univers tel qu'il est écrit en caractères *géométriques* (ce dernier mot, les successeurs de Newton le remplaceront par : *mathématiques*, allant ainsi encore un peu plus loin dans l'abandon du monde sensible). Bohr s'inscrit en faux contre cette déréalisation du monde : pris dans leur ensemble, ses travaux sur la mécanique quantique impliquent que la nouvelle physique remet en cause la métaphysique galiléenne. Elle redonne une dignité théorique au point de vue que chacun adopte implicitement dans sa vie pratique : le monde sensible, celui des expériences immédiates communes à tous les humains, est le monde réel. Le point de vue des physiciens nous apporte des connaissances très précieuses sur les phénomènes physiques. Il serait absurde de nier que ce point de vue met à jour des vérités, mais pour comprendre la nature de ces vérités il faut reconnaître une évidence : les concepts physiques n'épuiseront jamais la richesse de la réalité. Ils sont en effet tirés du monde réel par des opérations d'abstraction, c'est-à-dire en mettant de côté certains aspects de ce monde.

La réception des idées de Bohr

À l'époque de leur publication (en 1927 et dans les années suivantes) les idées de Bohr sur l'interprétation de la mécanique quantique ne passionnèrent pas beaucoup de physiciens. La plupart d'entre eux étaient exclusivement occupés à explorer les nouveaux domaines qui venaient de s'ouvrir : la physique des atomes, des molécules et des noyaux. De plus l'opinion régnante était (et est encore) que ce qui compte vraiment, c'est de savoir appliquer la théorie à des cas concrets. L'attitude dominante, jusque dans les années 1960, consistait à dire que Bohr avait certainement raison, sans faire beaucoup d'efforts pour assimiler ce qu'il disait. Bohr était un peu compris par ses disciples, et aussi par un esprit indépendant et original comme Wolfgang Pauli (1900-1958), un des principaux artisans de la physique quantique. D'autre part il avait un opposant de première grandeur en la personne d'Einstein. Le débat entre Bohr et Einstein, déjà mentionné, est un monument de la pensée scientifique du XXe siècle.

La situation changea beaucoup à partir des années 1960 : un physicien de grand talent et de grande originalité, John Stewart Bell (1928-1990), trouve le moyen de transporter le débat sur le terrain expérimental. Il découvre des inégalités* entre grandeurs physiques qui ont les propriétés suivantes : elles peuvent être mises à l'épreuve de l'expérience ; les conceptions d'Einstein impliquent qu'elles sont vraies, c'est-à-dire qu'elles sont vérifiées dans toutes les situations ; en revanche la mécanique quantique implique qu'elles sont violées dans certaines situations expérimentales.

Ce n'est pas le lieu d'expliquer en quoi consistent ces « inégalités de Bell[14] ». Ce qui importe ici, c'est de comprendre leurs présupposés. Et le plus important de tous est le principe analytique. Einstein et ses collaborateurs Boris Podolsky et Nathan Rosen, dans un article de 1935 qui marqua l'un des sommets de la discussion (le fameux « article EPR »), s'étaient appuyés constamment sur la notion d'*élément de réalité*, qui voulait dire justement que selon eux les objets dans le domaine atomique sont nécessairement décomposables en éléments. Et les inégalités de Bell se déduisent de plusieurs hypothèses, dont la plus importante est le principe analytique. Bohr avait compris, par de profondes analyses théoriques, que la particularité essentielle de la physique quantique est précisément que la matière, dans le domaine atomique, refuse de se plier au principe analytique : le contenu essentiel du formalisme mathématique de la mécanique quantique est que le système électron-appareil est « atomique » au sens étymologique. Autrement dit, selon les termes de Bohr, on ne peut attribuer ni à l'électron ni à l'instrument d'observation une « réalité physique autonome ». En critiquant la mécanique quantique Einstein a fait faire un pas de géant à sa compréhension : grâce à lui nous savons désormais que dans le « non décomposable » il faut parfois faire entrer aussi deux (ou plus) objets microscopiques : par exemple, deux photons qui sont émis successivement par un même atome. On dit que ces deux photons forment un « système entremêlé ».

Cette prédiction de la théorie quantique, si contraire à l'esprit de la physique classique et qui contredit radicalement ses présupposés métaphysiques essentiels, est désormais bien établie. En effet une série d'expériences, parmi lesquelles une des plus remarquables est celle faite en 1981-1982 par Alain Aspect et ses collaborateurs, a prouvé que si un atome émet successivement deux photons, ces deux photons forment bien (comme le prédit la mécanique quantique) un système entremêlé.

Des photons indociles

La situation actuelle du débat sur la compréhension de la mécanique quantique est à peu près la suivante. Grâce au talent exceptionnel et à l'esprit indépendant de John Bell (qui était un adversaire résolu du point de vue de Bohr), le débat entre Einstein et Bohr a pu être tranché par voie expérimentale. Les expériences d'Aspect, ainsi que plusieurs autres plus récentes, ont démontré que les inégalités de Bell, qui expriment l'essence du point de vue d'Einstein, sont très nettement violées, tandis que les prédictions de la mécanique quantique sont vérifiées.

Pourtant le monde scientifique, et à sa suite les philosophes et le public instruit en général, n'ont pas su ou n'ont pas franchement admis que le point de vue de Bohr l'avait emporté de la manière la plus convaincante : par confrontation avec l'expérience. De plus Bohr continue à faire l'objet d'une sorte d'ostracisme honteux, jamais reconnu mais facile à constater. Ses arguments, sa conception sont rarement examinés depuis la mort de Bell (celui-ci d'ailleurs n'avait jamais abordé directement le centre de l'argumentation bohrienne, que j'ai brièvement esquissé). En général on remplace cet examen par la citation de propos tenus par Bohr dans des échanges oraux, qui méritent examen mais ne résument pas une conception riche et complexe. On ne cite jamais les passages cruciaux du rapport de Bohr en 1927, où l'on trouve l'idée du caractère « atomique » (c'est-à-dire entremêlé) du système électron-appareil. Il y a d'excellents manuels de mécanique quantique pour les étudiants, il y a des traités solidement construits ; mais des livres qui exposent sérieusement la conception bohrienne, ne serait-ce que pour la réfuter, je n'en connais pas. Il semble qu'il y ait quelque chose d'embarrassant dans cette conception : les auteurs de manuels ou de traités sur la mécanique quantique ne savent pas par quel bout la prendre et préfèrent le silence.

Ce silence est le signe d'une contradiction qui reste en général implicite. Pourtant une mise au point récente d'un physicien spécialiste de la mécanique quantique, Frank Laloë, va nous permettre de l'explorer. Voici au préalable une phrase du début de son article : « Jusqu'à présent aucun fait, aucun raisonnement nouveau n'est venu rendre caduc de quelque manière que ce soit le point de vue de Bohr. » L'auteur ne va pas plaider pour l'approche de Bohr, il fait seulement preuve de rigueur.

Quand Einstein et Bohr débattent au sujet d'un système de deux particules, comme deux photons émis successivement par le même atome, l'hypothèse cruciale d'Einstein est que ces deux photons sont deux « éléments de réalité » que l'on peut considérer séparément, tandis que selon la mécanique quantique les deux photons forment un système entremêlé, et par suite ne peuvent pas être considérés séparément. Et comme on l'a dit, la prédiction de la mécanique quantique a été confirmée par une série d'expériences. Or Laloë dit clairement : « Au fond l'essence du raisonnement d'EPR (Einstein, Podolsky et Rosen) n'est rien d'autre que ce qu'on appelle généralement "la méthode scientifique", au sens de Francis Bacon et Claude Bernard[15]. » Le contexte montre clairement que par « la méthode scientifique » l'auteur entend surtout le principe analytique, popularisé par Descartes.

Selon ce principe le système de deux photons émis successivement par un même atome, étudié dans les expériences d'Aspect et de ses successeurs, devrait se prêter à l'analyse en deux photons, non partiellement comme il le fait effectivement, mais bien totalement. (Du point de vue de leurs positions, les deux photons peuvent être considérés séparément, mais pas du point de vue de leur quantité de mouvement de rotation, appelée « moment angulaire ».) Or les différentes expériences ont prouvé le caractère global du rayonnement émis par l'atome étudié : on devrait en toute rigueur parler, non de « deux photons » mais d'un « biphoton ». Ce fait expérimental contredit le principe analytique. Qui doit l'emporter, le fait expérimental ou le principe théorique ?

Quand l'expérience contredit la théorie

Ne nous hâtons pas de répondre à cette question. Tout d'abord il faut préciser ce qu'on entend par « un fait expérimental ». Les expérimentateurs, en effet, ne sont pas plus infaillibles que les théoriciens. Faire une expérience, c'est réussir à éliminer un certain nombre d'aspects du phénomène considéré, pour isoler, dans la mesure du possible, celui ou ceux que l'on veut étudier. Cette élimination se réalise en adaptant le dispositif expérimental au but poursuivi, et aussi en calculant des corrections (qui mesurent les effets résiduels sur le phénomène étudié des aspects que l'on souhaite éliminer). Les deux aspects (pratique et théorique) de l'effort pour isoler le phénomène sont nécessairement imparfaits : les calculs sont approximatifs, et le dispositif expérimental ne fonctionne pas exactement comme le voudrait la théorie. Le résultat de l'expérience peut donc être entaché d'une erreur systématique qui le déforme, ou même le rend carrément faux. Il est déjà arrivé que le théoricien dise : ce résultat est invraisemblable, je suis sûr de ma théorie et de mes calculs, vous avez tort. En 1958, Feynman et Gell-Mann ont ainsi avancé l'idée que les mesures du spectre de la radioactivité béta du radium E, qui avaient donné des résultats contraires à la théorie qu'ils proposaient, étaient fausses. Les expériences furent refaites et donnèrent un autre résultat, en accord cette fois avec les prédictions des deux théoriciens.

Le désir de rétablir l'accord avec une théorie peut donc aider à corriger une expérience défectueuse ; mais bien sûr il risque aussi de fausser la démarche des expérimentateurs, quand ils savent trop bien ce qu'ils doivent trouver. Il importe donc que les expériences soient refaites et qu'elles soient pratiquées par des personnes ou des équipes différentes, travaillant dans des institutions différentes et qui n'ont pas (on l'espère) les mêmes intérêts et les mêmes passions. Si dans ces conditions on obtient toujours le même résultat, aux imprécisions expérimentales près, alors on peut considérer que l'on a un fait expérimental bien établi. Tel est précisément le cas pour l'expérience d'Aspect et ses collaborateurs.

Cela dit, que faut-il faire si un fait expérimental établi contredit une prévision théorique ? La réponse la plus courante consiste à « réparer » la théorie, à la modifier un peu – le moins possible – pour la rendre capable de rendre compte du fait rebelle. Cette démarche réussit très souvent. Parfois, cependant, un fait ou un ensemble de faits contredisent la théorie d'une manière tellement radicale que la réparation s'avère impossible. La situation impose alors de changer la théorie. Nous avons vu que tel était le cas au début du XXe siècle, quand les propriétés nouvellement découvertes du rayonnement thermique et des atomes ont présidé à la naissance de la théorie quantique.

La crise de la physique quantique

Mais cette analyse optimiste est incomplète. Elle n'explique pas le fait qu'après trois quarts de siècle, les principes de la théorie quantique semblent toujours aussi difficiles à comprendre et à enseigner. Elle n'explique pas non plus pourquoi l'interprétation bohrienne, simple et cohérente, est refusée par la majorité des théoriciens et des philosophes, tandis que beaucoup d'expérimentateurs l'adoptent plus ou moins explicitement. Elle n'explique pas, enfin, pourquoi Laloë peut dire, après une analyse objective de la situation actuelle, que l'essence du raisonnement d'Einstein et ses disciples n'est autre que ce qu'on appelle généralement la méthode scientifique, tandis que d'autre part ce même raisonnement est contredit par le fait expérimental solidement établi de l'existence de systèmes entremêlés. Nous nous trouvons ici devant une contradiction plus profonde que celle entre un fait expérimental et le résultat d'une analyse théorique. L'existence de systèmes entremêlés, dont on ne peut plus douter raisonnablement, contredit le principe analytique, lequel a joué pendant plusieurs siècles le rôle d'un principe fondamental de la physique.

Une solution proposée : la pensée soumise

La réponse la plus raisonnable à cette situation consisterait à accepter le verdict de l'expérience, désormais incontestable, et à reconstruire notre mode de pensée en y intégrant la découverte des limites du principe analytique. (Il s'agit bien de limites : dans bien des domaines, le principe conserve sa validité et sa valeur. La physique quantique cependant nous met en garde : ne faites pas de ce principe un absolu, ne l'érigez pas en idole !) On trouve cette réponse raisonnable chez quelques physiciens, surtout des expérimentateurs. L'attitude dominante, cependant, est bien différente : elle ressemble à celle du mauvais joueur qui, quand il commence à perdre, multiplie les contestations et finit par dire : « Je ne joue plus ! » Elle consiste, plus précisément, à accepter le formalisme mathématique de la mécanique quantique tout en rejetant sa signification, telle que Bohr l'avait dégagée. Pour les physiciens qui adoptent cette attitude, la demande des étudiants qui veulent « comprendre » le formalisme en question n'est que l'indice d'une formation scientifique insuffisante : en aspirant à une compréhension fondée sur une référence au monde sensible, ils n'expriment en réalité que leur ignorance de la science. Il ne s'agit pas, écrivait à peu près (en 1958) l'éminent physicien Freeman Dyson, de comprendre la mécanique quantique, mais de sauter le pas : accepter l'idée qu'il n'y a rien à comprendre, et apprendre à se servir du formalisme mathématique pour trouver des résultats en accord avec les faits expérimentaux. Et il ajoutait qu'avec le temps, les étudiants acceptent avec une résistance décroissante d'être brisés (*to be broken down)* pour consentir à cette attitude [16].

On voit ici comment des discussions parfois considérées comme ésotériques peuvent être chargées de signification philosophique et morale. Dyson est un de ceux qui, dans la période qui a suivi la Seconde Guerre mondiale, ont fait faire une percée décisive à l'électrodynamique quantique. À cette époque en effet, les travaux d'une pléiade de physiciens ont permis de décrire des phénomènes où les particules ne se comportent plus comme des objets permanents, mais sont créées et détruites. Par là c'est toute la conception scientifique de la matière qui est renouvelée, et cela représente aussi un élargissement considérable du domaine de validité de la mécanique quantique. Or que dit en 1958 ce physicien, l'un des plus en vue du moment, un des artisans de ce progrès décisif ? Il n'y a rien à comprendre dans la mécanique quantique, il faut briser les étudiants pour qu'ils acceptent de renoncer à comprendre.

Cette position sur un sujet qui pourrait sembler purement théorique (peut-on comprendre la mécanique quantique ?) est lourde de conséquences. Si les professeurs doivent briser les étudiants, comment les uns et les autres pourront-ils refuser d'être brisés par les forces barbares ? (À l'époque, l'exemple de l'Allemagne nazie est encore présent dans les esprits, et l'empire soviétique représente une menace souvent incomprise par les milieux scientifiques.) On peut ainsi comprendre pourquoi en 1974, soit seize ans plus tard, un autre physicien, Alfred Landé, vibrait encore d'indignation en évoquant l'article de Dyson. Il avait ajouté sur épreuves une note au texte, véritable testament scientifique, où il tentait une synthèse de la mécanique quantique selon des idées proches de celles d'Einstein. Se référant dans cette note à l'article de Dyson, il exprimait son espoir que l'époque où l'on brise l'étudiant dans un millier de centres d'étude serait suivie par une autre où l'on procéderait systématiquement par explication, à partir de ce qu'Einstein appelait les « raisons de principe qui se cachent derrière les quanta ».

Alfred Landé (1888-1975) avait joué un rôle de premier plan dans l'édification de la théorie quantique, avant et après l'avènement de la mécanique quantique. Les manuels de spectroscopie parlent encore aujourd'hui du « facteur de Landé ». L'indignation qu'exprimait le vieux physicien tenait à l'idée des étudiants qui acceptent d'être brisés. Landé avait été professeur à l'université de Tübingen ; il avait dû quitter l'Allemagne en 1931 et avait passé le reste de sa vie comme professeur à l'université de l'Ohio. Avec amertume, il constatait qu'une théorie scientifique à laquelle il avait consacré tant d'efforts se trouvait associée, une fois que sa validité formelle était reconnue par tous, à une attitude de soumission intellectuelle et morale dont il avait cruellement ressenti les effets dans sa patrie d'origine. Il voyait probablement dans la position de Dyson la résurgence triomphante de l'irrationalisme qui, sous sa forme païenne, s'était affirmé dans l'Allemagne nazie avec la violence que l'on sait.

Le problème dépasse évidemment le cas des deux physiciens. L'attitude de Dyson était – et est encore aujourd'hui – représentative. La physique, créée par des hommes d'une grande hardiesse d'esprit comme Galilée, Newton et certains de leurs successeurs, a mal vieilli : elle honore moins, désormais, l'audace que le consensus. Quand on lit ces phrases terribles de Dyson on peut se demander : la raison scientifique a-t-elle perdu la belle fierté de sa jeunesse ?

Le texte de Dyson envoyait aussi, à l'insu de son auteur, un signal d'une portée plus générale. Accepter d'être brisé, renoncer au tourment de chercher à comprendre : c'est cette attitude que des médias de plus en plus puissants et insinuants induisent chez des milliards de gens. C'est elle qu'on impose aux élèves professeurs dans les IUFM, et qui est très généralement inculquée dans l'enseignement. La science a été un instrument d'émancipation, et l'est encore potentiellement dans certaines régions du monde, voire dans le monde occidental pour certains esprits. Mais ce qui descend vers le monde de la vie à partir des régions éthérées où se meuvent d'éminents physiciens comme Dyson, c'est tout autre chose : l'esprit de soumission.

Dans le débat entre Bohr et Einstein, qui se prolonge de nos jours entre leurs partisans respectifs, les deux protagonistes sont en vérité du même côté dans un débat beaucoup plus fondamental. Einstein veut sauver les fondements métaphysiques de la physique classique, tandis que Bohr veut les dépasser en les englobant dans une nouvelle synthèse ; mais ils font tous deux appel à la raison. Deux conceptions de l'intelligibilité s'opposent, mais précisément il s'agit, pour l'un comme pour l'autre, de comprendre. En revanche pour Dyson en 1958, et pour bien des savants jusqu'à nos jours, le but n'est plus l'intelligibilité mais simplement l'accord entre les résultats des calculs et ceux des expériences, gage de l'efficacité pratique. On comprend ainsi que les physiciens parlent désormais plus souvent de modèles que de théories : ce changement de vocabulaire exprime de manière voilée le renoncement à comprendre, et donc en définitive le remplacement de la science par une technique aveugle.

L'hégémonie de la théorie

Nous sommes placés devant une alternative. Ou bien remettre en cause le principe analytique, pilier si solidement enfoncé dans le sol fondateur de la physique qu'on a pris l'habitude de le considérer comme une partie essentielle de « la méthode scientifique ». Ou bien décider que l'on fera comme si les systèmes entremêlés n'existaient pas : cela revient à poser que certains faits expérimentaux ont tort, pour pouvoir maintenir le principe théorique avec lequel ils sont incompatibles.

Il ne faut pas trop se hâter de déclarer absurde cette dernière attitude, ce qui pourrait laisser entendre qu'elle n'est adoptée par aucune personne raisonnable. Il y a au contraire toute une tradition dans la pensée européenne pour laquelle l'acceptation des résultats de l'expérience ne va nullement de soi. Ferdinand Alquié, qui a consacré une grande partie de son œuvre à l'étude de Descartes, écrivait dans son article d'encyclopédie sur le philosophe : « Et, en lisant, par exemple, la fin de la seconde partie des *Principes de la philosophie*, on s'étonne de voir Descartes s'obstiner à défendre des lois qu'il prétend déduire avec évidence, mais qu'il sait fort bien être contredites par l'expérience. Ne va-t-il pas jusqu'à déclarer superbement : "Et les démonstrations de tout ceci sont si certaines qu'encore que l'expérience nous semblerait faire voir le contraire, nous serions néanmoins obligés d'ajouter plus de foi à notre raison qu'à nos sens" [17] ? »

Dans une conférence à Oxford en 1933, Einstein déclarait : « L'expérience peut, bien entendu, nous guider dans notre choix des concepts mathématiques à utiliser, mais il n'est pas possible qu'elle soit la source d'où ils découlent. […] C'est dans les mathématiques que réside le principe vraiment créateur. En un certain sens, donc, je tiens pour vrai que la pensée pure est compétente pour comprendre le réel, ainsi que les Anciens l'avaient rêvé [18]. »

Une anecdote confirme l'idée que pour Einstein la théorie était au-dessus de l'expérience. Apprenant en 1919 les résultats d'une observation astronomique qui confirme sa théorie de la relativité générale, il reste froid : « Je le savais. – Et si les mesures des astronomes avaient contredit votre théorie ? lui demande-t-on. – J'en aurais été bien fâché pour le cher Bon Dieu : la théorie est juste. »

C'est justement parce qu'il avait déjà fait des découvertes fondatrices qu'Einstein a pu valoriser outre mesure le rôle de la pensée *a priori*, de l'invention apparemment libre par rapport aux contingences factuelles. Car cette forme de pensée a joué un rôle déterminant dans ses travaux. Pourtant si on replace son œuvre dans l'histoire de la physique et qu'on regarde celle-ci dans la longue durée, on constate que la forme de pensée favorite d'Einstein n'est pas seule : elle s'articule avec l'autre grand pôle de la physique, la pensée empirique. Les idées *a priori* ne sont telles qu'à court terme : les concepts abstraits qu'utilise Einstein ont aussi des origines empiriques, mais suffisamment éloignées pour qu'au début du XXe siècle on ait pu les oublier. Quant aux origines non empiriques elles ne sont pas toujours purement rationnelles, mais souvent « thématiques » selon le terme de Holton [19], c'est-à-dire religieuses ou mythiques.

Certaines réactions récentes aux résultats de l'expérience d'Aspect manifestent des tendances analogues, exacerbées sans doute par la netteté de la contradiction. Un philosophe, Alain Boutot, écrit dans un article sur les inégalités de Bell : « Les inégalités de Bell expriment, nous le verrons, une relation mathématique satisfaite dans tous les mondes possibles, et présentent un caractère de nécessité. Étant indépendantes de l'expérience, elles sont, par principe, toujours vraies. Elles ne sont pas fondamentalement différentes d'un énoncé tel que "A est A", ou encore "deux est supérieur à un"[20]. » Sans doute le philosophe exprimait-il l'espoir (largement démenti au moment où il écrivait, et aujourd'hui anéanti) que la violation expérimentale des inégalités puisse tenir « aux imperfections inhérentes à l'expérience elle-même ». On est troublé cependant par les affirmations sur leur nécessité, et sur le fait qu'elles sont « toujours vraies » : il semble bien qu'aucun démenti expérimental ne pourra entamer la conviction de l'auteur. Il faut s'interroger sur cette tendance récurrente de la pensée occidentale : donner tort à l'expérience quand elle contredit la théorie.

Le refus de remettre en cause les principes de la physique classique

La science moderne, qui a découvert tant de lois naturelles et permis de comprendre tant de phénomènes, qui par là même a éclairé tant d'esprits, renonce de plus en plus à être comprise et fait peur à beaucoup de gens. L'histoire de la physique moderne et contemporaine, que nous venons de parcourir au grand galop, nous place devant une nouvelle contradiction – ou, peut-être, devant un nouvel aspect de la même. J'espère avoir fait soupçonner au lecteur sans préjugé toute l'ingéniosité, toute l'intelligence qui se sont déployées pour arriver à la compréhension approfondie des mouvements des planètes, ou encore de ce qu'éclaire la mécanique quantique : les interactions entre la lumière et la matière, l'identité des éléments chimiques… Pour arriver à la richesse de détails et à la précision quantitative que l'on atteint aujourd'hui, il a fallu l'alliance de deux rigueurs bien différentes : la rigueur déductive et calculatoire des mathématiques, la rigueur de l'observation et de l'expérience. Si la première tend constamment à devenir autonome par rapport aux données de fait, la seconde au contraire n'existe que par sa capacité critique : il lui faut constamment traquer les sources d'erreur au risque de remettre en cause ce qui semblait acquis.

Mais voici la contradiction : au XXe siècle, quand le développement même de la physique a remis en cause les fondements métaphysiques sur lesquels s'était édifiée la physique classique, cette remise en cause a été refusée. La pensée d'un grand physicien, Niels Bohr, l'égal d'Einstein [21], a été et est occultée, précisément parce que Bohr a été le plus hardi et le plus conséquent dans cette remise en cause. Sa pensée joint le sens du concret propre au physicien (à l'expérimentateur, surtout) à la profondeur philosophique. Mais en philosophie, Bohr était largement autodidacte ; il n'a certainement jamais su à quel point il était proche de la phénoménologie de Husserl. (La phénoménologie, si importante pour comprendre notre temps, demeure malheureusement le plus souvent une affaire de spécialistes ; pourtant une œuvre de jeunesse de Levinas fournit une voie d'accès que je trouve éclairante [22].) Les « expériences immédiates » et les « définitions pratiques » de Bohr sont parallèles au retour « aux choses elles-mêmes » qui a été le programme philosophique initial de Husserl. Plus précisément, une idée fondamentale de Husserl est que la manière dont les objets d'un certain type nous sont donnés (leur « mode de donation ») caractérise la « région d'être » à laquelle ils appartiennent [23]. Que veut dire région d'être (ou « région ontologique ») ? Simplement que le verbe *être* n'a pas la même signification dans des régions différentes, nous allons le vérifier sur des exemples.

Récapitulons en effet quelques démarches typiques de Bohr. D'abord, au temps de l'« atome de Bohr », il avait osé enfreindre une loi physique bien établie pour rendre compte de la stabilité des atomes. Il faisait ainsi passer les données de l'expérience avant la cohérence logique ; il mettait entre parenthèses une loi solidement ancrée dans un édifice théorique (la théorie de l'électromagnétisme, édifiée par Faraday et Maxwell pendant la seconde moitié du XIXe siècle) qu'on avait pu croire bâti sur le roc. Ensuite et surtout, dans son interprétation de la mécanique quantique, il avait tiré argument du fait que les processus atomiques ne nous sont accessibles que par la médiation d'objets macroscopiques. C'est un fait bien connu et même évident, mais on lui refuse à tort toute dignité théorique ; en effet le procédé expérimental est en général considéré implicitement comme destiné à l'oubli, une fois qu'il a permis d'atteindre le résultat recherché. Pour Bohr au contraire, c'est justement le fait que « les limitations de nos concepts coïncident si exactement avec celles de nos possibilités d'observation [24] » qui assure la cohérence de la mécanique quantique. Traduisons en langage husserlien : le mode de donation des objets atomiques n'est pas le même que celui des objets physiques ordinaires, macroscopiques : ils ne nous sont donnés que par l'intermédiaire de ces derniers, et non directement comme eux. C'est la raison profonde des particularités des phénomènes atomiques et de la théorie qui les décrit, la mécanique quantique : ces particularités si surprenantes sont dues au fait que le domaine atomique constitue une région ontologique nouvelle, distincte de celle des objets physiques macroscopiques que décrit la physique classique, et plus éloignée qu'elle du monde de la vie.

Jusqu'à ce jour, à ma connaissance, les philosophes n'ont pas su davantage que les physiciens apprécier l'importance de la découverte par la physique quantique d'une nouvelle région ontologique : celle des objets atomiques, qui ne sont accessibles à nos sens que par l'intermédiaire des appareils macroscopiques auxquels ils sont liés. Ce qui précède rend, je crois, plausible l'hypothèse suivante : la démarche novatrice de Bohr est occultée parce qu'elle contredit frontalement des schémas de pensée profondément inscrits dans la tradition occidentale. Il s'agit du principe analytique, et plus encore de la question des régions ontologiques. L'idée qu'il puisse y avoir plusieurs régions ontologiques suscite le plus souvent l'incompréhension et le refus. Et curieusement, on n'y répond pas par des essais de réfutation (ce qui serait évidemment légitime) : on la refuse sans même l'avoir énoncée. Chez les physiciens théoriciens, l'idée que la théorie doit être universelle est admise sans discussion, alors qu'en pratique tout le monde sait que les théories connues sont établies et vérifiées chacune dans son domaine de validité propre. Nous reviendrons sur les conséquences de cette manière de penser, en particulier dans le champ humain.

Le chaos

Il nous faut aussi, dans ce chapitre consacré au XXe siècle, revenir sur la question du déterminisme. Nous avons vu au chapitre I que Poincaré avait découvert des solutions instables des équations de la mécanique newtonienne pour le problème des trois corps. Pendant un bon demi-siècle, ces travaux furent largement oubliés ; quelques initiés savaient qu'il avait découvert des mouvements instables dans le système solaire, mais on n'en parlait guère. C'est seulement à partir de 1963, quand le théoricien de la météorologie Edward Lorenz eut redécouvert, indépendamment des travaux de Poincaré (qu'il ignorait comme la plupart des physiciens), l'existence de solutions instables pour des systèmes d'équations d'intérêt physique (ce qu'on appelle aujourd'hui le *chaos*), que l'on commença à mesurer vraiment la portée des travaux de Poincaré dans ce domaine. Il y a eu depuis une floraison de travaux sur le chaos, dont beaucoup ont ouvert des perspectives nouvelles dans plusieurs domaines de la science. Mais on peut se demander si leur portée a été vraiment comprise [25].

Les savants contemporains répugnent le plus souvent à admettre que tout comme celle de la mécanique quantique, la découverte du chaos fait apparaître des limites du déterminisme. Pour pouvoir continuer à adorer ce dernier ils le définissent désormais uniquement comme la propriété mathématique dite « théorème d'existence et d'unicité » : dans la plupart des objets mathématiques que l'on appelle « systèmes dynamiques » (pas dans tous) les équations du mouvement ont, pour des conditions initiales déterminées, une et une seule solution. Du point de vue physique, cette propriété n'est qu'une face du déterminisme ; le déterminisme physique exige aussi que les mouvements soient stables, ce qui dans les systèmes réels arrive rarement. Le cas général est celui de mouvements qui sont déterministes à court terme (en deçà d'une durée appelée « horizon de prévisibilité ») et chaotiques à long terme (au-delà de cet horizon). La distinction établie par Maxwell, et mieux encore par Poincaré, entre le déterminisme mathématique et le déterminisme physique, est une avancée essentielle.

Celui qui a le mieux éclairé ces questions est à mon avis Sir James Lighthill (1924-1998), un spécialiste éminent de la dynamique des fluides. Il expliquait en 1986 dans une conférence publique que Laplace avait beaucoup contribué à répandre dans la conscience générale une croyance à la prévisibilité totale des systèmes qui obéissent aux lois de Newton – et donc, pour ainsi dire, au déterminisme de l'univers mécanique. Nous, spécialistes de la mécanique, ajoutait-il, « sommes tous profondément conscients aujourd'hui du fait que l'enthousiasme de nos prédécesseurs pour les merveilleux succès de la mécanique newtonienne les a conduits à faire, dans le domaine de la prévisibilité, des généralisations que nous avons eu tendance à tenir pour vraies avant 1960, mais dont nous reconnaissons aujourd'hui qu'elles sont fausses. Nous souhaitons nous excuser collectivement d'avoir induit en erreur le public instruit en répandant, sur le déterminisme des systèmes qui suivent les lois de mouvement newtoniennes, des idées qui devaient, après 1960, être réfutées [26] ».

J'ai cherché en vain le nom de Lighthill dans un certain nombre d'ouvrages consacrés au chaos : livres de vulgarisation, synthèses, recueils d'articles savants. (Je ne prétends pas connaître tous ces livres.) Et je n'ai vu mentionner nulle part la conférence que je viens de citer. Pourquoi passer sous silence un texte aussi remarquable, dû à un savant par ailleurs largement reconnu ? En n'adorant pas une des idoles de la tribu, ce diable d'homme aurait-il causé des blessures métaphysiques ?

Le déterminisme et la culture occidentale

En admettant implicitement que le vrai, le seul déterminisme est une propriété mathématique, on revient au dualisme des grands fondateurs de la science européenne, les Grecs et Galilée, et on se retrouve avec deux mondes. D'une part les objets de la théorie physique : les processus physiques, que l'on identifie (comme Galilée) à leur description mathématique et auxquels on attribue par conséquent la vertu d'exactitude. D'autre part les phénomènes accessibles aux sens et aux instruments de mesure, entachés d'imprécisions que l'on appelle classiquement « erreurs de mesure », terme qui laisse entendre qu'elles pourraient être liées de quelque façon à la faiblesse humaine. La science serait ainsi dispensée de faire entrer l'imprécision dans son monde idéal d'exactitude. Le déterminisme est pris pour un principe intangible et pour une condition de possibilité de toute science ; aucune découverte théorique ou expérimentale ne pourrait le remettre en cause.

Il faut donc réfléchir un peu sur le rôle du déterminisme dans la culture occidentale. Dans son livre *Adam, Ève et le serpent*[27], Elaine Pagels décrit la longue lutte de saint Augustin, qui devint évêque d'Hippone, successivement contre les donatistes et contre les pélagiens. Les uns et les autres ont « une conception sectaire de l'Église » et insistent sur le libre arbitre. Les idées pélagiennes sont combattues avec énergie (ou même violence) pour des raisons fondamentalement politiques. Les synodes africains adoptent, au début du Ve siècle, des déclarations (élaborées surtout par Augustin et ses associés) qui marquent clairement ces raisons. Si l'Église transigeait avec les pélagiens, elle saperait les bases de la large autorité qu'elle a commencé à exercer en tant que la seule force capable de libérer les hommes d'eux-mêmes (c'est-à-dire de leur tendance au péché). Plus généralement, Elaine Pagels éclaire la portée politique de la doctrine du péché originel, élaborée par Augustin. L'idée d'une humanité ravagée par le péché, impuissante et ayant besoin d'une intervention extérieure, légitime le pouvoir séculier (celui de l'Empire romain) et justifie que l'autorité ecclésiale soit imposée – par la force si nécessaire – pour assurer le salut humain. Pendant le siècle qui suivit la mort d'Augustin (430), la doctrine augustinienne fut ardemment discutée. Elle triompha au concile d'Orange (529) avec la condamnation des semi-pélagiens. Il est vrai que pendant les siècles suivants beaucoup de théologiens furent accusés, à tort ou à raison, de semi-pélagianisme. Néanmoins, dit Pagels, pendant un millénaire et demi, l'influence d'Augustin dans la chrétienté occidentale a dépassé celle de tous les autres Pères de l'Église. La principale raison de cette prépondérance, suggère-t-elle, est que la théologie de la chute a rendu la difficile alliance entre l'Église catholique et le pouvoir impérial non seulement justifiable, mais nécessaire, aux yeux de la majorité des catholiques. Et elle ajoute ceci, qui est à mon avis fondamental pour qui veut comprendre le rôle central du scientisme dans la culture occidentale : le triomphe final de la théologie d'Augustin exigea la capitulation de tous ceux qui s'en tenaient à la proclamation classique de la liberté humaine, autrefois considérée comme le cœur de l'évangile chrétien. La doctrine d'Augustin sur la chute se plaça, en même temps que l'Église qui la proclamait, au centre de l'histoire occidentale.

Mon hypothèse est alors que la négation du libre arbitre et la conception de l'homme comme impuissant moralement, ne pouvant se passer de l'intervention d'une force extérieure (grâce divine et autorité du magistère de l'Église) pour assurer son salut – que toute cette conception de l'homme, donc, a été la matrice au sein de laquelle a pu se développer la physique en tant que liée à une métaphysique, et capable de produire le carcan du scientisme dans lequel nous nous laissons enfermer aujourd'hui. En faisant de l'homme le jouet impuissant de forces dont il ne peut en aucun cas se libérer, la pensée déterministe actuelle (dans telle ou telle de ses variantes : déterminisme affirmé par des généticiens ou par des psychanalystes, etc.) reprend donc à sa manière les schémas élaborés par des conciles généralement oubliés. Mais elle marche aussi sur les chemins dessinés par les vieux maîtres grecs. Lisons Homère ou les tragiques, partout nous apprenons que l'homme ne peut échapper à son destin, à ce Destin auquel même les dieux étaient soumis.

Il semble donc y avoir sur ce point une unité fondamentale de la pensée occidentale, que soulignait particulièrement Léon Askénazi. Dans une conférence de 1979, il affirmait que le passage de la période mythologique à celle de la pensée conceptuelle n'a pas rompu cette unité. « En effet, depuis les Grecs, en dehors de la révélation hébraïque, toute philosophie renvoie inévitablement à la perspective du déterminisme naturel. L'expérience intellectuelle du monde culturel contemporain n'est-elle pas celle qui sous-tendait déjà la conscience mythique païenne depuis le temps des Grecs et jusqu'à nous ? Un progrès a certes été réalisé dans le sens de la rationalisation de la pensée conceptuelle, de la "dépaganisation" à un niveau plus ou moins profond ; mais la mentalité générale a-t-elle vraiment changé [28] ? »

Rechercher les racines historiques, y compris les plus lointaines, du déterminisme devenu de nos jours une force culturelle prédominante, cela ne signifie pas que la culture occidentale soit vouée fatalement à cette maladie de la pensée. Car il y a eu des penseurs, et plus souvent des poètes ou des écrivains, appartenant à la tradition occidentale, qui ont tenté de défendre l'idée de la liberté humaine et ses conséquences. Il s'agit plutôt de comprendre comment leurs efforts ont été si souvent niés, oubliés ou comme annulés par les courants fatalistes, et comment aujourd'hui la pensée scientifique et philosophique a presque entièrement baissé les bras devant le déterminisme, tandis que les commentateurs et les savants gardent le silence devant cette soumission et devant ses terribles conséquences morales et politiques.

Whitehead relevait déjà cette « incohérence radicale à la base de la pensée moderne » : les sociétés démocratiques supposent politiquement qu'elles sont constituées d'êtres humains libres, mais placent au centre de leur civilisation des sciences qui croient avoir réfuté la notion même de liberté[29]. La contradiction s'est aggravée depuis son temps : il ne s'agit plus seulement de réfuter théoriquement la liberté, mais aussi de la détruire pratiquement par des manipulations médiatiques auxquelles de puissantes techniques, inspirées par des vraies et des fausses sciences, prêtent main-forte.

Le repos existe-t-il ?

La physique classique fait jouer un rôle central à la notion d'énergie, rendue aujourd'hui familière par les débats sur les avantages et les dangers des différentes formes d'énergie. Un point matériel ou un corps solide en mouvement ont une *énergie cinétique* proportionnelle au carré de leur vitesse. Si le point ou le solide sont immobiles, cette énergie prend la valeur la plus petite possible : zéro. Un oscillateur (une corde de violon, ou un pendule) possède une énergie proportionnelle au carré de l'amplitude de son mouvement d'oscillation, énergie nulle au repos. De même le champ électromagnétique possède une énergie qui prend sa valeur minimale (zéro) quand les champs électrique et magnétique sont nuls.

Dès les premières années de son histoire la physique quantique reprend à son compte la notion d'énergie, mais découvre des raisons théoriques et expérimentales de remettre en cause ces idées simples. Dans son étude du rayonnement thermique, Planck est amené à supposer qu'un oscillateur, dans son état d'énergie minimum, n'est pas au repos : son énergie possède une valeur positive, appelée « énergie de zéro ». Le développement ultérieur a confirmé qu'il en est bien ainsi. Le champ électromagnétique, d'une manière analogue, n'est jamais nul, ses oscillations ne s'interrompent jamais entièrement, même dans le vide. Le vide est un état de la matière caractérisé par l'absence de particules décelables par les appareils usuels ; en particulier il ne contient aucun photon. Mais dans cet état, le champ électromagnétique fluctue autour de sa valeur nulle, et la meilleure description que l'on ait trouvée de ces *fluctuations du vide* consiste à leur associer des photons d'un autre type, que l'on appelle *photons virtuels*. Plus généralement, il faut se représenter le vide quantique comme un état où les particules de toutes sortes existent à l'état « virtuel ». On peut les décrire comme naissant et disparaissant sans cesse dans une agitation, un frémissement incessants. (Le terme « virtuel », utilisé par opposition à « réel », est très mal choisi : les particules virtuelles ne sont pas moins réelles que les autres, elles le sont autrement. Nous allons voir que ces choix terminologiques ne sont pas indifférents.)

Les particules virtuelles et le refus du pluralisme ontologique

Cette description pourrait sembler spéculative, puisque les particules virtuelles ne sont, par définition, pas décelables par les moyens usuels : un photon virtuel ne déclenche pas un photomultiplicateur, un électron virtuel ne produit pas d'ionisation décelable, etc. Cependant elles interagissent avec les particules « réelles ». Les physiciens adoptent généralement à leur égard une attitude ambiguë : tandis que dans une discussion sur un processus physique déterminé d'interaction entre particules « réelles » on fait toujours intervenir les particules virtuelles, dès qu'on pose nettement la question de leur réalité physique les théoriciens battent en retraite, esquivent la question ou disent qu'elles ne sont que des « particularités du formalisme », des images commodes mais qu'il ne faut pas prendre au sérieux. Ce refus n'est jamais justifié rationnellement : il est affirmé implicitement comme s'il s'agissait d'énoncer une évidence pure et simple et non une thèse susceptible d'être discutée. Cette gêne montre avec quelle force la pensée physique continue à s'agripper à l'idée qu'il ne saurait y avoir plusieurs régions ontologiques.

La découverte d'une deuxième région ontologique dans le monde physique, faite par Bohr interprétant la mécanique quantique, n'a pas été mise en cause explicitement : le texte pertinent de Bohr n'est jamais cité, et la pensée de Bohr sur ce point n'est pas critiquée ou réfutée mais simplement passée sous silence. Quant à la découverte d'une troisième région ontologique en physique, celle des particules virtuelles, on l'écarte en affirmant purement et simplement que ces particules virtuelles ne sont que des objets théoriques. C'est d'autant plus surprenant que depuis les années 1960 la physique expérimentale des particules étudie des objets physiques qu'on appelle des « résonances » (le méson ρ, le baryon Δ, etc.), et qui sont en vérité des particules virtuelles : on ne les met en évidence que par leurs interactions avec des particules usuelles (les pions, les nucléons, etc.). Personne ne conteste, chez les physiciens des particules, que les résonances sont bien des particules, des objets physiques. Oui, mais… personne ne dit qu'elles sont des particules *virtuelles*. L'artifice terminologique a escamoté le bouleversement ontologique impliqué par la découverte des résonances.

Le mouvement comme une suite de destructions-créations

La notion de particule virtuelle, pierre angulaire de la conception de la théorie quantique relativiste introduite par Feynman, ressuscite l'éther, mais sous une forme moderne qui n'a plus la naïveté de l'ancienne. Un exemple permettra d'apprécier son intérêt. Le principe d'inertie dit qu'un point matériel se meut en ligne droite à vitesse constante s'il n'est soumis à aucune force ; en particulier, il peut être au repos. Quand j'enseignais la mécanique en première année à l'université d'Orsay, je ne manquais pas de préciser que le principe n'est vrai que dans un référentiel galiléen, c'est-à-dire dépourvu d'accélération et de rotation. (Par exemple, il n'est pas vrai dans un autobus qui freine ou qui prend un virage.) Un jour un étudiant me posa une question difficile : comment le point matériel « sait-il » que le référentiel est galiléen ? Pour mieux dire : comment le caractère galiléen du référentiel se manifeste-t-il physiquement, à l'endroit où se trouve le point matériel ? La notion de vide quantique, considéré comme un système de particules virtuelles, donne un sens à cette question, à laquelle la physique non quantique et non relativiste est incapable de répondre. Le mouvement d'inertie apparaît, dans la théorie quantique relativiste, comme une course de relais, au cours de laquelle un électron, par exemple, s'annihile avec le positon d'une paire virtuelle du vide, tandis que l'électron de la paire prend le relais, et ainsi de suite. Description dont mon travail de physicien s'efforce de montrer la fécondité [30].

La particule, dans son mouvement d'inertie, est guidée par son interaction avec le vide. Nous retrouvons ainsi la *vis insita* newtonienne : « force qui réside dans la matière »,

« pouvoir qu'elle a de résister ». Il faut seulement, en accord avec la physique quantique, remplacer *force* par *interaction* : l'inertie d'une particule est due à son interaction avec le vide.

Le déterminisme revu et corrigé

D'autre part cette interaction permet de comprendre l'origine du caractère statistique de la mécanique quantique. Nous l'avons vu en effet : cette théorie ne prédit pas, par exemple, à quel instant va se désintégrer un noyau radioactif : elle fournit seulement la probabilité de désintégration dans un intervalle de temps donné. Pour Einstein cet échec du déterminisme était inacceptable et nécessairement provisoire. Mais il était implicitement évident pour lui que le noyau instable est un système isolé. Si on admet au contraire que le noyau se désintègre en raison de son interaction avec le vide, l'impossibilité de la prévision exacte cesse d'être un mystère et une objection. Supposez un laboratoire situé dans une rue où passe une file ininterrompue de poids lourds. Tout tremble, et les mouvements qu'étudient les physiciens ont une composante aléatoire qu'on ne peut pas éliminer. Les fluctuations du vide jouent un rôle analogue à celui des camions. Le déterminisme exact n'a de sens que pour des objets que l'on peut fixer, au moins par la pensée ; le vide rend impossible une telle fixation.

Le vide et les particules virtuelles ne devraient donc plus être des questions ésotériques. Quand ils discutent d'un problème concret, les physiciens ne tiennent pas compte des interdits des théoriciens : pourquoi, alors, ne pas les rejeter carrément ? Il ne s'agit évidemment pas de contester le rôle des calculs, mais plutôt de les rendre plus intelligibles, comme l'ont fait en leur temps les Faraday et les Feynman. Le physicien Gian Carlo Wick notait en 1950 que les processus virtuels de création-destruction, présents à l'origine dans la théorie, ont été « digérés » par un formalisme plus abstrait[31]. Mais pourquoi vouloir éliminer les premiers au profit du second ?

Renoncer à comprendre ?

Prenons maintenant un peu de hauteur. La physique du XXe siècle a été d'une fécondité admirable. Elle a profondément renouvelé la manière de concevoir l'espace, le temps et le mouvement. Elle a montré les limites du déterminisme, celles du principe de localisation galiléen, ainsi que celles du principe analytique cartésien que l'on confond encore avec « la méthode scientifique ». Elle a découvert des formes de matière inconnues : atomes, molécules, noyaux, particules. Elle a trouvé des moyens de les rendre – indirectement – accessibles à nos sens.

Mais de cet extraordinaire élargissement du paysage scientifique exploré par les physiciens, qu'avons-nous su transmettre au public ? Quelques miettes de savoir, mais pas un tableau d'ensemble. Tout se passe comme si les physiciens, partis à la découverte de continents inconnus, avaient fermé la porte derrière eux. D'ailleurs les savants eux-mêmes ont dans une large mesure renoncé à comprendre ce qu'ils font, si l'on veut bien admettre que « comprendre » ne signifie pas seulement vérifier pas à pas la cohérence des raisonnements, mais aussi établir des liens entre les abstractions scientifiques et le monde de la vie. Les physiciens qui s'expriment sur ce sujet tendent à confondre les deux idées suivantes. *Premièrement*, la physique ne peut pas se passer des mathématiques, et les instruments mathématiques qu'elle utilise tendent à se compliquer. *Deuxièmement*, sans la maîtrise de ces instruments il serait impossible de comprendre quoi que ce soit à la physique. La première idée n'est guère contestable, mais je m'inscris en faux contre la seconde.

Voici un exemple simple. La dynamique newtonienne utilise systématiquement le calcul différentiel, son utilisation professionnelle exige donc une bonne maîtrise de ce calcul. En revanche on peut expliquer les éléments du calcul différentiel en partant de notions physiques familières : la vitesse instantanée d'un objet en mouvement, notion théorique délicate, doit bien avoir un sens puisque le compteur de vitesse d'une voiture donne à chaque instant une indication déterminée. D'une manière générale, le raffinement mathématique de la physique moderne donne beaucoup de travail à celui qui veut l'utiliser professionnellement, mais si on cherche une compréhension générale on peut s'appuyer sur des notions physiques rendues familières par notre environnement technique.

Le repliement formaliste, la conception qui place les mathématiques avant la physique, n'est donc pas la seule voie possible. C'est à tort qu'on la présente comme la seule attitude rationnellement fondée. N'exprimerait-elle pas plutôt le désarroi d'une pensée accrochée aux fondements métaphysiques de la physique classique, et qui perçoit plus ou moins obscurément que la physique du XXe siècle les a profondément ébranlés ?

Dans la mesure où ils prétendent à l'universalité, ces fondements sont définitivement dépassés. Niels Bohr a élaboré une synthèse admirable, qui non seulement rend compte de ce dépassement mais aussi dessine les lignes fondamentales de la physique nouvelle apparue dans la première moitié du XXe siècle. En refusant cette synthèse, la science et la philosophie ont créé une situation nouvelle : désormais la physique continue d'accumuler les résultats nouveaux, mais en subissant les effets d'un déficit croissant d'intelligibilité.

La vérité en danger

Effets qui sont loin de ne concerner que la physique. Ils consistent aussi en une chute dramatique de l'ambition scientifique. En suivant l'exemple de la physique, « impériale science pilote[32] », nos sciences dérivent de plus en plus vite vers de pures techniques. La crise des vocations scientifiques est probablement liée à cette dérive. Mais aussi l'abaissement des barrières immunitaires qui protégeaient les sciences authentiques contre le charlatanisme. En subordonnant l'exigence de rationalité à un simple impératif d'efficacité, en remplaçant même parfois l'une par l'autre, on a fait entrer les bateleurs de toute sorte dans le temple de la science. Cela est vrai dans le champ des sciences humaines, puisque l'homme est un être éminemment suggestible et que les techniques visant à faire croire et à faire accepter sont devenues une des branches les plus prospères de l'économie. Mais même dans le champ des sciences de la nature, la lourdeur sociale de la recherche scientifique, le poids des conformismes dans des sociétés massifiées, l'importance des enjeux matériels et idéologiques ont créé des situations très dangereuses pour la vérité des sciences. J'ai abordé ce point ailleurs[33] ; le biologiste Gérard Nissim Amzallag l'a traité récemment dans un livre passionnant sur la génétique[34].

CHAPITRE III
DÉTRUIRE LE SAVOIR : LE SCIENTISME DE L'ÉDUCATION

> Aller apprendre l'ignorance à l'école, *c'est une histoire qui ne s'invente pas !*
>
> ALEXANDRE VIALATTE

> *Il n'y a aucune futilité, dans un désastre, à s'occuper de régler le pas de vis d'un instrument de grande précision comme la pensée, qui est en péril du fait de la faillite de l'école.*
>
> ALEXANDRE VIALATTE [1]

Il faut le redire en ces temps d'obscurantisme : il est légitime de travailler à la connaissance désintéressée, à condition qu'il s'agisse d'une poursuite responsable de la vérité. Mais dans cette quête, nous sommes constamment interrompus par le drame du monde, soit que nous participions personnellement à telle de ses facettes, soit qu'il nous soit apporté par les voies du mensonge systématique aux mille formes appelé « information » ou « communication ». La première question que le drame pose au savant, c'est : pourrai-je poursuivre mon travail ? S'il parvient à dépasser son cas personnel la question devient : la science va-t-elle survivre ?

Tu es bien pessimiste, me dira un collègue. À quoi je répondrai : n'est-ce pas plutôt toi qui t'aveugles ? Mais examinons plutôt des cas concrets, et commençons par l'école. On conviendra que sans une école qui assume réellement ses fonctions, il ne peut y avoir de science. Si nous sommes capables d'exercer notre métier de recherche, c'est d'abord grâce à l'école où nous avons appris les éléments et aux maîtres qui nous les ont enseignés. Si nous détournons les yeux tandis que l'école se détruit, c'est que nous acceptons que nos collègues, ou nos élèves, soient les avant-derniers savants. Qu'en est-il en vérité ?

Deux bouleversements dans l'école

L'école s'est profondément modifiée dans les dernières décennies. Les deux principaux changements sont : d'une part une baisse dramatique de son efficacité, puisqu'elle parvient de plus en plus mal à enseigner les connaissances de base aux élèves ; d'autre part un bouleversement radical des principes sur lesquels repose l'enseignement, puisqu'on est passé d'une école fondée sur des pratiques empiriques et des principes généraux transmis par tradition à une école gouvernée par ce qu'on appelle abusivement les sciences de l'éducation, et qui devrait plus rigoureusement s'appeler le scientisme de l'éducation. Depuis longtemps déjà des observateurs sans préjugé établissent un lien entre ces deux changements. Je décrirai d'abord quelques aspects du mauvais fonctionnement de l'école, et j'examinerai ensuite les sciences de l'éducation.

Du côté des élèves

Voici quelques observations sur l'école actuelle, fondées en particulier sur la lecture de manuels scolaires en vigueur et sur l'expérience de mes enfants et petits-enfants. Les méthodes officiellement recommandées tendent assez généralement à rendre compliqué ce qui est simple, et à empêcher l'élève d'acquérir des certitudes. Qu'il s'agisse d'une règle de grammaire ou de celles de la soustraction ou de la division, une règle doit d'abord avoir été énoncée avec précision, puis apprise grâce à des exercices d'application suffisamment nombreux et variés. Or les méthodes en vigueur consistent avant tout à « permettre à l'enfant de construire son savoir », c'est-à-dire à lui poser une série de devinettes. Même s'il arrive à deviner, seul ou aidé, cela ne lui donne aucune assurance : chaque nouveau cas est la source d'une nouvelle perplexité. Il lui est constamment demandé de savoir ce qui ne lui a pas été enseigné. Il trouve parfois, et parfois ne trouve pas, mais toujours dans une sorte de flou, à tâtons. Il n'acquiert ni la confiance en soi, ni la confiance dans ceux qui le soumettent à ces procédés déloyaux. En désespoir de cause il s'adresse parfois à ceux qui peuvent l'aider (famille, camarades plus savants ou plus âgés, ou, si les parents le veulent, auxiliaires rémunérés). Mais de ces obstacles artificiels, il lui reste la conviction que c'est vraiment difficile. Conviction parfois renforcée par l'enseignant : « Aujourd'hui nous allons commencer la division, vous allez voir que c'est très difficile ! »

L'élève prend l'habitude de vivre dans l'incertitude : il ne sait pas pourquoi il réussit à faire tel exercice et pas tel autre. La connaissance un moment entrevue, ou seulement attendue, se brouille faute d'avoir été *fixée* (comme on fixe une image photographique). Elle pâlit, et bientôt il ne restera d'elle que le souvenir d'avoir entendu parler de cela, enveloppé du brouillard de l'incertitude et souvent de l'impression d'une difficulté qu'on ne peut même pas définir ou localiser. Ou encore, ce qui demeure est l'impression d'une tâche pleine d'embûches qui doit être recommencée chaque fois à zéro, avec les mêmes risques d'erreur. Tel bon élève de 4e dans un bon collège persiste à considérer la notion de pourcentage comme un nœud d'abstraction et de difficultés, probablement parce que la première personne qui lui a parlé des pourcentages ne maîtrisait pas elle-même la notion…

Mais qu'est-ce qui pourrait opérer l'indispensable fixation ? L'autorité du maître ou de la maîtresse qui affirme, et justifie son affirmation quand il convient de le faire. La formulation précise, claire et constante, qu'on peut le cas échéant apprendre par cœur (pratique honnie par nos scientistes). Enfin la répétition, principe pédagogique fondamental connu depuis toujours : elle permet l'automatisation, indispensable en particulier dans les apprentissages fondamentaux : lire, écrire, calculer [2]. La nécessité de la répétition distingue l'élève de l'ordinateur, qui enregistre ce qu'on introduit dans sa mémoire sans qu'il soit besoin de le répéter.

La répétition était en particulier de règle, dans l'école de la IIIe République, pour les exercices : au cours de sa scolarité primaire l'élève devait, par exemple, effectuer des milliers d'additions, de multiplications, de divisions. On ne lui demandait pas s'il trouvait cela ennuyeux, et à vrai dire la question ne se posait guère, puisqu'il était admis que le but n'était pas de le distraire mais d'installer définitivement les automatismes de base. Nos scientistes ont changé tout cela. L'élève, après avoir fait quelques multiplications à l'occasion de problèmes plus ou moins bien posés, va très vite accéder à des exercices plus amusants, en tout cas pour les auteurs de manuels : problèmes inverses, opérations « à trous »... Que penserait-on d'une école de cirque où les élèves arriveraient sans savoir marcher, mais qui, après leur avoir expliqué sommairement le principe de la marche et leur avoir fait faire quelques pas, se hâterait de passer aux échasses et au trapèze volant ?

Il ne faut donc pas s'étonner d'observer très souvent que les automatismes de base ne sont pas acquis. L'écriture, après une ou plusieurs années d'école élémentaire, demande souvent encore un effort pénible. On n'a pas appris à l'élève les postures de base (appui sur le bras qui n'écrit pas, tenue correcte du stylo...) [3]. Par suite son geste d'écrire n'a pas acquis cette aisance, ce coulé qu'on lui enseignera sans doute pour tel geste sportif. Pour des élèves plus avancés dans leurs études l'orthographe ne va pas de soi mais demande un effort particulier pour les textes dignes qu'on y « mette l'orthographe », et il en est de même pour la syntaxe. Les tables d'addition ne sont pas sues même par de bons élèves du secondaire, qui comptent sur leurs doigts pour trouver combien font sept et neuf ; souvent les tables de multiplication ne connaissent pas un meilleur sort… Tout cela, disent nos scientistes, est périmé depuis qu'il y a la calculette : c'est oublier que nombres et opérations demeurent mystérieux pour qui ne sait pas manier les premiers et effectuer les secondes, vite et bien, pour ainsi dire sans y penser. De plus il ne faudrait pas croire que l'automatisme n'est nécessaire que dans les matières de l'enseignement primaire : on ne maîtrise pas le calcul algébrique ou le calcul différentiel et intégral sans avoir subi un bon entraînement, qui n'est autre que l'installation d'automatismes. Cela vaut en fait pour toutes les matières enseignées, où l'initiative ne peut se déployer librement que si les tâches élémentaires sont automatisées et ne retiennent donc plus l'attention. Quand on parle anglais couramment on ne s'interroge pas sur le prétérit des verbes irréguliers, il vient sans qu'on y pense. En supprimant la répétition (foin du rabâchage !) on a tué la pédagogie.

Du côté des IUFM

Les propos filandreux qu'on trouve dans les écrits des spécialistes en sciences de l'éducation sont aussi destinés à masquer les pratiques qu'on enseigne dans les IUFM et qui s'installent dans les écoles, plus ou moins vite selon la docilité ou la résistance des enseignants. Ceux qui connaissent directement un IUFM (comme stagiaires, anciens stagiaires ou même professeurs), et d'autre part les professeurs d'école, peuvent fournir à ce sujet des témoignages précieux. Il en ressort que les sciences de l'éducation ne sont pas les rêveries farfelues, innocentes ou inefficaces de quelques savants Cosinus ignorants du monde actuel. Croire que l'erreur et le mensonge sont inefficaces par nature, c'est une dangereuse naïveté. Les expériences du XXe siècle en matière de totalitarismes, celles qui se poursuivent de nos jours en matière de propagande et de publicité, montrent au contraire que le mensonge, quand il est habile, est généralement plus efficace que la vérité. La phrase bien connue de Goebbels (« Plus le mensonge est gros, plus il a de chances d'être cru ») n'est pas seulement une cynique boutade : elle exprime une loi psychologique qui se vérifie sans cesse.

Les prétendues sciences de l'éducation ne sont pas des sciences, mais elles sont des techniques d'action sur les personnes d'une redoutable efficacité. Les stagiaires, dans les IUFM dont j'ai entendu parler, sont soumis à une manipulation psychologique fondée sur le refus d'enseigner et sur un contrôle permanent. Conscients de leurs propres lacunes, les jeunes hommes et les jeunes femmes qui se destinent à l'enseignement élémentaire demandent qu'on leur transmette : d'une part des éléments théoriques leur permettant d'enseigner correctement le français, le calcul et les autres matières qui doivent, pensent-ils, être inculquées aux élèves ; et d'autre part des connaissances pratiques leur permettant de faire face aux situations qui se présentent quand on se trouve face à une classe – c'est-à-dire, le plus souvent, à des gamins qui ont une forte tendance à se déchaîner, mais chez qui peut souvent exister aussi le désir d'apprendre. Or ces deux demandes, d'une évidente légitimité, se heurtent à un double refus. « Expliquez-nous comment il faut enseigner la lecture ! » Réponse : « Vous voulez des recettes, eh bien vous n'en aurez pas. D'ailleurs la lecture, cela ne veut rien dire : il n'y a pas *une* lecture, il y a *des* lectures, etc. » Il faut noter l'analogie entre la situation de l'élève du primaire ou du secondaire, et celle de l'élève professeur dans l'IUFM : l'un et l'autre sont plongés dans un malaise permanent, parce qu'ils s'attendent à ce qu'on les instruise et que leur attente est constamment déçue.

À la lumière de diverses enquêtes il apparaît que les sciences de l'éducation ont un double caractère : elles permettent d'inventer des techniques de manipulation psychologique ; elles masquent la vraie nature des transformations qui sont imposées à l'école et aux enseignements de tous ordres, en les présentant non comme l'expression d'une politique de destruction de l'enseignement délibérément choisie mais comme les conséquences nécessaires de constats scientifiques. Bien entendu si l'on pose raisonnablement la question de savoir si les sciences de l'éducation sont des sciences, on arrive à répondre non. Mais les grands prêtres de ces prétendues sciences n'ont cure de ce genre d'arguments. Ils répondraient, s'ils étaient cyniques au lieu d'être hypocrites : cause toujours, nous avons le pouvoir ; celui, en particulier, de dire ce qui est scientifique et ce qui ne l'est pas. La conception épistémologique sous-jacente est la définition sociologiste de la science : est science ce qui se donne pour tel. Est scientifique ce que les institutions scientifiques, les autorités académiques, et en dernière analyse le pouvoir d'État et le pouvoir médiatique, déclarent être scientifique. Le déclin de la vérité comme valeur socialement reconnue aide à imposer une conception de la science qui ne respecte que le pouvoir, et ne reconnaît pas la vérité.

L'enquête d'un historien

On sait que la scientification de l'enseignement s'est faite en France à l'imitation des États-Unis ; on aurait évité bien des déboires si on avait écouté les critiques des bouleversements pédagogiques venues de là-bas. Voici deux témoignages bien différents.

Jacques Barzun, né en 1907, est un Français transplanté aux États-Unis où s'est déroulée toute sa carrière universitaire d'historien. Auteur de plus de trente ouvrages d'histoire intellectuelle et musicale, traducteur en anglais du *Mariage de Figaro*, du *Neveu de Rameau*, de plusieurs écrivains français, il a publié en 2000 une somme sur « cinq cents ans de vie culturelle de l'Occident[4] », qui a eu un retentissement considérable aux États-Unis et semble avoir été (pourquoi ?) ignorée en France. Son livre *Begin Here*[5], paru en 1991, regroupe des textes dont certains remontent à 1969. Il analyse les modes aberrantes qui ont largement détruit l'école américaine, à commencer par l'enseignement des fondements nécessaires de toute éducation, de toute pensée maîtrisée : lire, écrire, compter. Dans un texte de 1969, il dit qu'il y a aux États-Unis environ 25 millions d'illettrés fonctionnels ; une note de l'éditeur précise que vingt ans plus tard, au moment où paraît le livre, il y en a 60 millions. Comment, se demande-t-il, les écoles en sont-elles arrivées là ? Il attribue la désastreuse évolution à deux causes : d'abord l'application du principe « rapprocher l'école de la vie », avec les innovations bien connues ici, suppression du « cours magistral », manuels imitant les brochures des agences de voyage, etc. La seconde cause est plus proche du sujet de ce livre : c'est la pression exercée par « la science » en tant que force culturelle.

Que dit cette science ? « Ne faites pas attention au sens commun : la recherche produit toujours des nouveautés surprenantes, qu'il vaut la peine d'essayer. » Ces nouveautés, dit Barzun, vont à l'encontre de l'expérience pratique, et ont rendu le travail scolaire de moins en moins efficace, si on le juge selon les critères ordinaires : savent-ils lire ? savent-ils compter ? Elles ont produit un enseignement radicalement privé d'unité et de continuité.

La psychologie, ajoute Barzun – une psychologie cherchant à connaître explicitement les élèves –, tend à substituer les thérapies à l'enseignement ; elle conduit à accorder plus d'importance à l'explication de l'échec qu'à sa correction.

Le jugement d'un physicien

Richard Feynman (1918-1988) est un des physiciens les plus remarquables et les plus attachants de l'après-Seconde

Guerre mondiale. Ses principales découvertes théoriques portent la marque d'une pensée puissamment originale : elles ont aidé et aident des générations de physiciens à imaginer les phénomènes quantiques dans l'espace et le temps. (De ce point de vue sa démarche a des traits communs avec celle de Bohr, bien qu'ils ne se soient jamais compris l'un l'autre.) De plus Feynman était un grand professeur qui a consacré beaucoup d'efforts et de talent à l'enseignement de la physique, ainsi qu'en témoignent son *Cours de physique* bien connu, ses ouvrages de vulgarisation et ses livres d'entretiens. Il joua un rôle décisif dans l'enquête sur l'explosion de la navette *Challenger*. Dans son œuvre et ses actions on retrouve toujours le même sens du concret, un regard acéré qui ne laisse jamais une idée préconçue lui boucher la vue, et aussi le culot du gamin de Brooklyn qu'il avait été.

Dans un livre d'entretiens[6] paru en 1985, le physicien observait que les sciences de l'éducation sont imposées de l'extérieur à l'école et aux familles, contre l'expérience pratique des institutrices et des mères.

« [...] les gens croient, par exemple, qu'il existe une science de l'éducation. On enseigne la pédagogie ; il y a des gens qui réfléchissent à la manière d'enseigner les mathématiques, etc. Et pourtant, en dépit de toutes ces réflexions sur la manière d'améliorer nos techniques d'enseignement, le rendement de l'enseignement ne cesse de baisser ; au mieux il reste stationnaire. Voilà donc un exemple de remède de sorcier qui ne marche pas. [...]

« Et pourtant, toutes ces choses se prétendent scientifiques, et il y a des gens qui font des recherches dans ces domaines-là. À mon avis, toute cette pseudo-science ne sert qu'à impressionner l'homme de la rue. Si, par exemple, une institutrice trouve quelques bonnes recettes pour apprendre à lire aux enfants, elle se voit immédiatement rappelée à l'ordre et obligée de procéder autrement... quand elle ne s'autocensure pas et ne s'imagine pas d'elle-même que sa méthode n'est pas la bonne. [...]

« Tout cela pour dire que nous devrions nous préoccuper un peu plus des théories qui ne marchent pas et des sciences qui n'en sont pas.

« Les sciences et la psychologie de l'éducation sont à mon avis des exemples de ces pseudo-sciences dont je serais tenté de dire qu'elles s'apparentent au "culte du cargo". [...] dans un cas comme dans l'autre, les règles formelles de la vraie recherche scientifique sont respectées ; mais il manque visiblement quelque chose d'essentiel, puisque les avions n'atterrissent pas. »

Les conclusions d'une psychologue

Si différents soient-ils, Barzun et Feynman ont en commun le fait d'avoir été tous les deux de grands professeurs, qui ont pris l'enseignement au sérieux et qui ont marqué des générations d'étudiants et de chercheurs. Liliane Lurçat, pour sa part, n'a pas enseigné, mais elle a passé toute sa carrière de psychologue de l'enfant à faire des observations dans des écoles très diverses de la région parisienne. Son livre *La Destruction de l'enseignement élémentaire et ses penseurs* [7] regroupe des études de textes des théoriciens de l'école actuellement au pouvoir en France, et les confronte à ce qu'elle a constaté sur le terrain. Cette connaissance du terrain affleure constamment dans son livre, qui ne critique pas les théories en elles-mêmes mais par référence à ce qu'elle a appris des enfants en tant que psychologue (et aussi en tant que mère et grand-mère, référence qui reste implicite). « La connaissance que j'ai de l'école est essentiellement pratique, je l'ai acquise dans l'exercice de ma profession. Chercheur sur le terrain dans des écoles maternelles et primaires pendant plus de quarante ans, j'ai pu rencontrer quelques milliers d'enfants, représentant plusieurs générations successives, ainsi que de nombreux instituteurs et institutrices. C'est l'étude des habiletés graphiques, de l'écriture et du langage écrit, qui m'a amenée à m'intéresser à l'enseignement donné aux enfants. Car les habiletés et les connaissances ne dépendent pas uniquement de ceux qui les acquièrent, mais aussi, et pour une part importante, des conditions de leur acquisition. Quand on étudie la mise en place d'activités complexes, qui supposent de longues années d'apprentissage et d'exercice, on est nécessairement amené à prendre en considération la façon dont les enfants sont instruits » (p. 10).

Il s'agit dans le livre de la destruction de l'enseignement élémentaire : « une destruction patiente et méthodique, opérée à partir du haut » (p. 20). Si l'auteur analyse le rôle de conceptions théoriques dans cette destruction, ce n'est pas pour proscrire par principe toute théorie : « En réalité, les pratiques pédagogiques ont toujours eu des sources variées, qui n'opposaient pas nécessairement le tâtonnement expérimental à une pensée plus théorique » (p. 24). La théorie n'est donc pas visée en tant que telle, mais en tant qu'elle refuse de tenir compte de pans entiers de l'expérience, par exemple : quand elle prétend enseigner la lecture sans enseigner simultanément l'écriture ; réduit de manière significative le temps consacré aux exercices dont la répétition permettrait d'installer les automatismes de base (p. 15) ; ou encore tourne en dérision « la discipline fondée sur le respect de la règle et qui développe une logique de la soumission » (p. 27). La théorie est visée aussi, et corrélativement, dans la mesure où elle « ruine la tradition empirique liée au terrain ». En effet, les idées *a priori* en vigueur dans un courant de pensée déterminé au sein des sciences de l'éducation, et les modèles d'apprentissage élaborés par ce courant à partir de ces idées, sont imposés aux enseignants : « Il s'agit d'imposer aux instituteurs des démarches qui sont la mise en œuvre d'idées confuses, d'application difficile, et pouvant déboucher sur le contraire des effets souhaités » (p. 108). Pour Liliane Lurçat, « il ne s'agit plus de science, ce qui impliquerait que l'on cherche à décrire et à comprendre ce qui se passe réellement : il s'agit plutôt de scientisme » (p. 26). Mais il s'agit bel et bien des sciences de l'éducation : « Par le biais du scientisme, l'École élémentaire s'est transformée en école des sciences de l'éducation » (p. 32).

Comment de fausses sciences peuvent-elles être efficaces ?

Les analyses convergentes de l'historien, du physicien et de la psychologue viennent à l'appui de la thèse qu'on soutiendra ici : c'est bien sous l'égide du scientisme de l'éducation que l'on procède à la destruction systématique de l'enseignement élémentaire ; c'est sous son inspiration que les enfants d'aujourd'hui vont, comme le disait Vialatte dès 1971, apprendre l'ignorance à l'école. (Voir les épigraphes de ce chapitre.) À ce constat de la puissance de destruction active du scientisme il faut ajouter celui de sa passivité devant des effets destructeurs venus de l'extérieur de l'école, qui s'ajoutent à sa propre action et qu'il ignore délibérément quand il ne les nie pas explicitement.

Mais comment est-il possible que les sciences de l'éducation soient impuissantes devant la réalité sociale qu'elles ont vocation d'analyser et même, en principe, d'améliorer ? Comment comprendre qu'à cette incapacité de produire des analyses pertinentes et des effets pratiques positifs vienne s'ajouter une capacité de nuisance active, une efficacité destructrice ? Comment comprendre, aussi, l'étrange statut de ces sciences qui ne sont promues et défendues que par ceux dont elles constituent le gagne-pain (et auxquels elles procurent des postes universitaires qu'aucune connaissance véritable, aucun travail sérieux ne justifient), tandis que les savants gardent à leur sujet un silence prudent ou embarrassé ?

Ces questions mettent en cause le concept même de science, élaboré, enrichi et corrigé par des siècles de réflexion philosophique et de pratique scientifique.

Feynman et les fausses sciences

Pour Feynman les sciences de l'éducation respectent les règles formelles de la vraie recherche scientifique, mais il leur manque un élément essentiel (qui d'ailleurs, remarque-t-il, n'est pas enseigné explicitement par l'école) : l'intégrité, l'exigence, l'honnêteté fondamentale qui consiste à tenir compte de l'ensemble des données, et non de celles seulement qui vont dans le sens que l'on souhaite. Ici le souci de la vérité propre au savant authentique, en étant explicité, révèle qu'il a un fondement moral : pour que mon activité puisse être à bon droit qualifiée de scientifique, il faut que je sois d'avance prêt à admettre que j'ai tort. « Réfutez-vous sans tarder » (*Prove yourself wrong as soon as possible*), telle doit être selon Feynman la devise du savant. L'absence d'affectation du physicien rend son témoignage encore plus convaincant. Il y a aussi d'autres raisons de le juger sincère : le style de ses publications scientifiques, et ce que rapportent ceux qui l'ont connu [8].

Mais quelle portée accorder aux conclusions ultimes de Feynman sur les sciences de l'éducation : pseudo-science qui ne sert qu'à impressionner l'homme de la rue, comparable au culte du cargo ? Je sais peu de chose sur les pratiques religieuses océaniennes auxquelles il fait allusion, mais j'interprète cette comparaison ainsi : le culte en question annonce l'arrivée miraculeuse d'un cargo ou d'un avion, qui n'arrivent jamais et dont nous sommes raisonnablement certains qu'ils n'arriveront jamais. De même les sciences de l'éducation annoncent une amélioration de l'enseignement grâce à des mesures inspirées par leur expertise scientifique, or on ne voit que des aggravations. La comparaison pèche pourtant sur un point : les hérauts des sciences de l'éducation, si on les lit bien, n'annoncent pas l'amélioration de l'enseignement existant à laquelle aspirent tant de parents, et même tant d'élèves (dans la mesure où ces derniers parviennent à prendre conscience d'une situation qui les surexcite, les accable ou les plonge dans le malaise). Ils se livrent à une critique radicale de l'enseignement traditionnel ; ils annoncent et mettent en œuvre un enseignement d'un type nouveau, dont les buts sont sociaux et politiques, la pédagogie n'étant qu'un outil pour la transformation de la société. Ils ne sont pas des réformistes mais des révolutionnaires, qui ne parlent de réformes que pour anesthésier l'opinion. Et leur révolution ne bénéficie nullement aux déshérités ou aux classes laborieuses : elle donne un pouvoir tyrannique à des chefs ignorants et arrogants. La comparaison avec les révolutions soviétique, chinoise et analogues s'impose, d'autant plus que ces dernières se faisaient, elles aussi, au nom de la science (matérialiste dialectique en l'occurrence).

Il s'agit bien de scientisme

Mais cette comparaison historique, même si elle est plus justifiée que l'analogie avec le culte du cargo, ne remplace pas une analyse concrète. Pas plus que le marxisme-léninisme, les sciences de l'éducation ne se composent d'énoncés arbitraires ; il y a une logique dans la transformation de l'enseignement en enseignement de l'ignorance (de même qu'il y en avait une dans la soumission d'une fraction du mouvement ouvrier aux promoteurs d'une tyrannie sanglante et désespérante). Ce qu'il faudrait comprendre, c'est comment cette logique aberrante a pu se développer, et comment elle conserve son pouvoir malgré les résultats désastreux auxquels elle préside.

Pour cela il faut d'abord se demander comment et pourquoi les scientistes de l'éducation sont tellement persuadés d'appliquer des méthodes scientifiques, conviction qu'ils réussissent dans une certaine mesure à faire partager et qui désarme les critiques fondées sur l'expérience et le sens commun. Quand je lis les textes pédantesques de ces gens, et que j'observe sur mes descendants les effets de leurs pratiques, je me trouve en pays de connaissance ; ils singent la physique dans ce qu'elle a de plus facile à imiter, avant tout dans ce qu'elle a de moins rationnel : sa métaphysique implicite. Mais aussi dans ce qui est légitime pour cette science : en physique l'expérimentation et l'observation sont objectives en ce sens qu'elles ne craignent pas de modifier ni ne cherchent à améliorer leur objet, elles peuvent même le détruire s'il le faut. Or si nous ne sommes pas responsables des phénomènes physiques élémentaires, nous sommes responsables de ce qui arrive à nos enfants. L'attitude de l'observateur ou de l'expérimentateur, normale dans un laboratoire de physique, devient irresponsable et cynique quand elle préside à la vie d'une école.

Pourtant, à en croire nos Diafoirus, il importerait au moins autant d'observer les enfants, d'évaluer leurs performances scolaires et aussi leurs aptitudes, de prédire enfin leur destin scolaire, que de les instruire. Ce culte de l'évaluation se retrouve partout : en septembre 2001, le ministère de l'Éducation nationale a annoncé la mise au point d'un logiciel de mesure des violences scolaires, permettant le recensement quotidien de tous les incidents. Il a été expédié dès la rentrée à tous les chefs d'établissement. « C'est une première mondiale », a fièrement annoncé le ministère [9]. Que demander de plus ?

L'imitation de la physique

Nous retrouvons ici une vieille connaissance : le déterminisme, justification savante de toutes les démissions et de toutes les lâchetés. Si l'avenir des enfants, et en particulier leur avenir scolaire, sont déterminés par leur patrimoine génétique et les caractéristiques « socio-culturelles » de leur milieu familial, il importe davantage de prévoir cet avenir que de tenter de transmettre des connaissances. Si de toute manière l'avenir scolaire d'un enfant est inscrit dans des paramètres biologiques et sociaux, l'idée de la responsabilité des enseignants et de l'institution scolaire est illusoire, et il est légitime d'abandonner les élèves en les invitant à construire leur savoir. Mais s'il n'y a pas déterminisme mais seulement un ensemble de tendances qui peuvent être encouragées, infléchies ou dépassées selon le cas, alors le temps considérable consacré à l'évaluation devient du temps perdu sous un prétexte malhonnête. De plus il tend à détruire le sentiment de responsabilité chez les élèves et les enseignants, à exonérer l'institution du poids de ses fautes, et à justifier son refus d'instruire et sa transformation en école de l'ignorance.

Un autre trait qui relève de l'imitation formelle de la physique est le rôle de l'expérience. Le mot « expérience » peut désigner, d'une part les activités des savants qui réalisent en laboratoire, observent et mesurent certains phénomènes ; d'autre part le savoir et la sagesse accumulés dans l'esprit d'une personne ou dans les traditions d'un groupe social. La démarche des sciences de l'éducation consiste à nier et à détruire l'expérience au second sens, au profit d'« expériences pédagogiques » qui veulent imiter les expériences au premier sens.

C'est encore pire pour la théorie : dans certains domaines simples de la physique il existe des théories bien vérifiées, sur lesquelles on peut s'appuyer avec confiance. Dans le domaine de l'éducation toute personne de bon sens sait qu'il n'en est pas ainsi. Pourtant quand un physicien parachuté dans l'Éducation nationale, le recteur Migeon, s'est vu chargé par le ministre (Lionel Jospin) de faire un rapport sur « la réussite à l'école [10] », il a pris le dernier modèle d'apprentissage de la lecture réalisé en France par un chercheur en sciences de l'éducation, et a quasiment imposé dans son rapport l'application de ce modèle, dont rien ne garantit la pertinence. « On voudrait, écrit Liliane Lurçat, que les quatre étapes proposées par ce chercheur soient parcourues par tous les enfants, car elles seraient la condition nécessaire pour que tous sachent lire. La volonté d'unifier la diversité des façons d'apprendre, telle qu'elle se manifeste dans cet exemple, peut avoir des effets pervers : elle estompe la réalité des cheminements individuels pour lui substituer des schémas arbitraires, souvent non nécessaires à l'acquisition des compétences, et qui, de plus, créent des obstacles artificiels [11]. »

Des modèles pour faire comme les physiciens

Qu'est-ce qui permet, qu'est-ce qui impose à ces prétendues sciences de rejeter l'expérience accumulée par des siècles d'enseignement, pour ne reconnaître que les expériences réalisées sur un petit nombre d'élèves, selon des protocoles dont la rigueur est toute formelle ? C'est, encore une fois, l'imitation de la physique. Le physicien cherche systématiquement à créer des situations épurées, dans lesquelles on ne laisse varier que le moins possible de grandeurs caractéristiques. Avant d'étudier la chute des corps dans l'air, où interviennent la résistance de l'air et ses complications, on étudie la chute dans le vide ; et quand ce n'était pas possible techniquement, Galilée se plaçait dans des conditions où la résistance de l'air pouvait, au moins en première approximation, être négligée. Les sciences de l'éducation, pour leur part, ne peuvent pas réaliser des situations épurées. Le recteur Migeon avait beau affirmer que les enfants sont les « objets sur lesquels on travaille [12] », ces objets-là ne peuvent pas être placés dans un vide social et affectif pour ne garder que l'apprentissage de la lecture. Et quand il écrivait qu'« apprendre à lire est un apprentissage régi par les règles du constructivisme », il trahissait seulement son ignorance [13]. Un physicien pourrait écrire : la propagation des ondes radio est un phénomène régi par les équations de Maxwell, parce que ces équations n'ont pas seulement le mérite de la cohérence mathématique, mais aussi celui d'avoir été vérifiées dans un nombre immense de situations expérimentales différentes. En revanche le constructivisme est une hypothèse tirée des ouvrages de Piaget et quelques autres, qui se vérifie à la rigueur dans des expériences *ad hoc*, spécialement conçues dans ce but ; il relève plutôt du verbalisme que de la science et ne permet pas d'appréhender des faits humains extraits de la vie réelle. L'affirmation du recteur physicien trahit sa croyance, dépourvue de tout fondement sérieux : c'est en copiant la physique que l'on peut résoudre les problèmes humains. Les scientistes de l'éducation font comme si la science de l'éducation bâtie sur le modèle de la physique existait vraiment. Mais il y a une habitude des physiciens qu'ils s'abstiennent malheureusement de copier : modifier ou rejeter les modèles contredits par l'expérience.

Qu'est-ce qu'un modèle ? Les sciences physiques s'intéressent aussi à des situations qui ne sont pas simples : la géologie, la météorologie, l'astrophysique... ont affaire à des objets naturels d'une grande complexité. Elles procèdent alors par observation ; elles cherchent à utiliser des lois dégagées au préalable par le physicien dans des situations de laboratoire ; enfin elles peuvent utiliser des modèles mathématiques.

Dans les sciences physiques, un modèle est une description mathématique extrêmement simplifiée d'un phénomène complexe. On confond parfois les notions de modèle et de théorie, en arguant du fait que la théorie aussi ne peut décrire un phénomène réel qu'en faisant abstraction de certains de ses aspects. Mais l'ordre de grandeur des simplifications n'est pas le même dans les deux cas, et si leur effet peut souvent être évalué ou maîtrisé dans le cas de la théorie, il l'est rarement pour le modèle.

Mais un écolier qui apprend à lire, ou une classe avec le maître ou la maîtresse, n'est-ce pas *infiniment* plus complexe que les phénomènes même les plus complexes (météorologiques, par exemple) étudiés par le physicien ? C'est surtout tout autre chose, et la seule manière de connaître un peu les enfants et de pouvoir leur transmettre des connaissances, c'est d'utiliser ce que le scientiste rejette fanatiquement : l'empathie. Les élèves sont des êtres humains comme moi, qui cherche à les instruire. Je n'ai que faire de modèles ou d'équations pour leur enseigner ce qu'il faut : j'utilise le legs de la tradition pédagogique que j'ai reçu, explicitement ou non, de mes propres maîtres, je navigue à vue, j'infléchis mon action selon les réactions diverses que je perçois et selon les résultats que j'obtiens. Il y a des règles à observer (parler distinctement, écrire lisiblement et avec soin, avoir un plan net et clair, bien connaître et bien comprendre ce que l'on doit enseigner…), mais l'essentiel demeure la passion, le dévouement et le talent, et aussi l'autorité d'une personne qui se respecte et que l'on respecte. Toutes notions étrangères au jargon scientiste, qui demeure par principe impersonnel. On a honte de devoir énoncer de pareilles évidences, qui résument des expériences millénaires. Mais c'est justement de ces évidences-là que les scientistes ont entrepris de faire table rase.

Impasse sur l'enseignement, ou aggravation délibérée de l'ignorance ?

Les résultats désastreux de la folie destructrice du scientisme sont observables depuis des décennies, aux États-Unis comme en France et dans tant d'autres pays. On aurait cru les savants soucieux de l'avenir, et de la transmission du savoir. Honte à eux, à leurs institutions professionnelles, à leurs Académies, qui gardent le silence devant ce désastre immense dont nous commençons seulement à payer le prix ! Quelques personnes ont écrit des livres, qui ont trouvé de nombreux lecteurs. Et que se passe-t-il ? Des efforts isolés d'enseignants, parfois héroïques. Mais la pression destructrice qui vient d'en haut ne fait que s'aggraver.

Quelle terrible preuve des limites de la démocratie telle qu'elle fonctionne actuellement : aucune assemblée, aucun ministre, aucun gouvernement ne se saisit vraiment d'un problème aussi grave ! S'agit-il seulement d'indifférence et d'incurie ? Les gouvernement successifs ont rivalisé dans la mise en œuvre des mesures qui détruisent systématiquement l'enseignement, en commençant par l'enseignement élémentaire. Il y a une complicité générale, active et passive, qui s'étend à tous les milieux dirigeants (politiques, administratifs, patronaux, syndicaux…). Mais tout est parti du scientisme, paré des plumes de la science. Nous, les savants, sommes donc compromis dans ce drame. Nos descendants le sauront, peut-être.

Que préfèrent les gouvernements, les ministres et les cadres supérieurs de l'Éducation nationale ? Un enseignement qui réussit, ou un enseignement piloté par le scientisme de l'éducation ? On sait qu'en URSS une question analogue se posait : les dirigeants préféraient-ils une économie qui réussirait, qui satisferait les besoins de la population, ou une économie conforme aux principes du marxisme-léninisme ? La réponse officielle était évidemment que la conformité à ces principes assurerait justement la réussite, ce qui revenait à nier la réalité au su et au vu de la majorité de la population. Mais il y avait une exception : ce à quoi les dirigeants tenaient vraiment, à savoir la puissance militaire et les secteurs annexes (comme la maîtrise de l'espace circumterrestre avec les satellites et les fusées), échappait à la tyrannie de l'idéologie ; les dirigeants de ce secteur, les ingénieurs et les savants avaient carte blanche, ils devaient réussir à tout prix. Et ils réussissaient souvent, car la Russie a une grande tradition scientifique.

Dans les pays démocratiques la situation, *mutatis mutandis*, est analogue. À quoi tiennent vraiment les milieux dirigeants ? Dans une certaine mesure, à la compétitivité économique ; absolument, aux compétitions sportives, et aux médias pour abrutir et manipuler les gens. Ces secteurs-là n'ont donc pas à être « scientifiques », quitte à utiliser les sciences (véritables) et les techniques dans la mesure de leurs besoins. En revanche la preuve est faite que les dirigeants politiques et économiques ne tiennent pas à l'instruction publique, moyennant quoi on l'a livrée aux scientistes. Peut-être même souhaitent-ils que la grande majorité de la population demeure dans une ignorance qui la rend plus facilement manipulable par les politiques et les publicitaires, tout en correspondant, selon eux, aux besoins du fonctionnement économique ? Le calcul semble à courte vue, car l'économie se ressent déjà de la montée de l'ignorance.

Détruire le savoir, c'est détruire la fierté

Le projet historique des sciences de l'éducation s'insère dans un projet plus vaste : celui d'une science de l'homme bâtie sur le modèle de la physique, s'appuyant sur ses succès et tirant d'elle sa légitimité. Depuis les newtoniens au moins, ce projet d'une science de l'homme physicaliste mange à la table de la physique : il l'accompagne dans le temps, et dans l'esprit de la majorité des savants il ne s'en distingue pas. Une anecdote sur Newton suggère que cette confusion aurait été étrangère à sa pensée : à un disciple qui s'étonnait de l'avoir vu vendre mal à propos ses actions de la Compagnie des Indes, le maître aurait répondu : je peux prévoir les mouvements des astres, mais pas la folie des hommes.

Le projet scientiste n'a jamais fait l'unanimité. L'affirmation de l'unicité de l'homme, en particulier, se retrouve au long des siècles dans nombre de textes religieux, philosophiques, poétiques, littéraires… Mais ceux qui n'étaient pas dupes du scientisme étaient rarement des hommes de pouvoir, et on ne les a pas écoutés. Si donc l'idée que les méthodes inspirées de la physique sont le dernier mot de la compréhension des faits humains a fini par s'imposer au point de gouverner l'éducation des enfants, cela ne peut tenir seulement à une suite de hasards. Cela ne peut pas non plus être dû à la seule influence de l'industrie informatique, si puissante soit-elle : la propagande pour la réduction de l'homme à un système de traitement de l'information fait vendre des ordinateurs et des logiciels, mais depuis quelques décennies seulement, tandis que la négation de l'humain dans l'homme au profit de la machine ou de l'animal est un vieux cheval de retour, vacciné depuis sa naissance contre toutes les confrontations avec les réalités humaines. Il faut chercher ailleurs les raisons de cette aberration massivement mise en pratique, si peu décrite et trop peu combattue. On peut en tout cas remarquer qu'elle est d'une redoutable efficacité pour déposséder les citoyens de tout droit de regard sur le fonctionnement de l'institution enseignante, de la maternelle à l'université.

Or justement, les citoyens devraient connaître les buts et les effets essentiels de la transformation de l'école, et de l'enseignement à tous les niveaux, qui se poursuit depuis quelques décennies sous le patronage des sciences de l'éducation. En un mot : l'enseignement de la IIIe République formait des hommes et des femmes qui avaient conscience d'être les héritiers d'une civilisation. Dépositaires de ce legs, ils pouvaient envisager l'avenir. L'enseignement façonné par les sciences de l'éducation forme des êtres définis physiquement ou biologiquement, par exemple des SCUI (« systèmes collectant et utilisant de l'information »), comme le dit un physicien bien connu, Murray Gell-Mann [14]. De tels « systèmes » vivent exclusivement dans le présent. Ils apprennent si peu et si mal l'histoire, la littérature tient une place si dérisoire dans leur bagage scolaire, qu'ils n'accèdent pas à la conscience de venir *après* des générations successives. D'autant moins que l'idéologie ambiante tend à ridiculiser le passé (l'adjectif *ringard* est apparu, selon le dictionnaire Robert, vers 1960). Elle tend aussi à le repeindre aux seules couleurs de la culpabilité. « Moi, je n'ai colonisé personne », disait dans les années 70 une collégienne révoltée par le prêchi-prêcha d'un professeur confit en bonnes intentions. Toute cette évolution tend à créer des êtres sans culture et sans fierté : si la culture occidentale est coupable de toute la misère du monde, à quoi bon apprendre l'orthographe ou les fables de La Fontaine ?

Un apologue talmudique raconte que trois rabbins allaient ensemble inspecter l'état de l'éducation à travers la Palestine. Ils arrivent dans une localité où il n'y a pas un seul instituteur, et disent aux habitants : « Amenez-nous les protecteurs de la cité. » On leur montre la garnison, mais les rabbins ne sont pas satisfaits : « Ceux-là ne sont pas les protecteurs de la cité. – Qui sont donc les protecteurs ? – Les maîtres d'école [15]. »

CHAPITRE IV
ACCOUCHER LA NATURE, OU LA DÉVORER VIVANTE ?

On obtient de la mer ce qu'elle nous offre, non pas ce que nous voulons. Nos filets, nos palangres, nos nasses sont une question. La réponse ne dépend pas de nous, les pêcheurs. Ceux qui vont là-dessous chercher la réponse avec leurs mains se croient plus forts que la mer. Seule la surface nous revient, ce qui est dessous lui appartient, c'est sa vie. Nous frappons à sa porte, à fleur d'eau, nous ne devons pas entrer chez elle en maîtres.

ERRI DE LUCA [1]

Les fantastiques imaginations d'un Fourier, qui ont fourni matière à tant de railleries, révèlent un surprenant bon sens. Si le travail social était bien ordonné, selon Fourier, on verrait quatre Lunes éclairer la nuit terrestre, les glaces se retirer des pôles, l'eau de mer s'adoucir, les bêtes fauves se mettre au service de l'homme. Tout cela illustre une forme de travail qui, loin d'exploiter la nature, est en mesure de l'accoucher des créations virtuelles qui sommeillent en son sein.

WALTER BENJAMIN [2]

Dans ce chapitre comme dans les autres, l'attention se dirige vers les aspects culturels et moraux des problèmes. Les coups d'œil sur le réchauffement de la planète ou sur le nucléaire sont là pour aider à comprendre de quoi il s'agit, mais le but est en définitive d'éclairer les fondements historiques et théoriques de notre impuissance actuelle dans le domaine de la protection de la vie et de l'habitat humain.

Un exemple significatif : la pollution chimique

En 1962 une journaliste américaine, Rachel Carson, publia un livre, *Silent Spring* (Printemps silencieux), qui obtint un énorme succès aux États-Unis. Une traduction française fut publiée par Plon et bientôt reprise en édition de poche[3]. Son thème était les dangers des pesticides, produits de synthèse chimique employés pour détruire les espèces vivantes nuisibles à l'agriculture (insectes, champignons, acariens…), ou du moins pour limiter leur prolifération. Aux États-Unis la parution de *Silent Spring* fut un événement important : elle suscita une prise de conscience dans le domaine de ce qu'on nomme aujourd'hui l'écologie. Quels en furent les résultats pratiques ? Je l'ignore. Ce qui apparaît le plus clairement au non-initié, au moins en France, c'est qu'aujourd'hui les peurs suscitées par les biotechnologies et le nucléaire tiennent le devant de la scène, tandis que le projecteur de « l'actualité » laisse dans l'ombre la question de l'utilisation des pesticides chimiques. Des publicités pour ces produits que l'on peut voir à la télévision s'adressent aux propriétaires d'une maison de campagne avec jardin. (Quel besoin véritable ont-ils de ces produits qui tendent à polluer les nappes phréatiques et les cours d'eau, et ne pourraient-ils s'en passer au nom d'un minimum de civisme écologique ?)

Cet exemple a, je crois, une portée générale. Le problème de la protection de l'environnement contre les dangers de toutes sortes qui le menacent, et contre les diverses dégradations et destructions qu'il subit en raison d'actions humaines, n'est jamais posé dans toute son ampleur. Les médias en éclairent tantôt un aspect, tantôt un autre, en fonction d'événements physiques comme les « marées noires » dues aux naufrages de navires pétroliers, ou d'événements humains comme les manifestations de tel ou tel groupe « écologiste ». À chaque fois ils suscitent une flambée d'émotion ou une inquiétude, mais sans donner beaucoup d'éléments objectifs qui pourraient faire avancer la réflexion.

La pollution chimique s'est éclipsée de la scène médiatique, et justement la situation dans ce domaine est plutôt inquiétante. L'eau des rivières est souvent polluée au point d'être invivable pour les poissons : pêche-t-on dans les cours d'eau à côté de chez vous ? Je sais en tout cas que les pêcheurs dans la Seine de mon enfance ont disparu. L'air des grandes villes n'est pas sain. Les enfants, les vieillards, les personnes dont l'appareil respiratoire est fragile souffrent de troubles chroniques bien connus des médecins, mais pas assez spectaculaires en général pour être jugés dignes d'attention. L'accident de pollution atmosphérique du Grand Londres (5 au 9 décembre 1962) provoqua quatre mille décès de plus qu'en année moyenne pour la même période [4]. En France aujourd'hui, dans de nombreux sites les dioxines produites par l'incinération des ordures ménagères empoisonnent les sols, ce qui cause de graves dommages au bétail. L'incinérateur de Gilly-sur-Isère (Savoie), avant sa fermeture, a causé des dégâts qui ont amené à abattre 6 000 bêtes ; le coût des dommages est estimé à 15 millions d'euros. La législation existante est capable, semble-t-il, de prévenir de tels dommages, mais elle n'est appliquée qu'avec un retard important. Un article paru en juin 2002 estimait qu'il y avait encore en France 28 incinérateurs pollueurs [5]. Le tonnage de déchets produits augmente régulièrement de 1 % par an [6], mais quand on propose d'installer une décharge ou de construire un incinérateur les habitants de la commune concernée protestent, selon ce qu'une journaliste appelle pertinemment le « principe universel du “pas chez moi” [7] ».

Dans la nuit du 2 au 3 décembre 1984, un accident se produisit dans une usine de pesticides de la société Union Carbide située dans la ville de Bhopal, au cœur de l'Inde. Il y eut entre seize mille et trente mille morts ; plus de cinq cent mille personnes, soit les trois quarts de la population de la ville, furent atteintes par le nuage de gaz toxique. Ce fut l'accident industriel le plus meurtrier de l'histoire. Aujourd'hui encore quelque deux cent mille personnes souffrent de graves troubles chroniques (détresses respiratoires, ulcères de la cornée, cataractes juvéniles, anorexies, brûlures de la peau, dépressions, excès permanent des cas de cancer et de tuberculose, désordres gynécologiques, retards de croissance, etc.), troubles qui tuent dix à quinze malades par mois. Le combat des survivants continue, pour que soient reconnus leurs droits à être indemnisés, et pour que les centaines de tonnes de substances toxiques abandonnées sur le terrain soient correctement enlevées. Le livre de Dominique Lapierre et Javier Moro *Il était minuit cinq à Bhopal*[8], solidement informé et argumenté, paru en 2001, a été vendu en Europe à un million d'exemplaires ; Lapierre a reçu 40 000 lettres de lecteurs. La version américaine du livre est parue en mai 2001. Le président de Union Carbide est en fuite, et au moment où j'écris la composition exacte du gaz toxique n'a toujours pas été révélée.

Éclairer toutes les faces du problème

Le livre sur Bhopal établit clairement les causes directes de l'accident : le jour de la catastrophe aucun des trois systèmes de sécurité n'était opérationnel. Les alarmes sonores avaient, elles aussi, été débranchées. L'usine était très dégradée, et des indices alarmants de mauvais fonctionnement étaient apparus les jours précédents. Les violations des règles de sécurité se multipliaient. Les opérateurs qui ont provoqué l'accident étaient incompétents… Bref, avant d'incriminer « la chimie » ou une autre entité, il faudrait examiner les responsabilités de nombre de personnes à tous les niveaux de la hiérarchie de l'usine, de Union Carbide et de la société indienne. La leçon à tirer de cette tragédie n'est pas qu'il faut supprimer les pesticides, mais que les hommes doivent utiliser leur intelligence et assumer leurs responsabilités. Leçon qui vaut aussi pour l'accident de Toulouse (21 septembre 2001), dont les causes véritables semblent encore occultées au moment où j'écris[9].

L'édition de poche du *Printemps silencieux* (bien antérieure aux catastrophes de Bhopal et de Toulouse) donnait l'exemple d'une analyse sérieuse. Elle était préfacée par un savant : Roger Heim, directeur du Muséum national d'histoire naturelle, qui était à l'époque président de l'Académie des sciences. Préface élogieuse et chaleureuse, qui soulignait le grand mérite de l'ouvrage : aider le lecteur à entrer dans la question majeure du bilan « entre les créations et les destructions dont les hommes sont les acteurs, des conséquences de cette guerre nouvelle déclenchée par ceux-ci contre la Nature » après la fin de la Seconde Guerre mondiale. « Chaque page de l'ouvrage, écrivait le préfacier, éclaire une facette de cette confrontation ; chacun des chapitres en livre un acte. »

Pour lui, cependant, certaines des conclusions de Rachel Carson étaient « présenté(es) d'une manière un peu trop exclusive ». Elle proposait de remplacer les traitements à l'aide de molécules dues à la synthèse chimique par le recours, soit à des parasites, ennemis naturels des espèces animales ou végétales nuisibles, soit à des molécules que les végétaux produisent naturellement (comme le pyrèthre). Heim ne formule aucune objection contre ces procédés dont les avantages sont évidents, il remarque seulement qu'ils ne sont pas applicables dans tous les cas. Et il précise : « En vérité, ce n'est pas le principe de l'usage des substances chimiques, pas même des produits de synthèse, qui est *a priori* mis en cause. [...] La chimie de synthèse [...] laisse derrière elle des créations dont le prix ne saurait être discuté. Les matières plastiques tirées de l'étonnante réussite de l'industrie des grosses molécules en sont un exemple éclatant. » Les sulfamides, les antibiotiques, les anticoagulants, les anesthésiques, les tranquillisants, ajoutait Heim, sont des produits de l'industrie chimique :

la chimie analytique identifie et extrait les espèces chimiques utiles fabriquées par la nature ; plus souvent, la chimie synthétique reproduit celles-ci et en fabrique de nouvelles. En agriculture aussi, l'utilisation du sulfate de cuivre permet de combattre efficacement le mildiou, parasite de la vigne et de la pomme de terre. Et la découverte des oligoéléments par le chimiste Gabriel Bertrand (1867-1962) a joué un rôle bénéfique en agriculture et en médecine.

Nous voyons ainsi que s'il est utile et même indispensable d'alerter le public sur les dangers dus à l'industrie chimique d'une part, à l'abus de certains produits de cette industrie d'autre part, il faut se garder de susciter des phobies ou des paniques qui confondraient dans la même malédiction irrationnelle la totalité de ces produits, ou qui transformeraient le mot « chimique » en un signal pavlovien produisant des réactions conditionnelles négatives. La morale de la catastrophe de Bhopal n'est pas « chimique, non merci », ou tout autre slogan analogue à ceux de la propagande antinucléaire. C'est plutôt que le monde a toujours été dangereux, qu'en particulier le monde technoscientifique d'aujourd'hui est dangereux, et que seul l'esprit de responsabilité éclairé par les sciences et par la compréhension de l'humain peut nous permettre d'éviter les catastrophes et de minimiser les risques.

Le nucléaire, la peur et les accidents

J'ai choisi l'exemple de l'industrie chimique et de certains de ses produits, parce que cet aspect de la question écologique est aujourd'hui presque oublié. Le nom de Bhopal est peu connu, mais tout le monde connaît celui de Tchernobyl. Bien qu'il y ait déjà eu des efforts réels pour réduire la pollution chimique de l'air et de l'eau, la situation dans ce domaine est loin d'être satisfaisante ; elle suscite à juste titre des inquiétudes, mais non des paniques.

En revanche l'énergie nucléaire est l'objet de campagnes d'intimidation incessantes, et le mot « radioactivité » fait peur. Quelques mots pour tenter de faire le point.

La peur est due à plusieurs facteurs, parmi lesquels : la confusion entre l'énergie nucléaire pacifique et les armes nucléaires ; l'ignorance de la nature de la radioactivité, de sa présence naturelle dans le corps humain et de son innocuité à faibles doses. La confusion est sans fondement rationnel : la structure d'un réacteur nucléaire rend impossible qu'il change son mode de fonctionnement et soit le siège d'une explosion nucléaire, même s'il est l'objet d'un attentat à l'explosif ou d'un bombardement. (Ces deux derniers cas produiraient une dissémination de matières radioactives, ce qui causerait des dommages bien réels, mais sans commune mesure avec les effets d'une bombe.) Ce qui peut arriver de pire dans des conditions de paix est appelé « accident de criticité prompte » : le réacteur s'emballe et dégage assez de chaleur pour faire fondre tout ou partie de son constituant central (son « cœur »). L'énergie nucléaire a connu deux accidents de ce type : Three Mile Island et Tchernobyl [10].

Le 28 mars 1979, un des réacteurs de la centrale de Three Mile Island, en Pennsylvanie (États-Unis), subit un incident banal qui, à la suite de plusieurs malentendus et fausses manœuvres, se transforme en accident grave. Le cœur fond, une bouffée de gaz s'échappe à l'extérieur, puis la situation est reprise en main par les opérateurs. Ceux-ci n'ont pas fait preuve d'incompétence ou de négligence, mais ils ont été submergés de données contradictoires qui leur ont donné une fausse image de la situation. L'accident a eu en définitive des conséquences positives : il a dissipé l'illusion dangereuse d'une élimination totale des risques, et il a conduit à une révision complète des dispositifs qui informent les opérateurs et leur permettent de commander le fonctionnement du réacteur (« l'interface entre l'homme et la machine »). Les dispositifs automatiques de sécurité ont bien fonctionné, l'enceinte de confinement qui entoure le réacteur a rempli son rôle. Enfin et surtout, les conséquences sanitaires de l'accident ont été totalement négligeables. Quelques travailleurs de la centrale ont reçu des doses de radioactivité équivalentes à la limite annuelle autorisée ; la bouffée de gaz n'a eu aucun impact sur le public.

Le 26 avril 1986, un réacteur explose à Tchernobyl, en Ukraine soviétique. Un panache de matières intensément radioactives s'élève jusqu'à 1 500 mètres d'altitude ; une partie de ces matières va retomber dans un rayon de quelques dizaines de kilomètres, une autre partie sera emportée par les vents au-delà des frontières. Le nuage émis vers l'ouest le 27 avril arrive en France vers le 1er mai, contaminant les sols surtout le long de la frontière orientale du pays. Deux radionucléides (espèces de noyaux radioactifs), le césium 137 et l'iode 131, sont détectés à très faible niveau sur tout le territoire. L'exposition moyenne des habitants de la France dans l'année qui a suivi a été de 0,06 millisievert* par personne (entre 0,005 mSv et 0,17 mSv selon les régions). Il faut comparer ces doses à la dose moyenne que reçoit le corps humain du fait des radionucléides qu'il contient naturellement (le potassium 40 et le carbone 14), qui est de 0,17 mSv par an. À Tchernobyl et dans les environs les conséquences ont été plus graves : 237 personnes ont présenté des syndromes aigus d'irradiation, parmi lesquelles 44 sont mortes. Plus de 5 millions de personnes dans les régions voisines ont reçu des pastilles d'iode pour saturer leur thyroïde et l'empêcher de fixer l'iode radioactif qui pénétrait lentement dans leur organisme par l'ingestion de nourriture. Mais beaucoup d'enfants n'en ont pas reçu, et ce sont eux surtout qui ont présenté des cancers de la thyroïde ; en Ukraine et Biélorussie, le bilan le plus récent fait état de 1 800 cas déclarés, dont le lien avec l'accident est certain (le nombre de ces cancers a, selon d'autres sources, été multiplié par 8). Dans un système de santé de bonne qualité ces cancers ont un bon pronostic de guérison, mais en Ukraine et Biélorussie cela n'est pas le cas. Enfin l'absence d'informations fiables a plongé les populations de ces régions dans l'angoisse, causant des troubles psychiques et psychosomatiques divers.

Les causes de l'accident sont de deux sortes : le type du réacteur et l'expérience effectuée sur lui. Les réacteurs soviétiques de type RBMK ont une instabilité intrinsèque : si l'eau de refroidissement fait défaut le réacteur s'emballe ; quand on introduit les barres de sécurité elles commencent par accélérer la réaction avant de la freiner. De plus ils n'ont pas d'enceinte de confinement. Un réacteur aussi dangereux doit être piloté selon des règles très strictes. Mais justement, le jour de l'accident une expérience est entreprise dans le but de vérifier la capacité du réacteur à fonctionner en cas de panne d'électricité ! Les choses se passent mal, et quand survient l'ordre d'arrêt il est trop tard : deux explosions successives libèrent une quantité considérable d'éléments radioactifs ; le graphite qui modère la réaction nucléaire a pris feu et brûlera pendant dix jours. On n'aurait guère fait mieux si on avait provoqué volontairement l'accident…

C'est dans ces conditions incroyables que s'est produit en Ukraine soviétique l'accident grave *de centrale* nucléaire le plus célèbre. Mais en 1957, une explosion dans un dépôt de déchets nucléaires à Kyshtym en Russie (non loin de Sverdlovsk) relâcha dans l'atmosphère 20 millions de curies * de radoactivité (soit 40 % de ce que devait relâcher plus tard Tchernobyl) ; les autorités soviétiques étouffèrent l'affaire jusqu'en 1989, et elle est restée depuis très peu connue [11]. Le 13 septembre 1987 à Goiania, au Brésil, dans les ruines d'un institut de radiologie deux ferrailleurs brisèrent à coups de masse un appareil de radiothérapie destiné à soigner les cancers. Le césium 137 contenu dans l'appareil fut abandonné sur le terrain, et des centaines de curieux vinrent admirer la poudre brillante ; une petite fille en avala comme si ç'avait été du sucre. Elle fait partie des quatre morts, et il y eut aussi 244 personnes irradiées, dont quatorze gravement malades furent hospitalisées [12].

La conclusion qu'il faudrait raisonnablement tirer de ces accidents est que l'énergie nucléaire forme un mélange très dangereux avec l'ignorance et avec les régimes politiques totalitaires. On sait que cette conclusion n'a pas été tirée, en tout cas par la France qui vend des centrales ou du savoir-faire nucléaires à des pays comme l'Irak ou le Pakistan. (Ces pays, il est vrai, s'intéressent surtout aux utilisations militaires de l'énergie nucléaire, mais ceci est une autre histoire…)

Dangers des différentes formes d'énergie : les accidents

Je ne soutiens pas que l'énergie nucléaire n'est pas dangereuse, mais que toutes les formes d'énergie sont dangereuses et qu'il faut comparer les avantages et les inconvénients des unes et des autres. Il est absurde et mensonger de créer des conditionnements de peur à propos de l'énergie nucléaire, tout en passant sous silence les dangers des autres sources d'énergie et des autres industries. La peur est irrationnelle par essence et ne doit pas être confondue avec la juste inquiétude, avec la prévoyance raisonnable qui envisage toutes les possibilités, y compris celles qui sont très peu probables. Quand les autorités compétentes font distribuer des pastilles d'iode aux habitants des zones voisines d'une centrale nucléaire, elles montrent qu'elles prévoient l'éventualité improbable d'un accident de la centrale provoquant la dissémination de matières radioactives. Raisonnablement, cela ne devrait pas susciter la peur, pas plus que l'existence de bouches d'incendie dans les villes ou de plans d'évacuation en cas d'inondation, ces deux éventualités (incendie et inondation) étant d'ailleurs beaucoup plus probables que l'accident de centrale nucléaire. Oui, mais contrairement au feu et à l'eau la radioactivité est invisible et les dégâts qu'elle peut causer le sont aussi, sauf cas extrêmes ; il est donc facile de répandre des rumeurs (il y a des cancers dans la région X ou Y...), et difficile de les combattre. Bref, l'usage raisonnable de l'énergie nucléaire supposerait un travail considérable pour informer sérieusement la population ; ce travail a été entrepris depuis longtemps et il se poursuit, mais avec des moyens insuffisants.

Comment comparer les dangers des différentes formes d'énergie ? Il y a deux classes de dangers : les accidents, que l'on évalue en nombre de morts et de personnes blessées ou atteintes de maladies graves ; et les effets des pollutions, dangers à court et à long terme dus à la détérioration de la biosphère. Pour les accidents, je dispose de statistiques relatives aux États-Unis datant de 1975 environ, mais qui ont été corrigées pour tenir compte des leçons de Tchernobyl ; elles suffisent pour avoir une idée de la situation, qui n'a pas subi de transformations majeures depuis cette époque [13]. Elles évaluent le nombre de morts par an pour chaque mode de production de l'énergie ; pour que la comparaison ait un sens on calcule des moyennes sur une longue période, et on suppose chaque fois que l'énergie est produite entièrement par le mode considéré. Ce nombre comprend à la fois les effets sur le public et ceux sur les travailleurs (mineurs, constructeurs de barrages...) : **charbon : 3100 ; pétrole : 1100 ; gaz : 50 ; hydroélectricité : 200 ; nucléaire : 150.**

On peut certainement discuter le mode de calcul de ces nombres ; mais toutes les évaluations sérieuses s'accordent, je crois, sur les conclusions essentielles qui en découlent, à savoir que si toutes les formes d'énergie sont dangereuses, ce sont le gaz et le nucléaire qui sont les moins dangereuses.

Les déchets nucléaires et les autres

En France l'industrie, l'agriculture, les activités ménagères et les hôpitaux produisent près de 11 tonnes de déchets par an et par habitant. La part du lion revient à l'agriculture (7,3 tonnes) et à l'industrie (3 tonnes). L'incinération de ces déchets pollue l'atmosphère (dioxines). Mais les déchets qui posent les problèmes les plus délicats sont d'une part les déchets toxiques (100 kg par an et par habitant), d'autre part les déchets nucléaires (1,2 kg par an et par habitant) [14]. Jusqu'à présent le public demeure dans une bienheureuse ignorance au sujet des déchets toxiques, ignorance que malheureusement je partage : je ne fais que les mentionner. Qu'en est-il des déchets nucléaires ?

La majorité d'entre eux sont faiblement radioactifs et n'ont pas une vie trop longue : on les conserve dans des dépôts en surface en attendant la décroissance naturelle de leur activité. Reste, sur les 1,2 kg par personne et par an, 12 grammes qui ont soit une vie très longue (elle peut se mesurer en millions d'années !), soit une vie courte et une très haute activité. Pour ceux-ci il y a deux solutions typiques. Les États-Unis laissent ces déchets dangereux perdre une partie de leur activité dans une « piscine » pendant quelques années, puis ils les placent dans des conteneurs métalliques qu'ils envisagent de stocker à l'avenir dans des tunnels creusés dans des montagnes, dans de vastes régions désertiques. Les recherches continuent sur ce type de stockage, qui n'est pas encore réalisé : comment minimiser les risques de fuites radioactives, en fonction des caractéristiques géologiques du site ? La difficulté vient en particulier de ce qu'on doit raisonner sur des échelles de temps très longues. En France on préfère retraiter d'abord les déchets pour en extraire les matériaux qui peuvent encore servir de combustibles (uranium 235 et plutonium) ; on vitrifie ensuite le reste, et on envisage de le stocker en l'enfouissant profondément dans des terrains bien choisis pour leur stabilité géologique et leur imperméabilité [15]. Les habitants des sites envisagés sont en général opposés à la perspective d'un tel stockage. Il faut espérer qu'une information sérieuse et approfondie du public permettra à l'avenir de mieux mettre en perspective les risques de différents types.

On entend souvent dire que le problème des déchets n'a pas de solution. Il serait plus juste de dire qu'il n'est pas entièrement résolu. Mais il faudrait ajouter que le problème des déchets toxiques (toxicité chimique) est plus difficile, pour deux raisons : d'une part, comme nous l'avons vu ces déchets sont beaucoup plus abondants ; d'autre part les déchets nucléaires s'autodétruisent avec des vies moyennes variables, tandis que les déchets chimiques ont une vie illimitée.

Les pollutions de l'air et le forçage de l'effet de serre

Passons aux dangers dus aux pollutions. La combustion du charbon et des produits pétroliers dégage essentiellement du dioxyde de carbone, commodément désigné par sa formule chimique CO_2. Elle dégage aussi, en faibles quantités, des gaz toxiques (oxydes de soufre et d'azote) et des particules solides. Dans ce domaine l'évolution technique a permis de faire des progrès importants, c'est-à-dire de réduire notablement les émissions (qui demeurent cependant nocives). La pollution de l'air par la combustion des carburants, et aussi par celle des combustibles comme le charbon, peut causer de graves nuisances locales : au voisinage d'une centrale thermique par exemple, ou au voisinage d'axes routiers très fréquentés.

Contrairement au monoxyde de carbone, le dioxyde n'est absolument pas toxique. Mais alors, pourquoi s'en inquiéter ? Il contribue, en même temps que d'autres gaz, à l'effet de serre, dont il faut maintenant parler.

Le verre est transparent pour la lumière visible et opaque pour le rayonnement infrarouge. Les plantes situées dans une serre reçoivent la lumière dont elles ont besoin, et en renvoient une partie sous forme de rayonnement infrarouge ; celui-ci est absorbé par le verre et renvoyé en partie vers l'intérieur de la serre. De plus les parois de la serre empêchent l'air intérieur de fuir vers l'extérieur, ce qui produirait un refroidissement. Les plantes sont ainsi maintenues à une température supérieure à celle de l'atmosphère extérieure.

Le rôle de l'atmosphère terrestre est comparable à celui du verre de la serre, quoique plus complexe. La Terre est chauffée par le rayonnement solaire. Si elle était dépourvue d'atmosphère, la température moyenne de la surface terrestre serait de – 18 °C. Or elle est de 15 °C, soit 33 °C de plus. La raison de cette différence considérable est qu'une partie importante du rayonnement renvoyé vers l'espace par la surface terrestre est absorbée, d'une part par les nuages et d'autre part par certains gaz minoritaires de l'atmosphère, que l'on appelle des gaz à effet de serre. De plus l'atmosphère est confinée au voisinage de la surface par l'attraction gravitationnelle. On retrouve ainsi les deux composantes de l'effet de serre, et celui-ci est bénéfique : il donne à la Terre une température moyenne favorable à la vie.

Cependant le climat est très sensible aux variations même faibles de la température de l'atmosphère. C'est pourquoi on s'intéresse beaucoup ces derniers temps à la température moyenne de la surface terrestre. Depuis un siècle, elle a augmenté de 0,5 °C à deux dixièmes près (ce qui veut dire que l'augmentation est comprise entre 0,3 °C et 0,7 °C). Ce réchauffement est probablement dû à l'abondance croissante dans l'atmosphère des gaz à effet de serre.

Le plus abondant de ces gaz est la vapeur d'eau, mais les échanges entre eau liquide et vapeur d'eau font que la teneur de l'atmosphère en vapeur d'eau est réglée par la température, et que par suite l'activité humaine n'a pas d'effet direct sur cette teneur. La situation est différente pour les autres gaz à effet de serre, dont le principal est le CO_2. Avec la croissance économique et l'accroissement de la population, l'humanité brûle de plus en plus de combustibles et carburants fossiles (pétrole, charbon, etc.), lesquels contiennent une proportion importante de carbone. Par suite la quantité de CO_2 présente dans l'atmosphère a augmenté d'environ 30 % au cours du XXe siècle. Quels effets ce changement a-t-il produits, et quels effets produira-t-il dans l'avenir ?

La réponse à cette question n'est pas simple, parce qu'il n'est pas facile de dégager des évolutions à long terme. Le temps qu'il fait, judicieusement désigné en français par le même mot que le temps qui passe, est en effet sujet à des fluctuations incessantes. Nous sommes souvent tentés de voir dans les phénomènes météorologiques que nous vivons les indices de changements de fond, mais ici les spécialistes ont raison de nous mettre en garde : les évolutions significatives se produisent sur des échelles de temps supérieures à celles de notre mémoire, tant que celle-ci n'est pas aidée par des enregistrements objectifs. Force est donc, pour faire des prévisions et même pour comprendre ce que nous constatons, de recourir à ce qu'on appelle des modèles du climat.

Pourquoi, demande le candide disciple de Laplace, ne pas utiliser les équations que nous fournit la physique ? On enregistre soigneusement l'état « initial » à un instant bien choisi, on intègre les équations, et on obtient les prévisions cherchées, n'est-ce pas ? La réponse est : non, c'est impossible et cela le restera dans l'avenir prévisible, pour deux raisons. D'abord il est probable que les phénomènes météorologiques sont dans une large mesure chaotiques, et donc les prévisions obtenues par cette méthode idéale seraient limitées à un horizon de prévisibilité qu'à ma connaissance nous ne savons pas évaluer. Mais surtout, la complexité de ces phénomènes est telle que la méthode idéale est totalement impraticable. (De plus elle devrait tenir compte des activités humaines, largement imprévisibles…)

Il faut donc recourir à des modèles : on simplifie outrageusement les données du problème (forme du relief, etc.) ; on remplace les coordonnées spatiales continues par une division de l'atmosphère en cellules ; le temps lui aussi est rendu discret, un peu comme celui qu'indique la trotteuse d'une montre qui saute de seconde en seconde. On applique le mieux possible les lois physiques à cette atmosphère et à cette Terre très simplifiées. Il est difficile d'évaluer l'importance des erreurs que causent ces schématisations. En particulier, les effets des nuages et ceux des aérosols (poussières et autres particules) sont une des principales causes d'incertitude dans les prévisions des modèles. Une discussion sérieuse du changement climatique doit donc mettre à part les constats, et les prévisions qui ne dépendent pas des modèles ; et dans les prévisions qui en dépendent, distinguer selon les degrés d'incertitude. Je m'appuie dans ce qui suit sur diverses sources, en particulier sur une étude de Barker et Ross [16].

Parmi les conclusions très probables (« certaines à 90 % »), la première est que le réchauffement déjà constaté est bien dû à l'augmentation de la quantité des gaz à effet de serre présents dans l'atmosphère. Il y a ensuite une prévision : si la teneur en CO_2 de l'atmosphère devient le double de ce qu'elle était avant l'ère industrielle, la température moyenne augmentera d'environ 3 °C (l'augmentation sera comprise entre 1,5 °C et 4,5 °C), et le niveau des mers augmentera de 50 cm (entre 30 et 70 cm). Ces deux prévisions concernent des moyennes sur toute la surface du globe ; pour les hautes latitudes de l'hémisphère Nord, le réchauffement sera bien plus important.

Il est donc urgent que des mesures soient prises pour limiter la quantité de CO_2 et d'autres gaz à effet de serre rejetés dans l'atmosphère. Les mesures actuelles semblent nettement insuffisantes. Barker et Ross classent les mesures possibles en quatre catégories : 1°) améliorer les rendements des moteurs et des installations de chauffage ; 2°) transférer une plus grande masse de carbone de l'atmosphère dans la biosphère, par exemple en faisant pousser plus d'arbres ; 3°) recourir à des sources d'énergie émettant moins de CO_2 (gaz naturel) ou pas du tout (nucléaire, énergies du rayonnement solaire et des vents) ; 4°) séparer et stocker le CO_2 produit. Le premier procédé est le meilleur et le moins coûteux, mais il ne peut suffire.

Le second, qui a aussi d'autres avantages, ne peut être que marginal. Le troisième sera, espérons-le, de plus en plus utilisé. Le quatrième aurait un coût élevé : on envisage d'injecter du CO_2 dans les eaux océaniques profondes ou dans les aquifères (eaux souterraines) salés. Cela mérite-t-il d'être entrepris ? Peut-être que oui, mais il faudrait certainement pour cela une prise de conscience écologique plus générale et plus profonde.

L'énergie, l'écologie et l'ignorance

Concluons sur les problèmes pratiques posés par l'énergie nucléaire et par le changement climatique. Nous avons vu que le nucléaire est dangereux, comme le sont les autres formes d'énergie, mais plutôt moins qu'elles. Mais il s'agit de dangers qui peuvent être minimisés par une gestion prudente, et qui diminuent au fur et à mesure de l'accroissement des connaissances et du progrès des techniques. Les problèmes posés par le changement climatique sont d'un tout autre ordre de grandeur. D'abord ils sont plus complexes, et nos connaissances dans ce champ sont bien moins avancées que dans le domaine nucléaire. De plus les énergies mises en jeu sont sans commune mesure. Nos explosions nucléaires et thermonucléaires dégagent des énergies (d'ailleurs non maîtrisées) faibles par rapport aux énergies que mettent en jeu les phénomènes naturels (séismes, ouragans…). L'idée de devenir « comme maîtres et possesseurs de la nature » (Descartes) a pu être conçue avant la physique moderne, quand en particulier la notion d'énergie était inconnue. Aujourd'hui son caractère irréaliste est évident.

L'ignorance et la malhonnêteté intellectuelle sont toujours nocives, qu'il s'agisse du climat ou du nucléaire. Les plateformes de glace qui se détachent de l'Antarctique sont attribuées par certains « écologistes » au réchauffement de la planète, alors qu'il s'agit d'un phénomène naturel qui se produisait déjà il y a un siècle. Il faut être vigilants, mais crier « au loup » mal à propos ne peut causer aucun bien.

Les accidents nucléaires les plus graves (Kyshtym, Tchernobyl) se sont produits en Union soviétique, pays où les hommes étaient broyés par la peur et par le mensonge constamment imposé. De tels pays existent encore, les uns gouvernés au nom de Marx, les autres au nom de l'Islam. Il est pour le moins imprudent de les aider à développer des techniques nucléaires. Quant à l'accident de Goiania, il s'est produit dans un pays qui comptait à l'époque 30 % d'analphabètes, ce qui laisse supposer que le niveau général d'instruction y était très bas. Il faut espérer que la montée actuelle de l'ignorance dans les pays développés sera enrayée dans un avenir pas trop éloigné, sinon nous serons mûrs, nous aussi, pour des Tchernobyl et des Goiania.

Les plus grands dangers du nucléaire ont des causes politiques ; les accidents graves sont dus à des enchaînements d'actions erronées qui peuvent être évités. En revanche les dangers liés au changement climatique sont aggravés par l'inaction, ou par des actions insuffisantes. Le nucléaire est spectaculaire, mais le climatique est insidieux. Nous vivons au temps des leurres et des diversions : on attire l'attention, par exemple, sur tel démagogue spectaculaire pour éviter que soient posés les vrais problèmes. Quand les effets du transport de produits pétroliers deviennent insupportables (marées noires), la peur du nucléaire fournit une précieuse diversion.

Le nucléaire et les OGM (voir plus loin), sur lesquels sont braqués les projecteurs de l'« actualité », ne devraient pas servir à minimiser la gravité de problèmes écologiques tels que celui du changement climatique, mais aussi celui, plus humble et plus quotidien, des déchets les plus usuels (ordures ménagères, objets divers abandonnés dans les lieux publics par les passants et les touristes…). Ici c'est la responsabilité individuelle de chacun qui est engagée. On pourrait prendre conscience, à partir de cet exemple terre à terre, d'une vérité toute simple : sans le développement d'un altruisme et d'un civisme écologiques, il sera impossible d'enrayer la dégradation de l'environnement.

Revenons, par exemple, sur l'analyse du changement climatique. J'ai cité l'étude de Barker et Ross parce qu'elle me paraît sérieuse et bien documentée. Mais le lecteur a certainement remarqué que leur liste des mesures possibles présente une lacune d'une importance capitale. Aux quatre possibilités retenues pour limiter la quantité de gaz à effet de serre rejetés dans l'atmosphère, il faut en ajouter une cinquième : restreindre le gaspillage. Utiliser et développer, par exemple, les transports en commun. Modérer la frénésie voyageuse qui conduit des millions de touristes aux quatre coins du monde, dans des pays dont en général ils ne savent rien et ne veulent rien savoir. Cesser de susciter sans cesse, par la publicité, des besoins artificiels, réhabiliter la frugalité et la simplicité du mode de vie. Ne pas considérer qu'éteindre la lumière quand on sort d'une pièce le dernier, c'est faire preuve de mesquinerie. Cesser d'illuminer en pure perte le ciel nocturne au-dessus des villes. Cette dimension négligée des problèmes écologiques pourrait bien être la principale.

Et les OGM ?

Le public connaît les applications de la physique nucléaire surtout par l'inquiétude qu'elles suscitent ; mais on ne parle guère, par exemple, de l'utilisation des isotopes radioactifs pour soigner les cancers et pour poser des diagnostics. De même le génie génétique et les organismes génétiquement modifiés (OGM) qu'il produit se font connaître du grand public surtout quand des énergumènes se réclamant de la protection de la nature ou de l'écologie détruisent des parcelles expérimentales de maïs et de colza transgéniques, sous les objectifs complaisants des caméras de télévision. (Ils anéantissent ainsi des années de travail de recherche.)

Un article d'un savant informé de ces questions peut permettre de discerner quelques éléments fondamentaux du problème [17]. La population mondiale croît, mais la quantité de terres arables n'augmente pas. Sur six milliards de personnes, un milliard sont dans l'impossibilité d'acquérir une nourriture suffisante. De plus un grand nombre souffrent de carences spécifiques comme l'anémie, ou encore l'avitaminose A, responsable chaque année de la perte de la vue chez 250 000 à 500 000 enfants. Il faut donc accroître la productivité de l'agriculture et la qualité de ses produits, « sans sacrifier la pérennité des systèmes productifs », écrit Alain Rérat, c'est-à-dire en prenant toutes les précautions nécessaires pour ne pas détruire les équilibres naturels.

Les risques causés par les biotechnologies sont divers. Ils peuvent être génétiques : dispersion incontrôlée de la plante ou de l'animal transgéniques (saumon), ou diffusion des transgènes (colza, ravenelle) ; alimentaires (résidus d'herbicides dans les tissus de plantes résistantes aux herbicides, protéines allergéniques) ; ou écologiques (destruction d'insectes utiles). Rien n'est venu démentir les affirmations des spécialistes, quand ils disent que ces risques peuvent être maîtrisés et que toutes les précautions nécessaires peuvent être prises. « Les OGM, écrit Rérat, ne justifient nullement les frayeurs engendrées par les avocats du pire, qui ne soulignent que leurs défauts à partir de ceux d'entre eux qui n'ont pas été autorisés et qui oublient systématiquement l'apport très positif de ceux qui ont été autorisés. » Il rappelle aussi que l'utilisation raisonnable des biotechnologies peut permettre d'aller vers une agriculture libérée en partie du besoin de traitements chimiques, notamment des pesticides.

Pourquoi l'inquiétude est-elle dévoyée ?

Il faut maintenant prendre un peu de recul et se demander : pourquoi la grande inquiétude actuelle concernant l'avenir de la nature, inquiétude si légitime dans son principe, ne donne-t-elle pas davantage de résultats positifs et est-elle si souvent dévoyée ?

Ne parlons pas de partis « verts » qui se prétendent écologistes : en combattant l'énergie nucléaire pacifique d'une façon irrationnelle, en s'occupant – d'une manière le plus souvent très contestable – de problèmes étrangers à l'écologie (la légalisation du cannabis...), en reproduisant de vieux stéréotypes gauchistes, ils portent le plus grand tort à la cause qu'ils prétendent défendre, celle d'une prise de conscience écologique véritable. Les dangers sérieux qui s'attachent aux pollutions diverses et au réchauffement de la planète ne sont pas bien compris et pas clairement évalués. Enfin tout ce qui relève dans une large mesure des initiatives individuelles et se joue sur un plan local ou régional, tout ce qui exigerait discipline et civisme (déchets, pollution de l'air et de l'eau, etc.), est le plus souvent occulté.

Y a-t-il dans les traditions de la pensée occidentale des éléments qui permettraient d'adopter une attitude plus juste à l'égard des problèmes écologiques ? Y a-t-il, inversement, dans ces traditions des éléments qui font obstacle à l'adoption d'une telle attitude ?

Le point de vue de l'historien Lynn White

En décembre 1966 l'historien américain Lynn White junior fait devant l'Association américaine pour l'avancement de la science une conférence intitulée « Les racines historiques de notre crise écologique [18] ». Rappelant que l'union de la science et de la technique remonte en gros au milieu du XIXe siècle (à l'exception notable de l'industrie chimique, pour laquelle elle date du XVIIIe siècle), White la qualifie de « plus grand événement de l'histoire humaine depuis l'invention de l'agriculture ». Il souligne que l'ordre de grandeur des modifications réelles ou potentielles de l'environnement dues aux activités humaines s'est accru dans de telles proportions que le problème a changé de nature. Que faire ? Pour l'essentiel, dit-il, personne ne sait. Nous devrions en tout cas commencer par réfléchir avec un peu de recul historique aux présupposés de la technologie et de la science modernes. L'écologie humaine est profondément conditionnée par les croyances sur la nature et la destinée humaines, croyances qui sont encore aujourd'hui essentiellement chrétiennes. En effet, poursuit White, bien que les formes de pensée et de langage aient largement cessé d'être chrétiennes, nos habitudes et nos actions n'ont pas cessé d'être marquées par les « axiomes chrétiens ».

Rappelant la conception du temps cyclique propre à la mythologie gréco-romaine, White affirme que la chrétienté a emprunté au judaïsme une conception linéaire, non répétitive du temps, ainsi que le récit de la Création. Pour lui le récit de la Genèse signifie que toute la création a été destinée par Dieu au bénéfice et au règne de l'homme (*for man's benefit and rule*). Bien que son corps ait été façonné avec de l'argile, l'homme n'est pas simplement une partie de la nature : il est fait à l'image de Dieu. La volonté de Dieu est que l'homme exploite la nature en vue de ses propres fins.

Mais, poursuit l'historien, si Dieu a donné aux hommes les Écritures il leur a donné aussi un autre livre : le livre de la nature. Pour l'Église primitive, selon une tradition jamais abandonnée par les Églises d'Orient, la nature est un système de symboles à travers lequel Dieu parle aux hommes, d'où une vision de la nature plus artistique que scientifique ; on peut comprendre ainsi que – bien que Byzance ait conservé et copié un grand nombre de textes de l'Antiquité – la science moderne n'ait pas pris naissance en Orient chrétien. Mais dans l'Occident latin, dès le début du XIIIe siècle la « théologie naturelle » devait prendre un autre chemin. Au lieu de chercher à déchiffrer les messages divins contenus dans les symboles naturels, elle voulut comprendre l'esprit de Dieu en découvrant comment fonctionne la création. Désormais l'arc-en-ciel n'est plus seulement le symbole d'espoir envoyé à Noé après le Déluge : Robert Grosseteste, Roger Bacon et Théodoric de Freiberg étudient l'optique de l'arc-en-ciel dans un but explicitement religieux. Du XIIIe siècle jusqu'à Leibniz et Newton, tous les grands savants expliquent leurs motivations en termes religieux ; c'est seulement vers la fin du XVIIIe siècle que « l'hypothèse Dieu » devient superflue pour beaucoup de savants. Ces explications ne sont pas formelles : les savants voulaient réellement penser ce qu'avait pensé Dieu. (Pour avoir lu Galilée et Newton, je suis de l'avis de White.) C'est ainsi que la science occidentale moderne a été fondue dans un moule de théologie chrétienne.

Ainsi, conclut White, la science moderne est une extrapolation de la théologie naturelle, et la technologie moderne est, au moins en partie, une réalisation occidentale et volontariste du dogme chrétien de la transcendance de l'homme et de sa légitime domination sur la nature. Or la jonction de la science et de la technologie a donné à l'humanité des pouvoirs qui maintenant – si l'on en juge par leurs effets écologiques – échappent à toute maîtrise. S'il en est ainsi, poursuit-il, le christianisme porte un lourd fardeau de culpabilité. La crise écologique ne sera pas résolue par davantage de science et davantage de technologie, à moins que nous ne trouvions une nouvelle religion, ou que nous ne repensions l'ancienne. Peut-être devrions-nous méditer sur François d'Assise, qui tenta de déposer l'homme de sa royauté sur la création et d'établir une démocratie de toutes les créatures. En tout cas, la science et la technologie actuelles sont tellement imprégnées d'arrogance envers la nature, qu'on ne peut attendre une solution de la crise qui viendrait d'elles seules. Nous devons repenser et re-sentir notre nature (humaine) et notre destinée. Le sens de l'autonomie spirituelle de toutes les parties de la nature, propre à François d'Assise et aux premiers franciscains, peut nous y aider. Telle est la conclusion de White.

L'analyse de White a eu une grande influence. La thèse centrale (l'origine biblique de la crise écologique), très contestable à mon avis, est parfois citée comme s'il s'agissait d'un fait établi. L'historien a sans doute le mérite d'avancer une idée importante, que notre horizon borné par le scientisme rend difficile à apercevoir : l'usage que nous faisons de la technologie ne dépend pas de la seule rationalité scientifique, et ne pourra pas subir les bouleversements nécessaires et urgents par la seule injection de nouvelles doses de technologie scientifique. Les périls écologiques sont un signe que la science ne saurait suffire à résoudre les problèmes de plus en plus graves posés devant l'humanité, et qu'une illusion doit de toute urgence prendre fin : celle d'une science toute-puissante, détentrice exclusive de la rationalité, qui rendrait caduques et superflues toutes les formes de sagesse qui se sont manifestées au long de l'histoire de l'humanité. Pourtant, critiquer le regard magique sur la science ne signifie pas, cependant, qu'on devrait moins l'enseigner, moins l'étudier. Bien au contraire ! Enseigner les sciences d'un point de vue raisonnable, c'est-à-dire tenant compte des limites du pouvoir de la science, devrait être un des moyens (parmi d'autres) de faire reculer la mentalité magique et de remplacer la peur par l'inquiétude responsable.

White s'efforce de situer la crise écologique dans l'histoire, profondément marquée par la religion, de la conscience européenne. Il ne voit pas la crise écologique seulement comme un problème scientifique et technique (ce qu'elle est évidemment), mais aussi et surtout comme un signe, une invitation pressante à « repenser et re-sentir » la nature et la destinée de l'homme et les fondements de la civilisation occidentale.

Mais cette idée d'un commandement divin qui enjoint à l'homme d'exploiter la nature à ses propres fins, d'où

White l'a-t-il tirée exactement ? De deux versets de la Genèse : « Dieu créa l'homme selon son image : c'est à l'image de Dieu qu'il le créa, il les créa mâle et femelle : Dieu les bénit et leur dit : “Soyez féconds, multipliez-vous, remplissez la terre, assujettissez-la, dominez sur les poissons de la mer, sur l'oiseau du ciel et sur chaque animal qui se meut sur la terre.” [19] » Un savant français, Jean Dorst, reprenait sans la citer, dans un livre paru en 1979, l'argumentation de White en se fondant sur les mêmes versets [20]. « Ce texte axiomatique, écrivait-il, est en lui-même révélateur, au point que toute autre citation en devient inutile. » Inutile, pourquoi ? Si l'on veut évaluer sérieusement l'influence de l'héritage biblique, ne faut-il pas plutôt rapprocher les versets cités d'autres textes ? On peut lire au chapitre suivant de la Genèse : « L'Éternel Dieu prit l'homme et le plaça dans le jardin d'Éden pour le cultiver et pour le garder [21]. » Cultiver et garder, tels sont encore aujourd'hui les deux pôles de la relation entre l'homme et la nature : il doit user des ressources qu'elle lui offre, mais il doit aussi la préserver.

Après le Déluge Dieu s'adresse à Noé et à ses fils et leur dit : « Voici le signe de la transaction que j'établis entre moi, vous et toutes les créatures vivantes qui sont avec vous, à perpétuité. J'ai placé mon arc dans le nuage, qu'il soit le signe entre moi et vous [22]. » Cette alliance conjointe avec l'homme et les animaux, comment pourrait-elle légitimer une exploitation brutale et sans prudence ?

Les autres livres bibliques abondent en prescriptions (jachère sabbatique, interdiction des attelages mixtes...) qui traduisent en termes pratiques le souci pour la création exprimé dans la Genèse. En négligeant ce volet pratique, White trahit le principal défaut de son analyse : parlant davantage en théologien qu'en historien, il saute par-dessus les détails pour ne voir que les idées générales. De même il enjambe allégrement les siècles : pourquoi l'effet des versets incriminés ne s'est-il pas fait sentir chez les Hébreux, chez les premiers chrétiens, au Moyen Âge ? Dès qu'on envisage un problème concret, on est nécessairement amené dans des directions différentes de celle que privilégie notre auteur.

Prenons encore un exemple : au moment où j'écris, la France et d'autres pays d'Europe sont frappés par des inondations qui produisent souvent des dégâts importants, ou même des ravages. Plusieurs témoins, interrogés par les journalistes de la télévision, mettent en cause le remembrement, pratiqué en France il y a un demi-siècle. Ce regroupement des terres arables a augmenté la taille des parcelles possédées par les cultivateurs et les éleveurs. Cela devait permettre, dans la pensée des initiateurs du remembrement, une exploitation plus rationnelle et plus moderne. Mais ils n'avaient pas prévu ou avaient négligé un autre aspect des choses : la disparition de beaucoup de limites entre parcelles a amené à détruire des haies, ce qui a produit un véritable bouleversement écologique. De plus les lits des ruisseaux n'ont plus été curés, ou l'ont été moins bien ; le régime des petits cours d'eau et celui du ruissellement ont été profondément altérés. Par suite, à pluviométrie égale les inondations sont devenues plus fréquentes et plus ravageuses.

Nous sommes loin ici de l'analyse abstraite et intemporelle de White. La pensée des concepteurs du remembrement devait beaucoup plus à Descartes et Galilée qu'à des versets bibliques. L'ingénieur qui travaillait sur la carte d'une région agricole adoptait tout naturellement un point de vue quasi galiléen : il privilégiait la forme des parcelles aux dépens des diverses qualités de la terre, lesquelles d'ailleurs étaient surtout connues de ceux qui l'avaient parcourue en tous sens en la travaillant. Ainsi le scientisme, qui prend à la lettre les hypothèses de travail des physiciens, peut-il être ravageur. En niant la réalité des qualités dont les physiciens font abstraction, on peut être amené à des actions destructrices.

L'homme fait-il partie de la nature ?

Dans les débats actuels sur la crise écologique, on entend parfois dire que la clé d'une solution serait de reconnaître que l'homme fait partie du monde naturel. Dès 1952, Francis Ponge l'affirmait avec une simplicité péremptoire : « Il suffit d'abaisser notre prétention à dominer la nature et d'élever notre prétention à en faire physiquement partie, pour que la réconciliation ait lieu[23]. » Que penser de cette clé ?

L'Ecclésiaste, pour sa part, soulignait l'unité de condition entre l'homme et l'animal : « […] comme celui-ci meurt, celui-là meurt, tous sont animés du même souffle, et la supériorité de l'homme sur la brute est nulle, car tout est vain. Tout va vers un même lieu, tout a été de poussière et tout retourne à la poussière. »

Versets à rapprocher de celui qui conclut le livre : « Crains Dieu, observe ses préceptes, car c'est là tout l'homme[24]. »

Rabaisser l'orgueil humain, comme le fait le vieux sage, ne signifie donc pas effacer le caractère exceptionnel de l'homme au sein du règne animal dont il fait partie. Mais cette exception, qui rend l'homme capable de commander à l'animal, implique des devoirs ; elle doit être pensée, comme le dit si clairement la philosophe Catherine Chalier, « sous le régime d'une responsabilité infinie envers la création et non comme ce qui autorise les comportements ivres de pouvoir et bientôt de tyrannie[25] ».

D'un autre côté, l'homme peut s'abaisser bien au-dessous de l'animal. On trouve cela par exemple dans le court texte étincelant de Zvi Kolitz intitulé *Yossel Rakover s'adresse à Dieu*[26]. Sachant qu'il va mourir d'ici quelques heures dans les ruines du ghetto de Varsovie, Yossel consacre le temps qui lui reste à écrire cette lettre à Dieu qu'il n'a jamais cessé d'aimer, et auquel il va reprocher passionnément son injustice envers son peuple. Mais auparavant, il raconte brièvement sa vie dans la forêt où il se cachait avec sa femme et ses enfants. « Les bêtes de la forêt me sont devenues si chères, me semblent si aimables, que cela me fait mal au cœur d'entendre comparer les criminels régnant aujourd'hui sur l'Europe à des animaux. Il n'est pas vrai que Hitler ait quelque chose de bestial. Il est – j'en suis profondément convaincu – un produit typique de l'humanité moderne. C'est l'humanité dans son ensemble qui l'a engendré et élevé, et il exprime ouvertement, sans détour, ses désirs les plus intimes et les plus secrets. »

Des savants fous ?

Les scientistes d'aujourd'hui, pour leur part, croient souvent être très loin de toutes ces histoires et de toutes ces passions : ils nous disent simplement, sur un ton de certitude, ce qui est. L'homme est créé à l'image de Dieu, tel est le point de départ de l'Ecclésiaste et de Yossel Rakover. Le présupposé scientiste est différent : ce que la science ne constate pas (à un moment donné) n'existe pas (sans restriction). Pour beaucoup de biologistes et assimilés, appuyés par des physiciens, non seulement il n'y a pas lieu de s'enorgueillir d'une supériorité, non seulement l'homme est voué à la mort comme l'animal, mais encore entre l'un et l'autre il n'y a, tout simplement, aucune différence. La revue *Jonas* interviewe le paléoanthropologue Pascal Picq, maître de conférences au Collège de France, qui déclare : « [...] tout ce qui constituait le propre de l'homme est désormais obsolète. Tous les caractères, les caractéristiques, les vertus et les comportements qui nous distinguaient des grands singes sont tombés les uns après les autres. » Après une énumération détaillée, l'intervieweur demande : « Alors qu'est-ce qu'il nous reste ? Qu'est-ce que l'homme ? – Un grand singe. Comme les chimpanzés, les bonobos, les gorilles et les orangs-outans. – Vous éludez la question. Alors qu'est-ce qui différencie l'homme des autres grands singes ? – Eh bien je vais vous surprendre. Dans l'état actuel de nos connaissances, et à la lumière des observations de ces trente dernières années, nous n'en savons plus rien. Il faut redéfinir le propre de l'homme. – Comment ? – Il faut s'affranchir des réponses qu'apportent les mythes, les religions ou les philosophies pour expliquer l'homme [27]. »

On ne peut qu'approuver ce spécialiste quand il déplore les menaces de mort qui pèsent sur les grands singes. Mais pas quand il préconise de faire table rase de toute la pensée humaine antérieure ou parallèle à la science. L'obscurantisme au nom de la science, qui avait prévu cela ? Ce scientisme de choc est probablement la pensée secrète de ceux qui président à la destruction méthodique de l'enseignement. Où nous conduit-elle, et qui formerons-nous, si elle achève de prendre le pouvoir ? Des spécialistes sans fierté, des esclaves aux compétences pointues, inévitablement décroissantes.

L'exception humaine et sa négation scientiste

En un demi-siècle, la solution magique proposée par Ponge pour réconcilier l'homme et la nature est devenue, nous dit-on, un « Nouveau Paradigme écologique ». Une enquête d'opinion réalisée en 1998 par la SOFRES pour le compte du Baromètre Environnement de la Direction des études et recherches d'EDF présentait, entre autres propositions sur lesquelles les personnes interrogées devaient donner leur opinion, la suivante : « Les plantes et les animaux ont autant le droit à l'existence que les êtres humains. » Le souci, combien légitime, pour l'environnement, l'inquiétude devant sa détérioration, ne justifient pourtant pas la manipulation de l'opinion, qui consiste ici à présenter une phrase séduisante et secrètement tendancieuse et à faire état de l'approbation massive (90 %) qu'elle rencontre. Les enquêteurs n'ont pas demandé aux personnes interrogées leur avis sur un énoncé raisonnable du type : il ne faut détruire les plantes ou tuer les animaux qu'en cas de nécessité. Ils leur ont présenté une phrase ronflante sans attirer leur attention sur ses conséquences logiques. Cette phrase implique qu'abattre un arbre équivaut à assassiner un être humain. Elle établit aussi l'équivalence entre une opération de dératisation et le massacre organisé d'un groupe humain. (Cette dernière équivalence était, comme on sait, familière aux nazis. Lénine, pour sa part, préconisait « l'extermination des insectes nuisibles », dans le sens que l'on devine.) Les deux sociologues, auteurs de la phrase à double fond, concluent – selon l'article où j'ai trouvé ces informations – à un « basculement de la vision dominante du monde vers le Nouveau Paradigme écologique ». Et pour la sociologue auteur de l'article, ces résultats « semblent même annoncer la fin du règne de la représentation anthropocentrique du monde[28]. »

Ne s'aperçoivent-ils pas que les résultats de leur enquête étaient largement contenus dans la formulation même de leurs questions ? Et le « paradigme » en question est-il si nouveau ? Ne savent-ils pas que pour le nazisme, l'idée que l'homme est une partie de la nature comme les autres était un dogme de base ? « La propagande communiste menace les gens de rater le train de l'histoire, de rester désespérément en retard sur leur époque, et de passer une vie inutile, de même que les nazis les menaçaient de vivre en désaccord avec les lois éternelles de la nature et de la vie, en détériorant leur sang d'irréparable et mystérieuse façon », écrivait Hannah Arendt[29]. Et les auteurs d'une étude sur les chambres à gaz, analysant la conception du monde national-socialiste, écrivent : « Hitler était fondamentalement convaincu que dans le développement de la race humaine se produisait le même processus de sélection que dans le reste de la nature ; “le plus apte”, déterminé par des qualités physiques et intellectuelles propres à la race et données une fois pour toutes, avait pour fonction de s'imposer dans la “lutte pour l'existence”[30]. »

Il est révoltant de constater qu'on peut nous ressortir comme des nouveautés les postulats de base de l'idéologie nazie, seulement amputés de leur racisme explicite. La montée de l'ignorance générale facilite évidemment de telles opérations.

Il y a aussi quelque chose d'enfantin dans la recette de Ponge, promue au rang de paradigme : disons que l'homme fait partie de la nature, et cela met fin au gâchis et aux massacres ! C'est aller à l'opposé de la responsabilité, sans laquelle rien ne se résoudra. Si l'homme est purement et simplement une partie de la nature, comment justifier qu'on lui demande de se comporter *autrement que toutes les autres parties de la nature* : tandis qu'animaux et plantes se bornent à subvenir à leurs besoins, on lui demande d'infléchir et de limiter son action de manière à préserver l'environnement ?

Un grand projet international, dans lequel sont impliqués des professeurs de philosophie politique d'universités anglo-saxonnes, veut aujourd'hui accorder des droits politiques aux grands singes [31]. Mais pendant que ces spécialistes dissertent assis sur leurs nuages, une évolution moins idyllique se dessine : les techniques de manipulation des humains (adultes et enfants) deviennent tellement puissantes que le point de vue scientiste sur l'homme comme animal et comme machine, faux dans son principe, tend de plus en plus à devenir vrai. Ce n'est pas ce point de vue qui se rapproche de la réalité, c'est l'action des manipulateurs sur la réalité humaine qui la rapproche du point de vue préétabli [32].

La sympathie pour les animaux supérieurs est un sentiment très profond chez l'homme ; on peut le rencontrer, sous une forme intelligente et robuste, chez les paysans. Il repose d'abord sur l'empathie (se mettre à la place de l'animal), mais il demeure infantile tant qu'il ne s'élève pas jusqu'à la responsabilité. S'appuyer sur l'empathie, sentiment qui peut être juste et légitime, pour nier l'exception humaine, c'est la dévoyer. Selon l'esprit du temps dans ce qu'il a de plus négatif, on refuse de prendre conscience du fait que l'homme est responsable de la nature (jugement moral et politique), et on annonce à grand fracas une découverte : il en fait partie. En quoi cette inclusion fait-elle avancer le problème ? C'est ce qui n'est jamais dit. Les grands singes et les éléphants font eux aussi partie de la nature, mais cela ne les rend pas responsables de leur propre destin ; nous ne pouvons pas nous décharger sur eux du fardeau de nos responsabilités.

La conscience de l'exception humaine implique des obligations : réfréner ses pulsions dans la mesure où elles portent préjudice à autrui ou à soi-même, travailler à réparer le monde. Elle signifie que l'on passe de l'humanité comme simple état de fait, biologiquement caractérisable, à l'humanité comme idéal, comme but que l'on ne peut atteindre que par un effort constant. « Sois un homme », dit le roi David à son fils Salomon, en lui annonçant sa mort prochaine [33]. Et Joseph, le narrateur du roman de Saul Bellow *Un homme en suspens*, écoutant un divertissement de Haydn, prend conscience de son immaturité : il n'est pas « un homme au sens complet du mot [34] ». Il y a à notre époque une violente lutte d'idées entre ceux qui, de quelque manière, comprennent ce que signifient ces mots, et ceux qui les rejettent comme dépourvus de sens. La propagande acharnée contre l'humanité de l'homme ne fait pas avancer d'un pouce la préservation de la biosphère.

Si les savants veulent s'occuper sérieusement d'améliorer la réputation de la science, en particulier dans une partie de la jeunesse, il faudra qu'ils remettent en cause le scientisme. Il faudra qu'ils se demandent ce que signifie l'action corrosive du scientisme sur la notion d'être humain. (Faut-il citer des articles savants et des livres de vulgarisation, parmi ceux qui ne cessent d'enfoncer ce clou [35] ?) Mais parler d'une notion, c'est trop peu dire : en dissolvant l'humain, la propagande scientiste détruit un fondement culturel et existentiel, un pilier de la culture occidentale.

En s'acharnant contre la responsabilité humaine, les savants scient la branche sur laquelle ils sont assis, et nous tous avec eux.

D'où vient la crise écologique ?

Concluons : la thèse centrale de White, qui attribue l'origine intellectuelle de la crise écologique à la tradition biblique de l'Occident, ne résiste pas à l'examen ; elle relève davantage d'un autodénigrement suicidaire que d'une analyse historique précise. De même la négation de l'humain, qu'il s'agisse de voir dans l'homme un grand singe ou un complexe de molécules, ne conduit pas vers la responsabilité mais vers l'indifférence ou le désespoir.

La crise écologique est solidaire du projet fou d'englober le tout de l'être dans un système physico-chimique, tandis que les commandements et les interdits moraux sont rejetés dans la convention sociale ou dans la subjectivité. Les biologistes ont certes le droit de considérer la vie comme un ensemble de phénomènes physico-chimiques d'une grande complexité. Mais quelle que soit la fécondité de cette hypothèse de travail, ils sortent de leur domaine de compétence quand ils prétendent savoir ce qu'est la vie au point de nous dicter notre conduite envers les êtres vivants. L'hypothèse devient alors une pensée destructrice, dans le champ moral et aussi dans le domaine écologique, car elle prive de toute signification l'impératif : respecte la vie ! Qui respecte des molécules ?

« Ce que j'ai fait, disait fièrement l'aviateur Guillaumet à son ami Saint-Exupéry, je le jure, jamais aucune bête ne l'aurait fait. » Et l'auteur commentait : « Sa grandeur, c'est de se sentir responsable. [...] Responsable un peu du destin des hommes, dans la mesure de son travail [36]. » C'est dans la fierté d'être homme et d'être responsable que l'on peut trouver des raisons d'espérer. La crise écologique tient avant tout à l'attitude d'égoïsme et d'indifférence à l'avenir dont notre époque a fait un modèle qui prétend s'imposer à tous.

La physique ne reconnaît que des faits, et non des valeurs. Galilée a bataillé contre les jugements de valeur, hérités d'Aristote en particulier, qui faisaient obstacle au développement de la physique : par exemple, l'idée que le mouvement circulaire est plus parfait que le mouvement sur une ellipse n'a pas sa place dans la physique. Qu'il ait eu raison sur ce point, c'est pour nous une évidence. Mais cela n'autorise pas à déprécier ou rejeter les jugements de valeur en tant que parties essentielles du monde de la vie, et pas non plus à prétendre édifier des sciences humaines sans jugements de valeur. D'une part ce projet issu d'une imitation servile et non fondée de la physique est absurde, parce que les valeurs et les jugements de valeur sont un élément nécessaire de la vie des êtres humains et des sociétés, un élément que tous les efforts déployés pendant quelques siècles n'ont pas réussi à éliminer [37]. Mais d'autre part l'idée que les jugements de valeur ne sont « pas scientifiques » a pour effet de les discréditer, et de laisser entendre que les problèmes humains peuvent être résolus par la magie des sciences, sans des efforts difficiles qui s'imposent à chacun en vertu d'un impératif moral. Impératif que l'on pourrait sans doute formuler ainsi : tu dois tenir compte, dans les actes de ta vie quotidienne, des intérêts d'ensemble de l'humanité présente et future.

Chapitre V
Conclusion : la science dans l'histoire de l'Occident

Notre monde et notre compréhension, tels qu'ils sont aujourd'hui, se fondent sur un changement déterminé qui eut lieu il y a environ cinq cents ans, et ce changement n'a pas seulement envahi notre pensée mais l'ensemble du monde qui nous entoure. Ce changement a rendu possible l'une des plus grandes réalisations de l'homme, la physique mathématique ainsi que toutes les disciplines auxiliaires qui l'entourent. Il a rendu possible ce que nous appelons d'un étrange mot latin, « la science ». Cette science est dérivée du mode de pensée classique, mais cette dérivation est également une édulcoration qui limite nos regards. Mes études m'ont conduit à la conclusion suivante : il nous faut réapprendre ce que savaient les Anciens ; il nous faut néanmoins pouvoir continuer nos recherches scientifiques, là où un progrès réel est possible, bien que la science qui nous est familière soit également capable de régression et d'entraîner un oubli fondamental des choses les plus importantes. En conséquence de ces études et de cette compréhension, une question a surgi : comment les hommes doivent-ils être éduqués ?

Jacob Klein [1]

Nous vivons dans le mensonge [2]. Jour après jour, année après année nous voyons et nous entendons le langage ambiant perdre sa vigueur et sa précision. Au lieu de cinq ou dix mots qui désignaient des choses ou des notions distinctes, il reste un mot unique réduit à une fonction de signal : il suscite le désir ou l'horreur, l'adoration ou la peur et la haine [3].

– Mais ne disposons-nous pas d'un langage de vérité incorruptible, indépendant des vicissitudes de nos temps troublés ? Le langage scientifique n'a-t-il pas prouvé qu'il peut surmonter les différences de civilisations et les conflits de toute nature ? Et les mathématiques ne sont-elles pas l'extrême pointe de ce langage autonome et rigoureux ?

– Il ne faut pas chercher la vérité à l'intérieur d'un langage, mais dans sa relation avec les objets (de quelque nature qu'ils soient) qu'il vise à désigner. Le langage scientifique n'est pas inoxydable, lui non plus. L'utiliser sans rigueur, c'est l'altérer et le falsifier. Une maladie de la pensée sévit à notre époque : elle pervertit les mots, les concepts et les méthodes des sciences authentiques en les transformant, eux aussi, en signaux déclencheurs de réflexes conditionnés. C'est-à-dire en les utilisant en dehors du domaine où ils ont prouvé leur pertinence. Refuser l'idée même qu'ils ont un domaine de validité limité et que celui-ci ne peut être étendu que par une démarche prudente, toujours prête à se remettre en question, c'est dévoyer la science et rabaisser ses mots au rôle de slogans.

La rigueur de la physique

Le vocabulaire d'une science authentique, à mesure que s'approfondit la recherche, tend à devenir plus précis et à éliminer les ambiguïtés. La physique et les disciplines auxquelles elle s'apparente sont un des lieux où l'on peut trouver cette rigueur. En les enseignant on peut, à condition de ne pas les réduire à un recueil de formules, enseigner aussi un usage sobre et exigeant de la langue.

Mais faut-il pour autant les prendre pour un modèle universel, et remplacer le langage ordinaire par celui des sciences les plus rigoureuses ? Un zeste de bon sens ou une pincée d'humour suffiraient à faire justice de cette proposition délirante ; elle trouve pourtant des défenseurs, par exemple chez des philosophes de profession[4]. Elle joue, plus généralement, le rôle d'une idéologie officielle (un peu, *mutatis mutandis*, comme le marxisme en URSS) : on n'y croit guère, mais qui se risque à la critiquer explicitement ? À vouloir faire jouer à la physique un rôle démesuré, sans commune mesure avec ses compétences réelles, on finit par la rendre inintelligible et par la discréditer.

Pourtant, qu'en est-il de la rigueur scientifique telle qu'on la trouve dans la physique ? Le point décisif est que, malgré tant d'apparences et tant d'habitudes, elle ne peut pas se définir formellement. Elle repose d'abord sur l'usage systématique des mathématiques, qui a fait qualifier la physique de *science exacte*. Les mathématiques en effet sont le domaine par excellence de l'exactitude, le seul sans doute où elle peut être absolue. Mais les sciences physiques ont aussi un autre versant, aussi important que la mathématisation : c'est l'expérience (ou, en astronomie par exemple, l'observation). Ici l'exactitude n'est jamais absolue et n'est pas donnée par définition : elle est relative, et tout l'effort consiste à repousser ses limites par des techniques expérimentales ou d'observation de plus en plus raffinées, de plus en plus précises.

L'idée que le langage de la physique, en raison de sa rigueur, devrait être adopté par l'ensemble des sciences, avait été formulée explicitement dans les années 1930 par les philosophes du Cercle de Vienne, qui parlaient à ce propos de *physicalisme*. Mais c'est en tant que pseudo-évidence implicite qu'elle joue un rôle important et croissant dans la civilisation occidentale. L'erreur est ici de croire qu'un langage peut être rigoureux par lui-même, uniquement à cause de son absence d'ambiguïté et de sa cohérence interne. Or, contrairement à la formule « tout est langage », qui fut à la mode il y a quelques décennies, le langage n'est pas tout. Comme le disait Yves Bonnefoy, « *il y a un monde en face de nous, un monde plus vaste que la parole* ». Par suite on ne peut pas affirmer qu'un langage est rigoureux sans examiner en détail sa relation avec les objets qu'il veut désigner. Une théorie physique, par exemple, n'est pas rigoureuse parce qu'elle est formulée mathématiquement d'une façon parfaite : selon une plaisanterie classique, les revues scientifiques sont pleines de belles théories qui ont été assassinées par de vilaines expériences. Les imitateurs de la physique seraient bien inspirés de réfléchir à cela.

Comme nous l'avons vu, le trait le plus novateur et le plus profond de la physique du XXe siècle n'est pas d'avoir réfuté la mécanique newtonienne, mais d'avoir découvert que son domaine de validité est limité. Telle est la leçon essentielle d'Einstein et de Bohr, de la relativité et de la mécanique quantique. Leçon qui n'a guère été reçue. Pour la relativité les choses sont assez simples : on se satisfait de penser que la dynamique relativiste est exacte, tandis que la dynamique newtonienne n'est qu'une approximation. Il vaudrait mieux dire que la première est plus exacte que la seconde quand il s'agit de mouvements très rapides ; et aussi, comme on l'a vu, qu'elle permet une vision plus profonde de la nature du mouvement des particules.

Mais le cas de la mécanique quantique est plus subtil. Une des principales raisons du refus silencieux que notre époque oppose à la pensée de Bohr, c'est que le physicien insiste sur la nécessité de décrire les dispositifs expérimentaux dans les termes de la physique classique. Cela implique qu'il y a deux théories régionales : physique classique, physique quantique. Or l'idée même de régions, qui exprime ce qui se passe en fait dans la pratique des physiciens, semble frappée d'interdit : la métaphysique implicite de la physique contemporaine (qui prolonge celle de la physique classique) impose aux théories d'avoir une validité universelle. Il s'agit dans une large mesure d'une illusion : l'exigence d'unification a été souvent d'une grande fécondité scientifique, mais dans d'autres cas la physique a progressé au contraire en découvrant les limites du domaine de validité d'une théorie. L'unification de l'électricité et du magnétisme a donné naissance à la théorie électromagnétique de Maxwell-Faraday. Mais cette théorie elle-même ne s'était affirmée qu'en se distinguant : les physiciens mathématiciens avaient poussé l'analogie avec la gravitation newtonienne aussi loin qu'il était possible, et le pas en avant décisif résulta des expériences de Faraday et de l'interprétation qu'il en donna, sans se soucier de la théorie newtonienne.

La physique et le sens commun

Depuis que le copernicanisme a fait connaître et justifié l'idée du mouvement de la Terre, contraire au sens commun de l'époque (et dans une certaine mesure au sens commun tout court), une opinion s'est imposée : la science n'a pas à tenir compte du sens commun. Ici encore, il y a eu généralisation abusive : le copernicanisme n'a pas réfuté le sens commun, il en a montré les limites dans un cas particulier. Quant à la mécanique newtonienne, elle allait contre le sens commun au temps des chars à bœufs, qui s'arrêtent dès que les bœufs cessent de tirer. Au temps des automobiles, ou même simplement des rollers et des planches à roulettes, la situation n'est plus la même : mieux les roulements à billes sont lubrifiés, plus loin le mouvement du patineur se prolonge sans qu'il fasse un nouvel effort. L'extrapolation théorique consistant à affirmer que s'il n'y avait aucun frottement le mouvement se poursuivrait indéfiniment devient plus facile à admettre : le principe d'inertie est désormais compatible avec le sens commun. Ce que beaucoup de physiciens, historiens des sciences et philosophes ne comprennent pas, quand ils continuent à répéter que le principe d'inertie est contraire au sens commun et que la physique du sens commun ne peut dépasser Aristote. Le sens commun est plus souple qu'on ne le croit : il serait capable de conclure avec la physique contemporaine une alliance au bénéfice mutuel, dont Niels Bohr avait esquissé les grandes lignes.

L'illusion du monde mathématique

La persistance des préjugés selon lesquels toute science doit imiter la physique, et toute pensée doit être scientifique pour être pertinente, ne peut être expliquée par une cause unique. Si le refus du sens commun joue là un rôle dominant depuis les temps modernes, un autre préjugé tout aussi important remonte pour sa part à l'Antiquité. De Pythagore à nos jours en passant par Galilée et Descartes, il s'est perpétué sous diverses formes. *Le monde est mathématique* : telle est l'illusion qui persiste à travers les siècles. Cette idée simple peut sembler résoudre brillamment le problème épistémologique central de la physique : celui des relations entre ses deux versants, le mathématique et l'expérimental. Mais loin de le résoudre elle le supprime, tel Alexandre qui, furieux de ne pas pouvoir dénouer le nœud gordien, le trancha de son épée.

Une expérience ou une observation, en effet, ne peuvent avoir qu'une précision limitée : on peut s'en convaincre aisément en mesurant la longueur d'une table ou la taille d'un enfant ; les techniques raffinées accroissent considérablement la précision des mesures et des observations, mais ne réduisent jamais à zéro leur inexactitude. Autrement dit, la correspondance entre les phénomènes ou les objets réels et les concepts mathématiques est toujours imparfaite. Ce simple fait, évident et constamment oublié, suffirait à réfuter l'idée séduisante d'un monde dont la réalité serait mathématique.

La leçon de Galilée

La puissance du langage scientifique tient à son incomplétude délibérée. Chez Galilée, la reconnaissance du caractère partiel de la description du mouvement donnée par la physique est presque aussitôt annulée par la décision métaphysique de frapper d'inexistence ce qui échappe à cette description. Dans une première étape, on décide de faire abstraction des qualités secondes (autres que la forme géométrique et le mouvement), et on recueille les fruits de cette décision épistémologique. Mais dans une seconde étape on déclare que les qualités négligées n'existent pas. Il ne reste alors, en dehors du domaine de compétence de la physique, que l'Écriture, qui relève de l'autorité théologico-politique de l'Église romaine. Le livre de l'univers et celui de la révélation sont parfaitement distincts, le premier relevant de la libre recherche, le second de l'autorité du magistère.

Nous avons, dans les deux premiers chapitres, aperçu la puissance et la fécondité de la méthode galiléenne de mathématisation de la nature. Mais aussi le danger de « prendre pour l'Être vrai ce qui est une méthode ». Il n'y avait aucune nécessité rationnelle à décréter inexistant le monde sensible, au seul motif qu'il ne relève pas de la méthode découverte par Galilée. Tandis que cette décision a dû être périodiquement révisée, au fur et à mesure des progrès de la physique, le schéma de pensée qui nie le sens commun au profit d'une méthode mathématique a été appliqué à tort et à travers, perdant toute justification rationnelle et conduisant à la métaphysique de basse qualité des biologistes les plus bruyants de notre époque, suivis par des anthropologues, etc.

Scientisme et dénigrement de la science

L'approche historique est un des principaux moyens de comprendre le rôle des sciences dans la civilisation actuelle. Dans son livre *La Genèse de l'esprit moderne* (1940), le philosophe américain John Herman Randall écrivait à propos de l'époque de Newton :

« Mais l'époque même qui a vu une croissance si impressionnante de la connaissance scientifique a aussi été profondément troublée par l'idée qu'il semble très difficile de rendre intelligible la capacité de l'esprit humain à atteindre une telle science. Ce paradoxe peut s'éclairer quelque peu si nous nous rendons compte que les savants tentaient de découvrir un genre de savoir auquel leurs méthodes mêmes rendaient impossible d'arriver : par les méthodes d'enquête scientifiques modernes, ils essayaient d'atteindre un système de vérité absolu, tout à fait indépendant de toutes les limitations des capacités mentales de cette créature essentiellement imparfaite et biologique que l'homme semble être. En un mot, ils essayaient d'arriver à cette compréhension et à cette explication complètes et parfaites de l'univers que seul un Dieu pourrait posséder, par les méthodes possibles pour un être qui n'est pas un Dieu, mais un animal rationnel. Leur idéal était encore un système de révélation, bien qu'ils aient abandonné la méthode de la révélation [5]. »

Cette conception de la science est toujours vivante, y compris chez des savants éminents. Connaître la pensée de Dieu, dit aujourd'hui le célèbre mathématicien et cosmologiste Stephen Hawking, après que Galilée, et plus récemment Einstein, eurent avancé des idées analogues. Chaque révision de nos théories met à mal ces prétentions empreintes de mégalomanie, mais elles réapparaissent, comme si elles exprimaient une tendance permanente, constamment présente dans la pensée occidentale.

On peut dire aussi que Randall définit le scientisme. Celui-ci consiste à attribuer aux méthodes de la physique et des sciences apparentées une portée démesurément exagérée et même illimitée. Mais aussi, à déprécier et rejeter toute autre forme de connaissance que la connaissance scientifique, en particulier celle que procure le sens commun. Le scientisme est devenu dans les sociétés occidentales une véritable idéologie officielle. Il est pourtant bien incapable de faire face à la tendance au dénigrement et au rejet des sciences, qui se développe dangereusement dans les dernières décennies. À vrai dire il ne fait que la renforcer, en suggérant que l'arrogance dont il est porteur est inséparable de la science elle-même.

Oublier l'origine des concepts

Les difficultés qu'éprouve la civilisation occidentale à comprendre la nature de la science, à lui rendre justice et à la situer à sa juste place, remontent pour une part aux origines grecques de la pensée dans cette civilisation. Quelle est la démarche fondamentale, de ce point de vue ? Elle consiste, je crois, à *hypostasier* les concepts créés pour étudier les phénomènes naturels. Hypostasier signifie accorder une existence indépendante : le concept est présenté et utilisé dans l'oubli des pratiques qui lui ont donné naissance ; il est considéré comme une chose. Du point de vue de la science comme artisanat, cet oubli est inévitable et même nécessaire. Par exemple, l'introduction de la démonstration a représenté un progrès énorme dans l'histoire des mathématiques ; or pour qu'il y ait démonstration il faut traiter (par exemple) les droites et les points, les triangles et les cercles de la géométrie comme des objets purement abstraits. (Être conscient des rapports de ces objets abstraits avec le monde réel peut aider à deviner des propriétés nouvelles et même des démonstrations, mais ces rapports ne doivent pas intervenir dans la démonstration elle-même.) Mais si cette nécessité « technique » conduit à l'oubli total, on a une société qui n'est plus capable de dominer sa science mais est au contraire dominée par la métaphysique scientiste. L'analyse critique de l'effacement de l'origine pratique des concepts est au cœur de la pensée de Husserl ; le présent essai voudrait prolonger cette dimension de l'effort du philosophe.

L'oubli de l'origine est présent dans la philosophie grecque, qui se présente comme purement conceptuelle : les éléments tirés du monde de la vie peuvent bien intervenir, mais seulement à titre d'exemples. Il y a dans cette manière de traiter les concepts quelque chose qui ressemble à un jeu. Quand vous jouez aux dames ou aux échecs, ou à un jeu de cartes, vous ne pensez à rien d'autre qu'au jeu et à votre désir de gagner. C'est une attitude proprement enfantine, et c'est cette capacité qu'ont les enfants de s'immerger entièrement dans le jeu qui leur permet d'apprendre avec une merveilleuse facilité les choses les plus abstraites – pour peu, bien entendu, qu'ils en aient le désir.

L'esprit d'enfance et l'invention scientifique

Et cela nous amène à une hypothèse générale concernant les sciences dans la culture européenne. Le goût des Grecs pour la spéculation pure, sans but pratique, les a certainement aidés à construire des théories puissantes en astronomie, en géométrie, en logique, en philosophie. Mais en même temps, l'attitude ludique et l'esprit d'enfance qu'ils nous ont légués ont un revers, un inconvénient : ils favorisent l'oubli du monde de la vie. La même attitude d'esprit favorise les découvertes et les constructions abstraites, et rend difficile le retour vers le monde réel. C'est sans doute pour cela que dans la culture occidentale, la science et le scientisme marchent de pair depuis les origines. Cela n'est pas justifiable d'un point de vue « purement rationnel », mais on le comprend quand on examine les attitudes.

Le jeu avec les concepts ou avec les objets mathématiques, de même que le jeu avec les instruments puissants et raffinés que fournissent les techniques actuelles, sont *grisants* ; il faut prendre ce terme dans son sens fort et dans toutes ses implications. Les débuts de la pensée occidentale sont empreints d'un enthousiasme juvénile, très séduisant chez les présocratiques par exemple : par sa seule force, la pensée va découvrir les secrets de l'univers. L'idée cartésienne que l'homme peut devenir « comme maître et possesseur de la nature » relève encore de l'ivresse, mais il est déjà tard. Aujourd'hui, après les malheurs inouïs du siècle écoulé et devant les dangers qui menacent, la griserie de la pensée ne donne plus de prise sur le monde réel et tourne à l'indécence. Les propos délirants sur la « conquête de l'espace », par exemple, sont plutôt de nature à écarter de la pratique des sciences et des techniques ceux qui ont un peu de bon sens ou simplement un peu de cœur. Un physicien s'écriait, en tirant le bilan de cette « conquête » : « Si, au lieu de considérer des nations, nous portons les yeux sur l'humanité, nous percevons que tous les espoirs sont permis [6]. »

C'est plutôt de ce que Levinas appelait une *pensée dégrisée* que nous aurions besoin ces temps-ci. Notre époque admire trop les enfants géniaux, et n'écoute pas assez les penseurs de l'esprit adulte, qu'il s'agisse de Montaigne, de Pascal, ou de Levinas justement.

(Il ne s'agit pas ici de psychologie, mais d'une typologie. La recherche des attitudes typiques d'un groupe humain ou d'une civilisation n'implique pas un jugement porté sur les personnes, moins encore un sentiment de supériorité sur ce que l'on s'efforce de juger. Mais dans une situation de crise, le jugement est un impératif urgent.)

La possibilité du scientisme existe dès qu'on manie des concepts abstraits en oubliant les pratiques qui leur donnent sens. (Nous avons vu que, d'autre part, cet oubli est nécessaire au fonctionnement de la pensée scientifique, à son versant artisanal selon le terme husserlien ; mais ce qu'on oublie quand on va au laboratoire, il faudrait le retrouver quand on est dans la cité.) Le scientisme n'est pas une simple erreur théorique, mais le symptôme d'une maladie de civilisation, une vision de la science qui favorise les aberrations destructrices des sciences de l'éducation et qui s'oppose à l'adoption d'une position raisonnable sur les problèmes de la préservation de l'environnement ; une maladie qui détruit la notion même d'humanité de l'homme.

Les formes et la vertu dormitive de l'opium

Tout tourne autour de la question suivante : la science moderne, avec la physique moderne qui est son axe central, a commencé en ouvrant à la pensée rationnelle un champ nouveau très étendu, dans lequel elle a remporté des succès éclatants. Or de nos jours, près de quatre siècles après ces brillants débuts, « la science », comme on l'appelle, est devenue une puissance reconnue, mais d'une part elle est de moins en moins comprise et renonce elle-même à l'être, d'autre part elle couvre de son immense autorité des pensées et des actions qui n'ont plus de rationnel que l'apparence et travaillent activement à détruire les fondements humains de la pensée rationnelle, en premier lieu l'instruction. Imaginez, par exemple, l'effarement de Galilée, Newton, Maxwell ou Pasteur s'ils avaient appris qu'à la fin du XXe siècle des disciplines appelées « sciences de l'éducation » se prononceraient contre la transmission des connaissances !

Qu'est-il arrivé ?

La science des anciens Grecs était essentiellement qualitative. Aristote analysait les phénomènes physiques avec des mots et non avec des concepts mathématiques. Son maître Platon, pour sa part, enseignait que des concepts comme le Beau, le Bon, le Grand, existent par eux-mêmes. De nos jours une idée banale est que le Beau existe dans la mesure où il y a des choses qui sont belles. Mais pour Platon c'est le contraire : si une chose est belle, c'est parce qu'elle participe du Beau. De même, c'est « par la Grandeur que sont grandes les choses grandes et plus grandes celles qui sont plus grandes [7] », etc. Le concept autonome, Platon l'appelle une « réalité qui n'est que soi », et la tradition philosophique l'appelle une *forme*. La philosophie scolastique a a fait grand usage des formes ; *forma dat esse rei*, disait-elle : la forme donne l'être à la chose. On trouve encore cette conception chez Kant [8].

Qu'on ne se hâte pas trop de dire qu'il n'y a là que tautologie creuse. Il s'agit plutôt du sens commun, même si la formulation qu'en donne Platon est loin d'être la seule possible. Comment réponds-tu à un jeune enfant, quand il te demande pourquoi les vaches ont des cornes, tandis que les chevaux n'en ont pas [9] ? Les cornes font partie des caractéristiques héréditaires de la vache, autant dire de sa définition. Les vaches sont ainsi, et les chevaux sont ainsi. Cette réponse n'est pas une tautologie, mais une explication par ce qu'on appelle une *cause formelle*.

« L'évolutionnisme n'a aucunement réfuté le fait qu'il existe des différences essentielles – le fait qu'il y a des "formes", expliquait Leo Strauss dans une conférence de 1962. Le point de départ d'Aristote, ainsi que celui de Platon, est que le Tout est constitué d'êtres hétérogènes, qu'il y a une hétérogénéité noétique des êtres, cette notion de sens commun à laquelle nous devons revenir tout le temps, et cela n'a été aucunement réfuté [10]. »

(Une hétérogénéité noétique signifie ici : une hétérogénéité que la connaissance doit accepter.) La thèse de Strauss n'exprime pas une opinion banale. De nos jours l'opinion courante est du côté de Molière, qui se moque des médecins imprégnés d'une scolastique devenue pour eux un pur ressassement. *Pourquoi l'opium fait-il dormir ?* demande l'un d'eux. (Je traduis le latin de cuisine, qui ajoute à l'effet comique mais semble inutile ici.) Et la réponse est restée célèbre : *Parce qu'il y a en lui une vertu dormitive, dont la nature est d'assoupir les sens.* La plaisanterie, remarque Strauss, n'est pas aussi bonne qu'il semble à première vue. « [...] lorsque vous mettez ensemble les éléments dont l'opium est constitué, alors ce tout a bien un caractère que les éléments n'ont pas, et ce caractère est ce qui fait de l'opium précisément l'opium. Ce qui est vrai de l'opium est vrai de l'homme, comme de n'importe quel autre être. C'est donc la notion d'essence, de différence essentielle, qui distingue l'enseignement d'Aristote et de Platon de l'enseignement de la philosophie spécifiquement moderne et tout particulièrement de la science moderne. S'il existe des différences essentielles, alors il peut y avoir des différences essentielles entre le bien commun et le bien privé. Si importante que soit la défaite de la cosmologie aristotélicienne, elle ne va pas jusqu'à avoir détruit l'évidence du concept de différence essentielle et donc d'essence [11]. »

Nous verrons que l'histoire de la physique et de la chimie donne raison à Strauss, à condition d'entendre « moderne » (dans l'expression « science moderne ») au sens des historiens : la période moderne se situe entre le Moyen Âge et l'époque contemporaine ; il convient ici de faire commencer cette dernière au début du XXe siècle. Molière se moque des causes formelles dans le *Malade imaginaire* (1673) ; il se place ainsi dans le sillage de Galilée, qui un demi-siècle auparavant a fondé la physique *moderne* en récusant, comme nous l'avons vu, les qualités sensibles autres que forme spatiale et mouvement. Comme la forme spatiale et le mouvement sont susceptibles d'une description quantitative, nous pouvons dire que Galilée fonde la physique moderne en rejetant les qualités et en affirmant que seules sont réelles les propriétés quantitatives. Ou encore : en rejetant les causes formelles pour n'accepter que des causes mécaniques. Cette décision a été d'une fécondité remarquable pour édifier la cinématique galiléenne (description du mouvement).

Les exemples choisis (la chute des corps selon Galilée, les cornes des vaches) peuvent déjà suggérer une hypothèse simple : d'une part, les causes formelles ne servent à rien pour édifier la mécanique ; Aristote pensait que les corps pesants tombent vers le bas parce que le bas est leur lieu naturel, ce qui n'a pas permis de créer une science du mouvement mécanique. D'autre part on ne peut pas se passer des causes formelles dès qu'on aborde des phénomènes plus complexes que ceux qu'étudie la physique, et en particulier quand il s'agit de la vie, à plus forte raison quand il s'agit des êtres humains et de leur histoire.

Mais la pensée occidentale, dans ses courants les plus influents, n'a jamais vraiment accepté de distinguer des domaines de l'être ; son rejet des causes formelles a toujours été global. Quand Newton introduisit dans sa dynamique la masse, la force, l'attraction gravitationnelle, ses adversaires lui reprochèrent de revenir aux « qualités occultes », voulant dire par là sans doute que ces trois concepts ne sont pas spatiaux, pas géométriques. Le reproche n'était pas sans fondement, et montre que l'exclusion des causes formelles est un idéal métaphysique qui peut être approché dans certaines sciences, mais qu'il est plus sage de ne pas prendre à la lettre. Quant à la vie courante elle serait impossible sans causes formelles : dans le monde réel il y a non seulement des régularités, mais encore des différences essentielles. Kant remarquait que sans cela, nos représentations empiriques des divers aspects du monde ne pourraient pas se former. « Si le cinabre était tantôt rouge, tantôt noir, tantôt léger, tantôt lourd, si un homme se transformait tantôt en une figure animale, tantôt en une autre, si dans un long jour la campagne était couverte tantôt de fruits, tantôt de glace et de neige, mon imagination empirique ne pourrait jamais trouver l'occasion de recevoir dans la pensée le lourd cinabre avec la représentation de la couleur rouge [...] [12] »

Pensées dissidentes : Pascal et La Bruyère

L'histoire de la physique jusqu'à Bohr pourrait se résumer, au point de vue métaphysique, au respect de l'interdit jeté sur les causes formelles. (Mais quand il le faut, les physiciens contournent l'interdit, comme l'avait fait Newton.) Le rejet des causes formelles joue quasiment le rôle d'une idéologie officielle, il définit un « métaphysiquement correct »... Comme le montrait Leo Strauss dans le texte cité plus haut, nier les causes formelles conduit à nier toute différence essentielle. Par suite, l'idée que la méthode de la physique puisse être valable dans certains domaines et pas dans d'autres devient littéralement impensable ; et l'on voit apparaître très tôt des systèmes de pensée qui prennent, ou croient prendre, modèle sur Newton pour penser, par exemple, la politique. Dès 1727 Jean-Théophile Desaguliers compose son ouvrage *The Newtonian System of the World. The Best*

Model of Government (Le système du monde newtonien. Le meilleur modèle de gouvernement [13]).

Il serait intéressant d'étudier l'histoire de l'acceptation de la matrice métaphysique de la physique, c'est-à-dire en particulier du rejet des causes formelles et de la négation des différences essentielles. On peut déjà poser quelques jalons en mentionnant des exemples de penseurs qui, d'une manière ou d'une autre, n'ont pas accepté ces axiomes.

Pascal s'élève contre les gens qui « égalent les choses, comme les fêtes aux jours ouvriers, les chrétiens aux prêtres, tous les péchés entre eux, etc. [14] ». En distinguant trois ordres (les corps, les esprits, la sagesse ou la charité [15]) il pose des différences essentielles. Mais le fragment le plus intéressant pour nous ici est celui sur la différence entre l'esprit de géométrie et l'esprit de finesse :

« En l'un les principes sont palpables mais éloignés de l'usage commun de sorte qu'on a peine à tourner la tête de ce côté-là, manque d'habitude : mais pour peu qu'on l'y tourne, on voit les principes à plein ; et il faudrait avoir tout à fait l'esprit faux pour mal raisonner sur des principes si gros qu'il est presque impossible qu'ils échappent.

« Mais dans l'esprit de finesse, les principes sont dans l'usage commun et devant les yeux de tout le monde. On n'a que faire de tourner la tête, ni de se faire violence ; il n'est question que d'avoir bonne vue, mais il faut l'avoir bonne : car les principes sont si déliés et en si grand nombre, qu'il est presque impossible qu'il n'en échappe. Or l'omission d'un principe mène à l'erreur ; ainsi il faut avoir la vue bien nette pour voir tous les principes, et ensuite l'esprit juste pour ne pas raisonner faussement sur des principes connus. […] [16] »

Il faudrait citer en entier ce texte étonnant. Il est réputé bien connu, mais je me demande si sa pointe polémique – contre la métaphysique des physiciens et contre Descartes, défenseur d'une méthode unique « pour bien conduire sa raison et chercher la vérité dans les sciences [17] » – a été assez prise en considération. Pascal est un physicien et un mathématicien de très grande valeur, auteur de découvertes importantes ; il a aussi inventé la première machine arithmétique (ancêtre de nos ordinateurs). Mais il n'a pas été grisé : il ne prend pas « pour l'Être vrai ce qui est une méthode ». Il critique ceux qui « égalent les choses », c'est-à-dire nient les différences essentielles. Son esprit pénétrant voit la différence radicale entre les principes des sciences mathématiques et physiques, d'une part, et d'autre part le monde de la vie : les premiers exigent que nous « tournions la tête » et même que nous « nous fassions violence ». Il n'est pas question, donc, d'aborder les problèmes humains dans l'esprit de ces principes. L'esprit de finesse est indispensable dans ce domaine, et il est essentiellement distinct de l'esprit de géométrie [18].

Voici maintenant La Bruyère : « Il ne faut pas vingt années accomplies pour voir changer les hommes d'opinion sur les choses les plus sérieuses, comme sur celles qui leur ont paru les plus sûres et les plus vraies. Je ne hasarderai pas d'avancer que le feu en soi, et indépendamment de nos sensations, n'a aucune chaleur, c'est-à-dire rien de semblable à ce que nous éprouvons en nous-mêmes à son approche, de peur que quelque jour il ne devienne aussi chaud qu'il a jamais été [19]. » On reconnaît la thèse de Galilée et de Descartes : la nature des choses est d'être étendues, et le reste n'est que « préjugés qui ne sont fondés que sur nos sens », comme disait Descartes [20]. Sans doute le scepticisme de La Bruyère s'étend-il, dans le même fragment, à la géométrie élémentaire et à l'infaillibilité du génie militaire de Vauban. Mais dans ce feu qui pourrait « devenir aussi chaud qu'il a jamais été », je crois déceler une ironie particulière à l'égard d'une thèse qui défie le bon sens.

Swift, Montesquieu… et la persistance du scientisme

En 1726 Swift publie les *Voyages de Gulliver*. La troisième partie commence par un voyage à Laputa, curieux royaume dont les habitants vivent dans une île suspendue dans les airs grâce à un aimant extraordinairement puissant. Constamment absorbés dans une intense réflexion, ils ne s'expriment qu'en termes géométriques ; cette passion exclusive conduit le tailleur de Gulliver à lui confectionner, par suite d'une erreur de calcul, des habits mal faits et déformés. De même leurs maisons sont bâties de guingois, car ils méprisent la géométrie pratique. « Mais ce que j'ai surtout admiré et jugé tout à fait inexplicable, c'est leur goût très vif pour les nouvelles et la politique ; pour s'enquérir sans cesse des affaires publiques, donner leur avis sur les affaires d'État ; disputer passionnément chaque pouce d'opinion partisane. C'est du reste une disposition que j'ai retrouvée chez la plupart des mathématiciens que j'ai connus en Europe ; bien que je n'aie jamais pu découvrir la moindre analogie entre ces deux sciences ; à moins que ces gens ne considèrent que parce que le petit cercle possède autant de degrés que le grand, l'administration et le gouvernement du monde ne réclament pas plus d'aptitudes que le maniement et le déplacement d'un globe [21]. » Ces gens qui n'ont jamais les pieds sur terre, et croient dur comme fer que leur virtuosité mathématique leur donne automatiquement une compétence politique, ressemblent étonnamment à nombre de personnes que l'on peut rencontrer dans les universités et les laboratoires d'aujourd'hui. Mais en moquant les travers et les fautes de pensée des savants, Swift entend-il mettre en cause la science dans sa rationalité ? Rien ne le suggère dans son texte. Jacques Barzun le considère plutôt comme un adversaire du scientisme, ce que confirme bien le passage que je viens de citer [22].

Voici enfin le dernier de nos rebelles au scientisme. Dans l'*Esprit des lois*, Montesquieu commence par traiter des lois en général : elles sont « les rapports nécessaires qui dérivent de la nature des choses ». (Ainsi les choses ont une nature : cela range Montesquieu, avec les Grecs et avec Strauss, du côté de ceux qui admettent les différences essentielles.) Tous les êtres ont donc leurs lois. Montesquieu n'accepte pas le positivisme juridique : « Dire qu'il n'y a rien de juste ni d'injuste que ce qu'ordonnent ou défendent les lois positives, c'est dire qu'avant qu'on eût tracé le cercle, tous les rayons n'étaient pas égaux. » Les lois humaines, dans la mesure où elles dérivent de la nature des choses, ne sont pas le simple résultat de l'arbitraire du législateur, et ont une certaine ressemblance avec les lois de la physique. Ressemblance limitée, cependant :

« Mais il s'en faut bien que le monde intelligent soit aussi bien gouverné que le monde physique. Car, quoique celui-là ait aussi des lois qui par leur nature sont invariables, il ne les suit pas constamment comme le monde physique suit les siennes. La raison en est que les êtres particuliers intelligents sont bornés par leur nature, et par conséquent sujets à l'erreur ; et d'un autre côté, il est de leur nature qu'ils agissent par eux-mêmes. Ils ne suivent donc pas constamment leurs lois primitives ; et celles-là même qu'ils se donnent, ils ne les suivent pas toujours [23]. »

Puisqu'il pose cette différence essentielle, il est clair que Montesquieu n'accepte pas le modèle de la physique pour les problèmes humains dont il traite. *De l'Esprit des lois* paraît en 1748. Mais dès 1764, dans l'article *Destin* du *Dictionnaire philosophique*, Voltaire écrit : « Il serait plaisant qu'une partie de ce monde fût arrangée, et que l'autre ne le fût point, qu'une partie de ce qui arrive dût arriver, et qu'unc autre partie de ce qui arrive ne dût pas arriver. Quand on y regarde de près, on voit que la doctrine contraire à celle du destin est absurde [24]. » En 1770 d'Holbach publie son *Système de la nature*, où il déclare : « La nature agit par des lois simples, uniformes, invariables. Toutes les erreurs des hommes sont des erreurs de physique [25]. » En moins de vingt ans on est passé des raisonnements clairs et explicites de Montesquieu à la métaphysique péremptoire de Voltaire et au dogmatisme glacé de d'Holbach.

La physique quantique retrouve les causes formelles

Quand les savants de l'époque moderne, héritiers de Galilée, se mêlent de philosophie, ils sont rarement du côté de Montesquieu. La grande majorité d'entre eux a accepté la négation des causes formelles et des différences essentielles, base métaphysique de la révolution galiléenne. Et cette doctrine a été largement admise (le plus souvent implicitement) dans les sociétés européennes comme la définition même de la science ; elle est devenue une évidence de base informulée.

Pourtant, au XXe siècle, un événement capital s'est produit : la physique elle-même a remis en cause le rejet des formes au sens d'Aristote et Platon. Écoutons Bohr dans le compte rendu que Heisenberg a donné d'une de leurs conversations, à Göttingen en 1922 :

« Peut-être me permettrez-vous tout d'abord de vous dire quelque chose concernant l'histoire de cette théorie. Le point de départ n'était pas l'idée que l'atome constituait un système planétaire en miniature, et que l'on pouvait lui appliquer les lois de l'astronomie. Je n'ai jamais pris tout cela aussi textuellement. Pour moi, le point de départ était la stabilité de la matière, un phénomène qui, du point de vue de la physique antérieure, constitue un pur miracle.

« Par stabilité, j'entends que ce sont toujours les mêmes substances, avec les mêmes propriétés, qui apparaissent ; que ce sont toujours les mêmes cristaux qui se forment, les mêmes composés chimiques qui se créent, etc. Cela signifie nécessairement que, après de nombreuses modifications dues à des influences extérieures, un atome de fer redevient un atome de fer possédant exactement les mêmes propriétés qu'auparavant. Cela est incompréhensible selon la mécanique classique, surtout si l'on admet que l'atome ressemble à un système planétaire. Il existe donc dans la nature une tendance à produire des formes déterminées – j'utilise ici le mot “formes” dans son sens le plus général – et à faire réapparaître ces formes déterminées, encore et toujours, même lorsqu'elles ont été perturbées ou détruites. [...] L'existence de substances homogènes, la présence de corps solides, tout cela repose sur la stabilité des atomes. [...] Tout cela ne va aucunement de soi ; au contraire, cela semble incompréhensible si l'on admet le principe de base de la physique newtonienne, à savoir le strict déterminisme causal des phénomènes ; autrement dit, si l'état actuel d'un système doit toujours être déterminé de façon unique par l'état qui le précède directement, et seulement par celui-ci. Cette contradiction m'a inquiété très tôt[26]. »

Ce texte, unique en son genre à ma connaissance, montre la signification profonde de la physique quantique. (Je dis bien de la physique quantique, et non de la seule mécanique quantique. Les idées fondamentales sont celles de Bohr, et elles préexistent à la création de la mécanique quantique, qui pour sa part a eu le mérite de faire de ces idées la base d'une théorie cohérente et mathématisée.)

Quelle est donc cette signification profonde ? La physique n'est pas revenue purement et simplement aux causes formelles de Platon et d'Aristote, mais elle a retrouvé ce qui, dans cette ancienne doctrine, reste vivant. Cela pourrait et devrait servir à critiquer les excès d'un réductionnisme dogmatique, et à renouer avec le sens commun. La « vertu dormitive » de l'opium – nous parlons plutôt aujourd'hui d'un principe actif – s'appelle aujourd'hui morphine. C'est une molécule, c'est-à-dire un objet qui a – comme l'atome de fer dont Bohr parlait à Heisenberg – une structure stable, une *forme*. Toutes les molécules de morphine sont identiques[27]. Dans le monde à notre échelle et dans le monde astronomique, il n'existe pas deux objets identiques ; mais dans le monde atomique la stricte identité entre objets de même espèce est la règle. Les propriétés de la molécule de morphine, en particulier ses merveilleuses et redoutables propriétés physiologiques, sont liées à sa *forme*.

La philosophie grecque avait thématisé une constatation de sens commun : l'existence de régularités dans la nature (et dans le monde des objets fabriqués), et plus précisément l'existence de formes stables, grâce à laquelle nous pouvons nommer et identifier les choses et les êtres vivants qui nous entourent. Le progrès décisif accompli par Galilée a permis la création de la physique moderne, mais en la faisant payer d'un prix élevé : le renoncement au sens commun, en l'occurrence l'aveuglement volontaire sur les formes. La pierre qui tombe du haut de la tour de Pise, dans les expériences de Galilée, n'est pas en granit ou en silex ; le boulet n'est pas en fer ou en bronze. Les qualités sensibles qui permettraient d'identifier le matériau dont sont faits ces mobiles sont mises de côté par le physicien, qui a même l'audace de les prétendre inexistantes. Les planètes et le Soleil, dans le système du monde newtonien, n'auront qu'une caractéristique de plus par rapport aux corps mobiles galiléens : une masse. Jusqu'à l'avènement de la physique quantique, les qualités sont abandonnées à la chimie, science à laquelle on attribue une dignité inférieure à celle de la physique puisque précisément elle n'a pas entièrement renoncé aux apparences sensibles et n'est que très partiellement mathématisée.

Une objection, pourtant, se présente à l'esprit : la réflexion de Bohr sur les formes ne l'a-t-elle pas conduit à fonder une théorie physique (la théorie quantique) qui les réduit au quantitatif, et donc justifie à nouveaux frais leur négation par Galilée ? Il n'en est rien, à mon avis. Nous sommes convaincus que les propriétés psychotropes de la morphine sont dues à la structure de sa molécule. Mais savons-nous le démontrer ? J'en doute. Je ne connais rien à ce cas précis, mais je sais que les propriétés chimiques des molécules ne peuvent être *déduites* de leur structure que dans un très petit nombre de cas très simples. Le programme réductionniste (réduire la chimie à la physique des molécules) est pour le moins hors d'atteinte de nos jours, et certains (dont je suis) le croient irréalisable[28]. Nous sommes donc fondés à dire : si la morphine soulage la douleur, crée la dépendance, fait dormir, etc., c'est en raison de sa structure moléculaire, mais nous ne pouvons pas aller beaucoup plus loin. Mais dire cela, c'est invoquer une cause formelle.

Un rêve

Faisons un rêve. Imaginons ce qui suit : en 1923 Bohr, dans une conférence devant l'Académie des sciences danoise, développe les idées qu'il exprimait dans sa conversation de Göttingen avec Heisenberg. Le philosophe Harald Høffding rattache ces idées à la tradition philosophique (Platon, Aristote, la philosophie médiévale). Quelques années plus tard, après la conférence de Bohr à Côme en 1927 (voir le chapitre II), l'école de Husserl, en Allemagne, fait la jonction entre la pensée de Bohr sur la physique quantique et la phénoménologie. Le moment est alors venu de dresser un bilan de trois siècles de physique. Les physiciens les plus proches de la philosophie, et les philosophes proches des sciences ou de la phénoménologie, après de longs débats, parviennent aux conclusions suivantes :

1°) L'aventure galiléenne a donné le départ d'un prodigieux développement de la physique, puis des sciences connexes. Cette physique classique n'est pas périmée depuis l'avènement de la relativité, puis de la physique quantique. On n'a pas découvert qu'elle est fausse, mais on s'est aperçu qu'elle est vraie seulement dans une région déterminée de phénomènes physiques. Cela remet en cause la conception de la science qui a prévalu, dans le sillage des découvertes de Galilée, Newton et leurs continuateurs. Les sciences sont des disciplines régionales. Leur démarche est hypothétiquc, leur vérité est approximative.

2°) La stratégie galiléenne – faire abstraction des qualités sensibles, décrire quantitativement les formes et les mouvements – a permis ce développement de la physique. C'est son mérite historique, mais cela n'implique pas qu'elle était vraie en tant que thèse métaphysique. Nier la réalité des qualités sensibles était une énorme erreur, qui a transformé les écarts inévitables entre physique et sens commun en un gouffre infranchissable, portant ainsi un coup terrible à la compréhension publique des sciences. Le sens commun avait raison, et la métaphysique cartésienne et galiléenne avait tort : le monde sensible est réel, les qualités sensibles ne sont pas des illusions. Les sciences doivent renoncer désormais à identifier le domaine qui leur est accessible à telle ou telle époque avec la totalité du monde. Renoncer aussi à prendre pour des vérités universelles ce qui n'est qu'hypothèse méthodologique.

3°) En particulier, les tentatives répétées pour annexer à la physique l'étude des divers phénomènes humains (la science politique, l'éthique, la psychologie, etc.) ont couru d'échec en échec. Il faut renoncer à cette aberration, dont l'esprit de soumission de nombre d'universitaires est en train de faire la base de disciplines frauduleusement qualifiées de scientifiques (n'oublions pas que la scène se passe vers 1936). Le développement de ces disciplines ne pourrait que subvertir le concept d'homme, qui sous des aspects profondément différents est pourtant commun aux deux sources fondamentales de la culture européenne, Athènes et Jérusalem. L'heure de la résistance des esprits a sonné. Il faut se livrer à une critique radicale des fondements de la négation théorique de l'humain, qui fait écho à sa négation pratique en URSS et en Allemagne. La *Crise des sciences européennes* de Husserl et le *Du sens des sens* d'Erwin Straus [29] sont deux manifestes fondateurs de cette critique.

L'occultation de Bohr

Mais tout cela n'était qu'un rêve, nous le savons. L'analyse bohrienne n'a pas été diffusée, elle n'est ni enseignée, ni commentée par les philosophes, ni vulgarisée. Le silence des savants sur le rapport de Côme est la pointe extrême de l'attitude générale envers la pensée de Bohr, réduite à des schémas (complémentarité) ou entièrement occultée.

Murray Gell-Mann fait-il exception dans son livre récent *Le Quark et le Jaguar* ? Il mentionne l'interprétation de Bohr, l'appelant « mécanique quantique approximative des systèmes mesurés ». Cette interprétation, dit-il, n'est pas fausse mais elle a deux défauts : elle ne peut pas s'appliquer à l'Univers dans son ensemble, et elle est approximative. Ce dernier point veut dire qu'elle fait appel à la physique classique, qui pour Gell-Mann « est seulement une approximation, tandis que la mécanique quantique est, pour autant que nous sachions, parfaitement exacte [30] ». Le caractère approximatif de la physique classique se déduit en effet de la mécanique quantique, mais en physique l'opposition globale entre « approximatif » et « parfaitement exact » n'a pas de sens profond. Toute théorie, si on ne la considère pas en elle-même mais dans son application aux phénomènes réels qu'elle concerne, est approximative ; il faut, pour chaque phénomène étudié, chercher si les approximations faites entraînent une erreur qui mérite d'être prise en considération, en particulier en la comparant aux imprécisions expérimentales. Or pour un appareil macroscopique, les corrections quantiques à la description classique sont négligeables. Quant aux spéculations sur l'Univers dans son ensemble, quand elles tentent d'utiliser la mécanique quantique, à mon avis elles n'ont rien donné de très convaincant jusqu'à présent. Les deux critiques ont ainsi le même caractère : elles relèvent de la métaphysique et non de la physique. Voilà donc comment un physicien important écarte la conception de Bohr ; il faut ajouter pour être complet que Gell-Mann ne nomme pas Bohr une seule fois quand il critique sa conception…

Tout cela n'a rien d'anecdotique. Bohr a découvert que les objets atomiques constituent une nouvelle région ontologique : le verbe être n'a pas la même signification pour un électron ou un atome, et pour une pierre ou une étoile. Nous pouvons maintenant, à la lumière de tout ce qui précède, apercevoir l'importance scientifique, philosophique et même, il faut le dire, politique de cette découverte capitale. La physique était, jusqu'à Bohr, la garante du monisme ontologique, c'est-à-dire qu'elle verrouillait toute tentative de penser l'existence de plusieurs régions d'être. Avec l'exposé de Bohr à Côme en septembre 1927 (voir le chapitre II), le verrou a sauté. Malheureusement il a sauté en droit, mais non en fait. Tous ceux qui savent, ou pressentent, qu'il y a plusieurs régions de l'être et que la physique ne donne pas accès à la totalité du monde, continuent à se heurter à un refus muet. La pensée banale, et en particulier la physique dans sa compréhension courante, démentent leur aspiration ou leur savoir.

Le scientisme au cœur du totalitarisme

Quand je parle de l'intérieur de la physique, je m'efforce d'adopter une attitude critique à l'égard des préjugés dominants de la corporation et je dis : il n'y a pas « la science », mais des sciences qui, dans la mesure où ce sont des disciplines honnêtes et non des imitations frauduleuses, sont hypothétiques et régionales ; donc le scientisme n'est pas fondé sur les sciences en tant que formations rationnelles.

Mais quand je m'efforce de regarder la physique, et les sciences en général, de l'extérieur, j'étudie l'histoire des sciences sans l'enfermer dans une « spécialité » et je dois reconnaître que l'emprise du scientisme est de plus en plus forte. Le scientisme est une idéologie, un système irrationnel qui part des laboratoires et des universités et diffuse dans toute la société.

La rationalité scientifique est, aujourd'hui encore, vivante et féconde. Son existence nous enseigne quelque chose d'essentiel sur les possibilités de l'esprit humain et de l'activité humaine ; la naissance et l'essor de la science moderne sont des aspects capitaux de l'histoire de l'Occident. Mais d'autre part les sciences en tant qu'activités culturelles et pratiques, même les plus authentiques et les plus fécondes, ne savent pas, ne peuvent pas ou ne veulent pas se démarquer du scientisme, et cela aussi est un trait essentiel de l'histoire de l'Occident et du monde occidentalisé.

Le scientisme se caractérise avant tout par sa prétention totalisante. Il veut connaître le tout de l'être, il croit et il affirme que la connaissance totale est à sa portée. Cela l'amène à contester radicalement l'existence de plusieurs régions ontologiques. Il rejoint ainsi des traditions anciennes. Le totalitarisme ontologique, en effet, est installé au cœur de la pensée occidentale. Il a des racines philosophiques anciennes et profondes. Depuis les temps modernes il s'appuyait avant tout sur la physique et sur les sciences connexes, dont les fondements métaphysiques ont consisté en une série de généralisations abusives articulées en système. Le XXe siècle a vu le scientisme devenir encore plus rigide, car il a dû faire face à une situation nouvelle : la physique a dépassé les fondements métaphysiques sur lesquels elle s'était appuyée pendant quelque trois siècles [31].

Or il y a une parenté profonde et secrète, guère explorée jusqu'à présent, entre cette question qui semble abstraite – y a-t-il une seule ou plusieurs régions ontologiques – et la question politique. Le scientisme, qui ne reconnaît qu'une seule région ontologique, est intimement lié aux tendances totalitaires qui sourdent constamment de la pensée occidentale, qu'elles aboutissent ou non à des totalitarismes accomplis. Comme le montraient dès 1951 les analyses d'Hannah Arendt, le scientisme a joué un rôle fondamental dans la pensée et dans la propagande des totalitarismes nazi et communiste [32]. Levinas, pour sa part, écrivait en 1957 dans un article sur la déstalinisation : « Le totalitarisme politique repose sur un totalitarisme ontologique [33]. » L'occultation de la découverte capitale de Bohr, l'incapacité ou le refus de comprendre la victoire du pluralisme ontologique dans le domaine de la physique et sa signification, seraient donc liés à la faiblesse dramatique dont l'Occident a fait preuve, et fait encore preuve, devant des totalitarismes dans lesquels il reconnaît secrètement des aspects de sa tradition, à vrai dire les plus négatifs.

Négation continuelle du sens commun

En s'appuyant sur des pensées profondes et subtiles (Bohr, Husserl…), il serait désormais possible, grâce aux progrès de la physique en particulier, de revenir vers le sens commun. Mais de nos jours c'est plutôt la négation du sens commun qui est devenue un stéréotype de la pensée. « Ce qui est vrai pour la bactérie est vrai pour l'éléphant », affirmait un éminent artisan de la biologie moléculaire. Affirmation absurde, qui présentait sous une forme provocante une hypothèse de méthode : le domaine de la biologie où il faut travailler, c'est celui où les gènes jouent un rôle déterminant. Avec le recul des années, on peut juger aujourd'hui la valeur de cette hypothèse : elle a présidé à des recherches très fécondes, mais elle a failli compromettre la survie d'autres branches tout aussi légitimes des sciences biologiques [34].

Nous avons vu de même un paléoanthropologue affirmer que l'homme n'est rien de plus qu'un grand singe. Affirmation absurde, encore une fois. Mais n'est-il pas troublant que la négation de l'humain dans l'homme soit promue, en France par exemple, au rang d'une véritable idéologie officielle ? N'est-il pas inquiétant que des savants répètent de manière obsédante ce thème (l'homme n'est qu'une espèce animale parmi d'autres) au moment où l'Europe, par la voix de la majorité de ses hommes politico-médiatiques et aussi de quelques-uns de ses savants, s'enfonce dans la lâcheté ? Être un homme c'est aussi faire preuve de courage et assumer sa liberté. On nous enseignait cela au lycée, dans des temps très anciens ; des textes latins et grecs le disaient encore quand l'occupation allemande réduisait au silence beaucoup de professeurs. Mais aujourd'hui aussi, il y a des hommes et des femmes qui le prouvent par leur exemple. Ils sont haïs par les pleutres, c'est normal. Entre ceux qui prétendent démontrer que l'homme n'existe pas et ceux qui haïssent le courage, n'y a-t-il pas une parenté profonde ?

Les dangers de la science

Que reproche-t-on à « la science », c'est-à-dire aux sciences et aux techniques ? Essentiellement ceci : elles sont dangereuses [35]. Que penser de ce reproche ?

La nature est dangereuse, ce que notre époque voudrait oublier. Combien d'accidents de montagne, par exemple, sont dus à une attitude d'ignorance du danger ! Les dangers dus aux intempéries, aux bêtes sauvages, aux maladies microbiennes ont été réduits grâce aux avancées des sciences et des techniques. Réduits et non supprimés, ce qui est impossible. Et des dangers nouveaux sont apparus avec les progrès scientifiques et techniques. L'analyse concrète de chacun de ces dangers nouveaux montre que ce qui est en cause, ce n'est pas tant « la science » en elle-même qu'une conjoncture historique et morale dont la science n'est qu'un élément.

Prenons le cas le plus évident : la « bombe atomique », l'arme nucléaire. Son origine est double : l'étude désintéressée de la structure des atomes, qui conduit dans les années 1930 à la naissance de la physique nucléaire ; et la prise du pouvoir par Hitler. En effet, si quelques savants lucides ont convaincu le gouvernement américain d'organiser le gigantesque effort de recherche et de développement industriel qui a produit les bombes d'Hiroshima et de Nagasaki, c'est parce qu'ils craignaient à juste titre que les nazis ne produisent ces bombes les premiers et ne s'en servent pour réaliser leur rêve de domination mondiale.

Les premiers responsables de l'apparition de l'arme nucléaire sont donc les dirigeants et les peuples qui ont favorisé ou toléré l'accession du nazisme au pouvoir. De même l'arme thermonucléaire est apparue dans le cadre de la « guerre froide » avec l'URSS communiste.

La question des dangers d'origine technoscientifique est donc inséparable des problèmes politiques, sociaux, moraux qui se posent à chaque époque. Les dangers écologiques, pour leur part, sont généralement liés à un usage immodéré et égoïste des moyens techniques. Reprocher à la science d'être dangereuse, c'est isoler dans la totalité de la vie sociale avec ses dangers divers (dont certains sont tellement aigus ces temps-ci !) un facteur particulier. Dans ce qui précède j'ai tenté de discuter au cas par cas des situations dangereuses, sans tomber dans les généralisations abusives. Les adversaires de la science procèdent à l'opposé ; leurs propos tendent à inspirer une peur globale non seulement de la science, mais de la vie elle-même. Car, comme le disait Ortega y Gasset : « L'essence de la vie, c'est le danger [36]. »

Le vrai danger de la science

Mais les dangers matériels n'étaient pas le sujet principal de cet essai. J'ai voulu comprendre surtout ce dont on parle plus rarement : les dangers culturels et moraux. Fascinés par la puissance des méthodes de la physique et par la richesse de ses acquis, nous disons ou laissons dire depuis Galilée et Newton, avec une insistance croissante : la physique est la science universelle, hâtons-nous de l'appliquer aux problèmes de l'homme et de la société. Pour favoriser cette entreprise, il faut d'abord oublier tout ce que la pensée autre que celle des physiciens a pu accumuler comme connaissances et comme sagesse. La montée de l'ignorance dans le monde actuel favorise évidemment un tel oubli. Il faut ensuite édifier des sciences humaines physicalistes. Pendant longtemps on a pu croire qu'il s'agissait là d'un rêve de savant fou ; aujourd'hui, pourtant, diverses circonstances favorisent l'entreprise. La puissance des techniques aide les théories mécanistes sur le comportement humain à « devenir vraies », selon l'expression d'Hannah Arendt. L'informatique, outil précieux entre les mains de personnes raisonnables, permet à d'autres de donner un vernis « scientifique » aux spéculations les plus vaseuses ; elle aide à « égaler les choses », selon l'expression de Pascal. La croissance démographique de la population des chercheurs et des enseignants a accru les effets de masse et de modes, de contagion intellectuelle. Le poids croissant des médias rend moins audibles les pensées originales ou dissidentes et discrédite la critique, aisément réduite à des conflits de personnes.

Rompre avec le projet pour sauver les acquis

Un riche Laboureur, sentant sa mort prochaine,
Fit venir ses Enfants, leur parla sans témoins.
« Gardez-vous, leur dit-il, de vendre l'héritage
Que nous ont laissé nos parents :
Un trésor est caché dedans. »

Les fils dociles retournent le champ de bout en bout, si bien qu'il va produire de plus riches moissons. La fable de La Fontaine propose une morale explicite : le travail est un trésor. Mais on peut aussi la lire et la prolonger comme une parabole. Un beau jour les enfants ont dû admettre qu'il n'y avait pas de trésor caché dans le champ. Dépassant leur illusion, rejetant le projet paternel, ils ont décidé pourtant de continuer à faire fructifier les acquis de leur travail inlassable et de celui de leurs ancêtres.

La science classique est le fruit d'un projet : maîtriser le monde grâce à la science qui rendrait l'homme « comme maître et possesseur de la nature ». Son patron était tracé à l'avance. « Ainsi, lit-on dans la préface des *Principes de la philosophie* de Descartes, toute la philosophie est comme un arbre, dont les racines sont la métaphysique, le tronc est la physique, et les branches qui sortent de ce tronc sont toutes les autres sciences [...] [37] » La physique est la science fondamentale, qui tire sa sève de la métaphysique. Le principe de localisation galiléen, le principe analytique de Descartes, et par-dessus tout : le déterminisme métaphysique, et la thèse d'une région ontologique unique (avec son corollaire : le déni de réalité opposé à tout ce qu'on ne parvient à faire coïncider avec les principes) – telles étaient les grandes règles. En les suivant, la science classique a produit des acquis d'une richesse étonnante.

Vint une époque, pourtant, où la physique étouffa dans son « vêtement d'idées [38] » mécaniste. Déjà l'électromagnétisme de Faraday-Maxwell était difficile à comprendre en restant fidèle aux vieux principes, si bien que Heinrich Hertz (le physicien qui a découvert expérimentalement les ondes électromagnétiques prévues par Maxwell) exprimait, à la fin du XIXe siècle, la tentation du renoncement à comprendre dans sa déclaration fameuse : « la théorie de Maxwell, ce sont les équations de Maxwell ». Mais c'est au XXe siècle que la crise se noue véritablement : la relativité remet en cause les conceptions classiques de l'espace et du temps, et surtout la physique quantique heurte frontalement, nous l'avons vu, tous les principes que je viens de rappeler. Le développement des acquis est entré en contradiction avec le projet philosophico-scientifique classique. Si nous voulons sauver les acquis, il faut rompre avec le projet.

Une autre intelligibilité ?

On peut survivre à des tentatives de suicide répétées, même si c'est dans un triste état. Après 1914-1918, après Staline et Hitler, l'Europe existe encore. Mais l'Allemagne, grande puissance scientifique mondiale jusqu'en

1933, ne s'est jamais remise de s'être soumise à Hitler et d'avoir tué ses Juifs. De nos jours l'Europe a pris l'initiative d'un mouvement de soumission au totalitarisme islamiste, dans lequel la France joue un rôle éminent. Mais les puissances qui semblent invincibles un jour peuvent s'effondrer le lendemain, comme l'ont fait en quelques décennies seulement l'empire nazi et l'empire communiste.

Dans le domaine de la pensée scientifique, la situation n'est pas sans relation ni sans ressemblance avec celle qui prévaut dans le champ politique. L'Europe a perdu sa prééminence scientifique au profit des États-Unis, mais elle produit encore des travaux de valeur. Pourtant des indices irrécusables montrent que là aussi, les forces suicidaires sont à l'œuvre. La crise des vocations scientifiques ne peut surprendre que ceux qui ignorent, délibérément ou non, l'entreprise de destruction systématique de l'enseignement qui se poursuit dans le monde occidental. Le discrédit jeté sur la culture, le refus de transmettre, le renoncement à comprendre – tout cela au nom de la science – font leur travail, tels des rongeurs discrets et persévérants. L'ignorance monte comme une inondation, favorisée par l'aveuglement des savants, des professeurs, de tous ceux qui devraient la combattre.

Au cours du terrible XXe siècle, la physique a découvert dans le monde de la matière inanimée des régions jusqu'alors inconnues, d'une nouveauté inouïe ; mais l'Occident a refusé les moyens intellectuels qui auraient pu lui permettre de comprendre la signification profonde de ces découvertes. On est arrivé à ce que Levinas appelait « la fin d'une certaine intelligibilité [39] ».

Bien sûr il ne se référait pas seulement – ni même, sans doute, principalement – à la physique. Le contexte fait aussi allusion à la philosophie et aux sciences humaines : « Les noms de personnes dont le dire signifie un visage – les noms propres au milieu de tous ces noms et lieux communs – ne résistent-ils à la dissolution du sens et ne nous aident-ils pas à parler ? Ne permettent-ils pas de présumer, derrière les propos en perdition, la fin d'une certaine intelligibilité, mais l'aube d'une autre ? »

À la question ainsi posée, je suis tenté de répondre en mettant en avant un nom propre, celui de Niels Bohr. Car si le scientisme a gravement tort de vouloir prendre la physique comme modèle de toute pensée rigoureuse, il n'en reste pas moins que depuis le début des temps modernes, les sciences physiques jouent un rôle de premier plan dans le devenir des conceptions du monde en Occident. L'œuvre de Bohr – si personnelle, si étroitement liée à son « nom propre » – devrait être placée au premier rang des moyens qui permettront un jour, peut-être, de faire advenir cette aube qu'apercevait le philosophe.

Dictionnaire

Atomique

Par physique atomique j'entends ici, non seulement la physique qui étudie les atomes, mais toutes les disciplines (physique des atomes, des molécules, des noyaux, des particules...) qui étudient des objets possédant des propriétés quantiques. On voit en effet dans le texte que la propriété la plus caractéristique, et d'ailleurs la plus surprenante, de ces objets est qu'ils sont, en un certain sens et dans certaines conditions, indivisibles. (Étymologiquement, « atome » signifie précisément indivisible.)

Classique (physique ou science)

On appelle ainsi la physique et les sciences apparentées, depuis le début des temps modernes jusqu'au début du XXe siècle.

Curie

C'est l'ancienne unité de mesure de la radioactivité. Calquée sur l'activité de 1 gramme de radium, elle a la valeur énorme de 37 milliards de désintégrations par seconde.

Inégalité

Mathématiquement, énoncer une inégalité consiste simplement à dire qu'un nombre est plus grand (ou plus petit) qu'un autre : 3 est plus grand que 2. En physique beaucoup d'inégalités expriment un fait important. Par exemple, le rendement d'un moteur est toujours inférieur (ou égal, cas théorique) à 100 %, c'est-à-dire que l'énergie que l'on recueille (sous forme mécanique) ne peut pas dépasser celle qu'on a fournie au moteur (sous forme de carburant ou sous forme électrique, selon le cas).

Millisievert : voir Sievert

Quantité de mouvement

Le produit de la vitesse d'un point matériel ou d'une particule par sa masse est appelé sa quantité de mouvement ; l'intérêt de cette grandeur physique est qu'elle est conservée dans les interactions, en particulier dans les collisions.

Savants et scientifiques

Le mot *savant* n'est plus d'un usage courant depuis les lendemains de la Seconde Guerre mondiale. Jacques Barzun raconte que dans sa *Philosophie des sciences inductives*, parue à Londres en 1840, le philosophe William Whewell proposait déjà de remplacer les termes traditionnels *natural philosopher* par *scientist*, ce qui ne souleva aucune objection [1]. En français, le passage ultérieur du terme traditionnel *savant* à *scientifique* a probablement été inspiré par cette mutation survenue dans la langue anglaise.

Ces changements sont lourds de signification. La participation des physiciens (et de quelques autres) à l'effort de guerre aux États-Unis et en Grande-Bretagne, d'ailleurs amplement justifiée dans la mesure où il s'agissait de combattre l'Allemagne nazie et ses alliés, avait suscité une mutation de la nature du travail de recherche. Sur le plan théorique, la physique s'était éloignée de la réflexion philosophique et rapprochée de l'art de l'ingénieur. Pratiquement, le travail à Los Alamos était organisé comme celui d'un laboratoire industriel où les hommes sont constamment sous la pression de l'urgence ; on y était loin de l'atmosphère qui régnait encore au début du XXe siècle dans les universités européennes, héritières de traditions remontant au Moyen Âge et même à l'Antiquité. Ces transformations, qui ont eu un grand retentissement, peuvent sans doute expliquer pourquoi les physiciens américains, leurs collègues dans le monde et tous les autres spécialistes des sciences de la nature à leur suite, ont cessé de se reconnaître dans les noms *scholars* (savants) ou *natural philosophers* (philosophes de la nature), qui évoquaient plutôt pour eux des philosophes, des historiens ou des philologues : lenteur, liberté, recherches désintéressées et sans applications pratiques.

Mais cela n'est qu'un aspect de l'histoire. Le passage des savants aux « scientifiques » s'est accompagné d'une croissance démographique considérable de la population qui, dans le monde, se consacre d'une manière ou d'une autre à la recherche scientifique ; il est devenu de règle de désigner cette population sous le nom de « communauté scientifique », et d'invoquer la communauté comme s'il s'agissait d'une personne douée de jugement. Cela n'est qu'un symptôme parmi d'autres d'une évolution : dans le monde de la science comme ailleurs, les phénomènes de conformisme et de contagion mentale sont devenus très importants. (Voir le dernier chapitre de mon livre *L'Autorité de la science.*)

Enfin l'adjectif « scientifique » se rapporte désormais exclusivement à des recherches qui prennent pour modèle la physique : cette acception nouvelle relève du scientisme, discuté dans cet essai.

Toutes ces évolutions intellectuelles et sociales sont dissimulées et prétendument justifiées par un simple changement de vocabulaire. Je préfère appeler un chat un chat. Je pense qu'un historien ou un philologue, comme un physicien ou un biologiste, sont des savants. Et je considère que chaque savant, quelles que soient les pressions qu'il subit, demeure responsable de ses positions et de ses actes.

Scientisme, scientiste

Le scientisme est l'aveuglement sur les limites de la science et la croyance en la validité universelle de « la méthode scientifique », posée à tort comme unique, la même pour toutes les sciences. Les scientistes ne comprennent pas que la physique classique s'est édifiée sur des bases métaphysiques contestables ; pour eux ces bases (qui sont détaillées et analysées dans le texte de cet essai) sont des vérités incontestables et définitives. Le scientisme est historiquement lié au développement des sciences à partir du XVIIe siècle, mais il devient de plus en plus absurde, et donc nocif, à mesure que ses prétentions sont mieux démenties par le développement scientifique et par l'histoire générale. Il joue un rôle central dans les idéologies nazie et communiste (voir en particulier Hannah Arendt, *Le Système totalitaire*, ouvrage déjà cité). L'histoire du scientisme reste à écrire, ce qui est un indice parmi tant d'autres de sa puissance dans le monde actuel.

Sievert

C'est une unité qui sert à mesurer les effets physiologiques des rayonnements ionisants (qui peuvent être dus à la radioactivité, mais aussi aux radiographies médicales). Elle mesure plus précisément l'énergie déposée par les rayonnements ionisants dans un kilogramme de matière vivante. Elle correspond à 1 joule par kilogramme. En dessous de

200 mSv (millisieverts, millièmes de sievert), on n'observe aucun effet des rayonnements sur la santé. En moyenne, la population mondiale reçoit 2,4 mSv par an, du seul fait de la radioactivité naturelle. Si on tient compte des radiographies, on obtient pour la population française une moyenne de 3,4 mSv par an.

Technologie

On a souvent dit que ce mot, traduction littérale de l'anglais *technology*, serait mieux traduit par *technique*. L'argumentation de Jean-Jacques Salomon dans son livre *Le Destin technologique* (Paris, Balland, 1992) m'a convaincu du contraire : les techniques existent depuis les débuts de l'humanité, mais la technologie désigne une réalité récente, apparue avec la fusion progressive entre les sciences, les techniques et l'industrie.

NOTES

Épigraphes

1. Leo Strauss, *Nihilisme et Politique*, trad. Olivier Sedeyn, Paris, Payot & Rivages, 2001, p. 53.
2. Jacob Klein, *Phenomenology and the History of Science*, dans : Marvin Farber (éd.), *Philosophical Essays in Memory of Edmund Husserl*, Cambridge, Mass., Harvard University Press, 1940, p. 157.

Un fil conducteur : science et totalitarisme

1. *L'Autorité de la science*, Éd. du Cerf, 1995. Et *La Science suicidaire*, Paris, François Xavier de Guibert, 1999.
2. Leo Strauss, « À propos du Hiéron de Xénophon : mise au point ». Dans : Leo Strauss, *Qu'est-ce que la philosophie politique ?*, trad. Olivier Sedeyn, Paris, Presses Universitaires de France, 1992, p. 96. Une autre traduction de ce texte figure dans : Leo Strauss, *De la tyrannie*, trad. Hélène Kern, Gallimard, coll. « Tel », 1954, p. 284.
3. James D. Watson, *Biologie moléculaire du gène*, édition française dirigée par François Gros, Paris, Ediscience, 1968, p. 1.
4. Jared Diamond, *Le Troisième Chimpanzé. Essai sur l'évolution et l'avenir de l'animal humain*, trad. Marcel Blanc, Paris, Gallimard, 2000, p. 10.
5. Vassili Grossman, *Vie et Destin*, Paris, Julliard/L'Âge d'Homme, 1983. Voir les sections 43 à 48 de la deuxième partie (p. 505 à 523 de l'édition citée).

6. Interview de Stangl, dans : Gitta Sereny, *Au fond des ténèbres*, Denoël, 1975. Citée par Georges Bensoussan, *Auschwitz en héritage ? D'un bon usage de la mémoire*, Paris, Éditions Mille et Une Nuits, 1998, p. 95.
7. Hannah Arendt, lettre à Karl Jaspers (1946).
8. C'est une notion que l'on rencontre chez Levinas.

Introduction

1. Voir Pierre-André Taguieff, *Du progrès*, E.J.L., coll. « Librio », 2001.
2. Voir par exemple : Krzysztof Pomian (éd.), *La Querelle du déterminisme*, Paris, Gallimard, coll. « Le Débat », 1990.
3. C'est par exemple ce qu'écrit le physicien Roland Omnès : « Avec la relativité, la théorie de la connaissance a cessé, sans doute à jamais, de se couler dans la représentation intuitive, pour ne plus se fonder que sur des concepts dont la seule formulation digne de foi passe par un formalisme mathématique. » Philosophie de la science contemporaine, Paris, Gallimard, coll. « Folio essais », 1994, p. 209.
4. Macfarlane Burnet, *Le Programme et l'Erreur*, trad. M.-B. Latman, Paris, Albin Michel, 1982.
5. Benno Müller-Hill : « The Blood from Auschwitz and the Silence of the Scholars » (Le sang venu d'Auschwitz et le silence des savants), article paru dans la revue *History and Philosophy of the Life Sciences*, vol. 21, p. 331-365 (1999). L'article traite de l'activité de l'Institut Kaiser Wilhelm d'anthropologie, génétique humaine et eugénisme, qui sous le nazisme étudia les bases moléculaires des différences raciales, celles en particulier qui se manifestent par des vulnérabilités différentes à des maladies infectieuses comme la tuberculose. Les protagonistes de ces études ont tous fait carrière en République fédérale allemande après la guerre, à l'exception du docteur Mengele qui dut s'enfuir en Amérique latine.
L'auteur de l'article, Benno Müller-Hill, est un biologiste allemand qui se bat depuis des décennies – sans trop de succès jusqu'à présent, semble-t-il – pour que soit reconnue la responsabilité de l'institution scientifique dans les travaux de biologie humaine faits sur le matériel humain fourni par les camps de concentration et les

camps d'extermination. Voir son livre : B. Müller-Hill, *Science nazie, science de mort. La Ségrégation des Juifs, des Tziganes et des malades mentaux de 1933 à 1945*, traduit de l'allemand par Olivier Mannoni, Paris, Éditions Odile Jacob, 1989. (Original paru en 1984.)

6. Leo Strauss, *Nihilisme et Politique*, trad. et présentation Olivier Sedeyn, Paris, Payot et Rivages, coll. « Bibliothèque Rivages », 2001, p. 47 : « La situation de la civilisation moderne en général, et de sa colonne vertébrale qui est la science moderne, en particulier la science naturelle et la science politique [...] »

7. Données fournies par le bulletin intérieur de l'université de Paris XI : *Orsay infos*, n° 69, octobre 2002.

8. E. Husserl, *La Crise des sciences européennes et la Phénoménologie transcendantale*, § 5 ; trad. G. Granel, Paris, Gallimard, 1976, p. 17-18 (trad. légèrement modifiée).

9. Voir Aron Gurwitsch, *Phenomenology and the Theory of Science*, chapitre 2 : « Husserlian Perspectives on Galilean Physics », p. 35-39, Evanston, Northwestern University Press, 1974.

Chapitre premier. La physique des temps modernes et sa gangue métaphysique

1. Emmanuel Levinas, *Théorie de l'intuition dans la phénoménologie de Husserl* (1930), Paris, Vrin, 1984, p. 167. Les termes utilisés seront expliqués dans le cours du chapitre.

2. On trouve un résumé limpide de cette question et des débats auxquels elle a donné lieu dans : I. Bernard Cohen, *Les Origines de la physique moderne*, nouvelle édition, Paris, Le Seuil, collection « Points Sciences », 1993. Les conceptions de Galilée sur ce sujet sont analysées avec précision par Maurice Clavelin, *La Philosophie naturelle de Galilée*, Paris, A. Colin, 1968 ; éd. de poche : Albin Michel, 1996. Voir en particulier le chapitre VIII.

3. Descartes, *La Dioptrique*, discours premier. Dans : *Œuvres et Lettres*, Paris, Gallimard, Bibliothèque de la Pléiade, 1963, p. 180.

4. Texte extrait de *L'Essayeur* (1623), § 6. Christiane Chauviré, *L'Essayeur de Galilée*, Annales littéraires de l'université de Besançon, n° 234, Paris, Les Belles Lettres, 1980.

5. Voir Christiane Chauviré, *L'Essayeur de Galilée*, ouvrage cité. Les passages cités sont extraits du § 48 de l'ouvrage. Voir en parti-

culier les pages 239 et 241 du livre. Le texte suivant précise la pensée de Galilée : « Mais que, dans les corps extérieurs, il faille, pour susciter en nous les saveurs, les odeurs et les sons, autre chose que des grandeurs, des figures, des nombres et des mouvements lents ou rapides, je ne le crois pas ; et j'estime que si l'on supprime les oreilles, la langue et le nez, il reste bien les figures, les nombres et les mouvements, mais non plus les odeurs, ni les saveurs, ni les sons qui, en dehors de l'animal vivant, à ce que je crois, ne sont pas autre chose que des noms, tout comme le chatouillement et la titillation, une fois supprimées les aisselles et la peau qui entoure le nez. »

6. La question du rôle de l'expérience sensible dans la genèse des théories physiques est discutée en détail, textes à l'appui, par Philippe Hamou dans son ouvrage *La Mutation du visible. Essai sur la portée épistémologique des instruments d'optique au XVIIe siècle*, Villeneuve d'Ascq (Nord), Presses Universitaires du Septentrion, 1999. Voir en particulier le chapitre IV du volume 1.

7. Voir Isaac Newton, *Principes mathématiques de la philosophie naturelle*, trad. marquise du Châtelet, deux tomes, Paris, Librairie scientifique et technique Albert Blanchard, 1966.

8. Voir la traduction déjà citée des *Principes* de Newton, p. XXIX.

9. Voir I. B. Cohen (éd.), *Isaac Newton's Papers and Letters on Natural Philosophy*, Cambridge University Press, 1958, p. 302-303.

10. Voir dans Newton, *Traité d'optique*, Paris, Gauthier-Villars, 1955, les Questions, en particulier les Questions XVIII et XXI, p. 417-418 et 420-422.

11. *On Faraday's Lines of Force* (1855-1856), dans : W. D. Niven (éd.), *The Scientific Papers of James Clerk Maxwell*, New York, Dover Publications, 1965, deux volumes en un ; vol. 1, p. 155-229.

12. Voir par ex. *On Action at a Distance* (s. d.), dans le même ouvrage, vol. 2, p. 311-323.

13. *A Dynamical Theory of the Electromagnetic Field* (1864), même ouvrage, vol. 1, p. 526-597.

14. Cité par J. G. Crowther, *James Clerk Maxwell (1831-1879)*, trad. M.-A. Bera, Paris, Hermann, 1948, p. 65-66.

15. M. Faraday, *Experimental Researches in Electricity*, New York, Dover Publications, 1965, trois volumes en deux, vol. III, p. 331 et p. 447.

16. Voir J. Fauvel *et al.*, (éd.), *Let Newton be !*, Oxford University Press, 1988.
17. L'anagramme est citée par Florin Diacu et Philip Holmes dans leur livre *Celestial Encounters. The Origins of Chaos and Stability*, Princeton University Press, 1996.
18. Voir la contribution de Jacques Laskar au recueil *Chaos et Déterminisme*, publié sous la direction d'A. Dahan Dalmedico, J.-L. Chabert et K. Chemla, Paris, Le Seuil, coll. « Points Sciences », 1992, p. 175-180.
19. Voir la contribution d'Amy Dahan Dalmedico au recueil *Chaos et Déterminisme* déjà cité, p. 372.
20. Voir sa contribution au recueil *Chaos et Déterminisme* déjà cité, p. 261.
21. F. Diacu, P. Holmes, ouvrage cité, p. 50.
22. E. Husserl, *La Crise des sciences européennes et la Phénoménologie transcendantale*, ouvrage déjà cité, p. 429.

Chapitre II. La physique du XXe siècle brise la gangue

1. Emmanuel Levinas, *Théorie de l'intuition dans la phénoménologie de Husserl*, ouvrage déjà cité, p. 50.
2. Maxwell, dans l'article « Ether » de l'*Encyclopaedia Britannica*, entre 1877 et 1879. *The Scientific Papers* (déjà cités), vol. 2, p. 764-765.
3. Voir le petit livre de Jean Perrin *Les Atomes* (1913), chef-d'œuvre de clarté déjà ancien, mais toujours utile ; nouvelle édition, Paris, PUF, 1970.
4. Les mesures d'Otto Lummer et Ernst Pringsheim, publiées au début de 1900, trouvaient déjà un écart significatif par rapport à la théorie classique. Elles furent confirmées et précisées par les mesures de Heinrich Rubens et Ferdinand Kurlbaum, publiées en octobre de la même année. Voir J. Mehra, H. Rechenberg, *The Historical Development of Quantum Theory*, vol. 1, p. 42-43, New York, Springer-Verlag, 1982 ; éd. brochée, 2001.
5. A. F. Joffé a rapporté ces propos dans son livre de souvenirs *Vstretchi s fizikami* (Rencontres avec des physiciens), Moscou, Gos. Izd. Fiz.-Mat. Lit., 1960.
6. Voir Max Jammer, *The Conceptual Development of Quantum Mechanics*, New York, Mc Graw-Hill, 1966, p. 197-198.

7. *Premiers Principes métaphysiques de la science de la nature*, dans : Emmanuel Kant, *Œuvres philosophiques*, tome II, Paris, Gallimard, « Bibliothèque de la Pléiade », 1985.

8. « Le postulat quantique et le dernier développement de la théorie atomique », dans : N. Bohr, *La Théorie atomique et la description des phénomènes*, Paris, Gauthier-Villars, 1932. Trad. Andrée Legros et Léon Rosenfeld (légèrement modifiée). Réimpression : Éditions Jacques Gabay, 92330 Sceaux, 1993. Diffusion-distribution : Jacques Gabay, 151bis rue Saint-Jacques, 75005 Paris. Les passages cités sont dans le § 1, p. 50.

9. N. Bohr, « Discussion avec Einstein sur des problèmes épistémologiques de la physique atomique », dans : N. Bohr, *Physique atomique et Connaissance humaine*, trad. Edmond Bauer et Roland Omnès revue par Catherine Chevalley, Paris, Gallimard, coll. « Folio Essais », 1991, p. 207.

10. Jamais citée, sauf dans mes propres textes. Mon livre *Niels Bohr et la Physique quantique*, Paris, Le Seuil, coll. « Points Sciences », 2001, commente en détail toute l'analyse dont cette phrase constitue le point central.

11. Bohr, compte rendu déjà cité des discussions avec Einstein, *Physique atomique et Connaissance humaine*, p. 207.

12. La question de l'idéal d'exactitude absolue sera évoquée au chapitre V.

13. Niels Bohr, *Collected Works*, vol. 7, Amsterdam, Elsevier, 1996, p. 263.

14. Les inégalités de Bell sont exposées aux non-spécialistes dans mon livre *Niels Bohr et la Physique quantique*, déjà cité.

15. F. Laloë, « Do We Really Understand Quantum Mechanics ? Strange Correlations, Paradoxes, and Theorems », *American Journal of Physics*, vol. 69, n° 6 (juin 2001), p. 655-701. Le passage cité se trouve p. 663. Page 664, l'auteur revient sur l'idée que l'essence du raisonnement d'EPR est la méthode scientifique : aucun tribunal, affirme-t-il, n'accepterait une explication dont le principe contredirait celui de ce raisonnement. Sans doute, mais on ne cite pas les atomes en justice ! Les êtres humains et les objets atomiques appartiennent à des régions ontologiques différentes, mais cette évidence est rarement reconnue par les physiciens.

16. Voir Alfred Landé, « Albert Einstein and the Quantum Riddle », *American Journal of Physics*, vol. 42, p. 459-464 (1974).

La note ajoutée sur épreuves (p. 464) cite l'article de Dyson, paru dans le mensuel *Scientific American* en septembre 1958 (vol. 199, p. 78).

17. F. Alquié, *Encyclopaedia Universalis*, édition de 1968, vol. 5, p. 466c.

18. Cité par R. Blanché, article « Einstein » de l'*Encyclopaedia Universalis*, édition de 1968, vol. 5, p. 1088a.

19. Le livre de G. Holton *Thematic Origins of Scientific Thought*, Cambridge, Massachusetts, Harvard University Press, 1973, est un recueil d'articles ; les traductions de ces articles ont été réparties entre deux recueils : *L'Imagination scientifique*, Paris, Gallimard, 1981, et *L'Invention scientifique*, Paris, PUF, 1982.

20. A. Boutot, « La logique et l'ontologie à l'épreuve de l'expérience. La mécanique quantique et les inégalités de Bell ». *Revue philosophique*, tome 188, n° 4 (octobre-décembre 1998), p. 441-461.

21. Le physicien D. ter Haar, parlant de Planck, Einstein, Rutherford et Bohr, écrivait en 1959 : « Bohr est le plus profond des quatre, et probablement celui dont l'influence dans le monde a été la plus grande. Il pose toujours des questions et n'est jamais sûr de ses réponses. [...] Il dit lui-même : "Ma méthode consiste à essayer de dire ce que je ne peux pas dire, car je ne le comprends pas". » (D. ter Haar, *The Quantum Nature of Matter and Radiation*, dans : R.J. Blin-Stoyle et al., *Turning Points in Physics*, Amsterdam, North-Holland, 1959).

22. E. Levinas, *Théorie de l'intuition dans la phénoménologie de Husserl*, ouvrage déjà cité.

23. Voir le même livre de Levinas, en particulier p. 21-22.

24. Niels Bohr, *Collected Works*, vol. 6, Amsterdam, North-Holland, 1985, p. 21. (Lettre à Einstein, 13 avril 1927.)

25. J'ai tenté d'évaluer cette portée dans mon petit livre *Le Chaos*, Paris, PUF, coll. « Que sais-je ? », 1999, nouvelle éd. en 2002. Il y a aussi des indications et des informations utiles dans l'ouvrage de vulgarisation de J. Gleick, *La Théorie du chaos*, Paris, Albin Michel, 1989.

26. J. Lighthill, « L'échec récemment reconnu de la prévisibilité en dynamique newtonienne », *Proceedings of the Royal Society*, vol. 407 A, p. 35 (1986).

27. Elaine Pagels, *Adam, Eve, and the Serpent*, New York, Random House, 1988.

28. *Le Mythe et le midrach. Mayanot*, cours transcrits du rav Léon Askénazi, première série, n° 8, Jérusalem, 2000.
29. A. N. Whitehead, *La Science et le Monde moderne*, Paris, Éditions du Rocher, 1994. Jacques Barzun a souligné l'importance de cette idée de Whitehead dans une étude qui garde aujourd'hui tout son intérêt : *Science : the Glorious Entertainment*, Londres, Secker & Warburg, 1964.
30. C'est le physicien russe Jacob Ilitch Frenkel (1894-1952) qui a formulé le plus explicitement l'idée du mouvement d'un électron comme une suite d'annihilations et de créations, dans une note aux comptes rendus de l'Académie des sciences de l'URSS (« La notion de mouvement dans la théorie quantique relativiste », *Doklady Akademii Naouk SSSR*, tome 64, 1949, p. 507). Cette idée est développée dans deux articles : J.-Y. Grandpeix et F. Lurçat, « Particle Description of Zero-Energy Vacuum », I : « Virtual Particles » et II : « Basic Vacuum Systems », *Foundations of Physics*, vol. 32, p. 109-131 et 132-158 (2002).
31. G. C. Wick, *Physical Review*, vol. 80, p. 268 (1950).
32. L'expression est de Léon Poliakov, *Histoire de l'antisémitisme*, tome IV : *L'Europe suicidaire, 1870-1933*, Paris, Calmann-Lévy, 1977, p. 359.
33. F. Lurçat, *L'Autorité de la science*, Paris, Éd. du Cerf, 1995. Voir en particulier le chapitre XII : « L'ancrage des théories physiques dans la réalité ».
34. G. N. Amzallag, *La Raison malmenée, De l'origine des idées reçues en biologie moderne,* Paris, CNRS Éditions, 2002.

Chapitre III. Détruire le savoir : le scientisme de l'éducation

1. Alexandre Vialatte, « Chronique découragée de l'orthographe et de l'hiver », 3 janvier 1971, et : « Chronique hâtive de la ponctuation et de plusieurs phénomènes surprenants », 17 janvier 1971. Dans : *Chroniques de* La Montagne, vol. 2, Paris, Robert Laffont, 2000, coll. « Bouquins », p. 949 et p. 953.
2. Point éclairé par Liliane Lurçat, *La Destruction de l'enseignement élémentaire et ses penseurs*. Paris, François Xavier de Guibert, 1998.

3. Voir Liliane Lurçat, *L'Écriture et le Langage écrit de l'enfant en écoles maternelle et élémentaire*, Paris, Éditions ESF, 1985, p. 48 et 59-60.
4. J. Barzun, *From Dawn to Decadence, 500 Years of Western Cultural Life*, New York, Harper Collins, 2000.
5. J. Barzun, *Begin Here. The Forgotten Conditions of Teaching and Learning*. The University of Chicago Press, 1991. Les passages que je résume sont dans la première partie du livre, en particulier dans les chapitres 2, 4 et 5.
6. Richard Feynman, *Vous voulez rire, Monsieur Feynman !* Entretiens avec Ralph Leighton. Traduction de Françoise Balibar et Claude Guthmann. Paris, InterÉditions, 1985. (Original paru en 1985.) Passages cités : p. 382-384.
7. *La Destruction de l'enseignement élémentaire et ses penseurs,* ouvrage cité plus haut.
8. Voir en particulier Silvan S. Schweber, *QED and the Men who Made it : Dyson, Feynman, Schwinger, and Tomonaga*, Princeton University Press, 1994.
9. *Valeurs actuelles*, 28 septembre 2001.
10. *La Réussite à l'école*. Rapport du recteur Michel Migeon à Lionel Jospin, ministre d'État, ministre de l'Éducation nationale, de la Jeunesse et des Sports, Paris, CNDP, 1989.
11. Liliane Lurçat, *La Destruction...*, ouvrage cité, p. 26.
12. Voir Liliane Lurçat, *La Destruction...*, p. 27.
13. Même ouvrage, p. 29.
14. Murray Gell-Mann, *Le Quark et le Jaguar*, Paris, Albin Michel, 1995, p. 180.
15. Talmud de Jérusalem, traité Khagiga, 76c. Cité par A. Cohen, *Le Talmud*, Paris, Payot, 1982, p. 229. Bien entendu, la cité a aussi besoin de la protection des militaires.

Chapitre IV. Accoucher la nature, ou la dévorer vivante ?

1. Erri De Luca, *Tu, mio*, trad. Danièle Valin, Paris, Rivages, 2000, p. 15-16.
2. Walter Benjamin, *Sur le concept d'histoire* (1940), trad. Maurice de Gandillac revue par Pierre Rusch, dans : Walter Benjamin, *Œuvres*, tome III, Paris, Gallimard, coll. « Folio Essais », 2000, p. 436-437.

3. Rachel Carson, *Silent Spring*, New York, Fawcett, 1962. Traduction : *Printemps silencieux*, Paris, Le Livre de Poche, 1968. Préface du Professeur Roger Heim, qui était à l'époque président de l'Académie des sciences et directeur du Muséum national d'histoire naturelle.

4. *Encyclopaedia Universalis*, édition de 1968, article « Pollution », tome 13, p. 256.

5. Muriel Frat, « Encore vingt-huit incinérateurs pollueurs en France », *Le Figaro*, 15-16 juin 2002.

6. Muriel Frat, « Déchets : la France à la traîne de l'Europe », *Le Figaro*, 20 février 2002.

7. Céline Edwards-Vuillet, « Pas de solution à Arcachon », *Le Figaro économie*, 7 mars 2002.

8. D. Lapierre, J. Moro, *Il était minuit cinq à Bhopal*, Paris, Robert Laffont, 2001. Les données statistiques citées se trouvent p. 406 et 408. La réception du livre en Europe est décrite dans l'article de Jacques Pessis, *Le Figaro*, 14 mai 2002. Lire aussi l'article de Dominique Lapierre « Pitié pour les martyrs de Bhopal ! », *Le Figaro*, 13-14 juillet 2002.

9. Voir l'enquête de l'hebdomadaire *Valeurs actuelles*, n° 3408, 22 mars 2002, et n° 3423, 5 juillet 2002.

10. Sur les accidents nucléaires, voir le livre de G. Charpak et R. Garwin *Feux follets et Champignons nucléaires*, Paris, Odile Jacob, 1997 (édition de poche chez le même éditeur, 2000).

11. Voir *Picked Up for You this Week*, bulletin d'informations scientifiques du CERN (Centre d'études et de recherches nucléaires) de Genève, n° 5 de 1990.

12. Voir l'article de Pierre Laurent, *Le Monde*, 4 novembre 1987.

13. John Jagger, *The Nuclear Lion*, New York et Londres, Plenum Press, 1991, p. 186.

14. Données fournies par Charpak et Garwin, *Feux follets...*, ouvrage cité, p. 216.

15. Les recherches avancent dans ce domaine. Dans la *Lettre de l'IPN* (bulletin de l'Institut de physique nucléaire d'Orsay), n° 134 d'avril 2002, j'apprends qu'on vient de mettre au point des céramiques au thorium qui sont cent mille à un million de fois plus performantes que les verres borosilicatés actuellement utilisés (en termes de lenteur de la dissolution au contact de l'eau).

16. John R. Barker et Marc H. Ross *An Introduction to Global Warming*, article paru dans la revue des professeurs de physique américains : *American Journal of Physics*, vol. 67, n° 12 (décembre 1999), p. 1216-1226.

17. Alain Rérat, « Les OGM entre ombre et lumière », *Le Figaro*, 4 avril 2002.

18. Lynn White, Jr. *The Historical Roots of Our Ecologic Crisis*, dans la revue américaine *Science*, volume 155, n° 3767 (10 mars 1967), p. 1203-1207.

19. Genèse 1:27-28. J'utilise la traduction de Samuel Cahen : *La Bible*, Paris, Les Belles Lettres, 1994.

20. Jean Dorst, *La Force du vivant*, Paris, Flammarion, 1979, p. 100.

21. Genèse 2:15.

22. Genèse 9:12-13.

23. Francis Ponge, *Le monde muet est notre seule patrie* (1952), dans *Méthodes*, Paris, Gallimard, coll. « Folio Essais », 1988, p. 164.

24. L'Ecclésiaste, 3:19-20 et 12:13.

25. Catherine Chalier. *L'Alliance avec la nature*, Paris, Éditions du Cerf, coll. « La Nuit surveillée », 1989.

26. Zvi Kolitz, *Yossel Rakover s'adresse à Dieu*, traduit de l'allemand par Léa Marcou. Maren Sell et Calmann-Lévy, 1998.

27. Interview de Pascal Picq, *Jonas*, mensuel, n° 2, sans date (paru en 2001).

28. Michelle Dobre, *Qui a peur pour la planète Terre ?*, dans : Nayla Farouki (sous la direction de), *Les Progrès de la peur*, Paris, Le Pommier, 2001. La source est l'article de Riley E. Dunlap et William R. Catton, « Toward an Ecological Sociology : The Development, Current State and Probable Future of Environmental Sociology », dans Les Annales de l'Institut international de sociologie, vol. 3, 1992/1993, p. 263-284.

29. Hannah Arendt, *Le Système totalitaire*, trad. Jean-Loup Bourget, Robert Davreu et Patrick Lévy (légèrement modifiée), Paris, Le Seuil, coll. « Politique », 1972, p. 70. Ce livre est une partie des *Origines du totalitarisme*, republiées dans la collection « Quarto », Gallimard, 2002.

30. Eugen Kogon, Hermann Langbein, Adalbert Ruckerl, *Les Chambres à gaz, secret d'État*, trad. Henry Rollet, Paris, Éditions de Minuit, 1984, p. 262.

31. D'après la sociologue Dominique Schnapper, interviewée dans *Le Figaro*, 23-24 mars 2002.
32. « Ce qu'il y a de fâcheux dans les théories modernes du comportement, disait Hannah Arendt, ce n'est pas qu'elles sont fausses, c'est qu'elles peuvent devenir vraies, c'est qu'elles sont, en fait, la meilleure mise en concepts possible de certaines tendances évidentes de la société moderne. » (*Condition de l'homme moderne* [1958], trad. Georges Fradier, Calmann-Lévy, 1983, p. 363).
33. Rois I, 2:2. (Traduction déjà citée).
34. Saul Bellow, *Un homme en suspens*, trad. Michel Déon, Paris, Plon, 1954 ; éd. de poche, coll. « 10-18 », p. 88.
35. Les écrits sur le thème « l'homme et l'animal » ne nient pas tous radicalement, comme Pascal Picq, toute différence essentielle entre l'un et l'autre. Mais ils partagent, à ma connaissance, le point de vue suivant : ce qui est constaté par des méthodes physico-chimiques (par exemple la structure de l'ADN) existe vraiment ; ce qui relève du sens commun, ou de formes de pensée non réductionnistes, ou encore non scientifiques, ne mérite pas qu'on y prête attention, sauf éventuellement pour le réfuter. Par exemple les articles, scientifiques ou de vulgarisation, consacrés au séquençage du génome humain, répètent à satiété : il n'y a qu'une différence minuscule entre l'homme et le chimpanzé, puisque 98 % de leurs gènes sont identiques, etc. (Ces derniers temps, cependant, d'autres biologistes rappellent qu'un être vivant ne se réduit pas à ses gènes : voir par exemple l'interview d'Andràs Paldi, « Les gènes n'expliquent pas tout le vivant », *Le Figaro*, 16 juillet 2002).
36. Antoine de Saint-Exupéry, *Terre des hommes*, Paris, Gallimard, p. 53-55.
37. Leo Strauss a montré en détail qu'on ne peut pas étudier les phénomènes sociaux sans porter de jugements de valeur. Voir en particulier Leo Strauss, *Qu'est-ce que la philosophie politique ?*, trad. Oliver Sedeyn, Paris, PUF, 1992, p. 26-32.

Chapitre V. Conclusion : la science dans l'histoire de l'Occident

1. Extrait de l'intervention de Klein dans : « Jacob Klein – Leo Strauss, une double autobiographie » (30 janvier 1970), dans : Leo Strauss, *Pourquoi nous restons juifs*, trad. Olivier Sedeyn, Paris, La Table Ronde, Paris, 2001.

2. Je pense au mot d'ordre de Soljenitsyne : « *Ne pas vivre dans le mensonge* », voir le recueil *Des voix sous les décombres*, Paris, Le Seuil, 1975. Les éléments de démocratie qui subsistent dans les sociétés occidentales sont précieux, et n'autorisent pas à assimiler la France ou les États-Unis, par exemple, à la défunte Union soviétique. Il y a pourtant beaucoup de leçons à tirer du combat héroïque que menèrent en URSS les dissidents et les refuzniks, et l'oubli dans lequel il est tombé de nos jours est un signe inquiétant.

3. Voir Y. Bonnefoy, *Entretiens sur la poésie*, Paris, Mercure de France, 1990, en particulier p. 317-320.

4. Voir Paul Churchland, « Eliminative Materialism and the Propositional Attitudes », *Journal of Philosophy*, vol. 78, p. 67-90 (1981) ; cet article est reproduit dans le recueil *The Philosophy of Science*, publié sous la direction de R. Boyd, Ph. Gasper et J. D. Trout, Cambridge, Mass., MIT Press, 1991.

5. J.H. Randall, *The Making of the Modern Mind, A Survey of the Intellectual Background of the Present Age,* Boston, Houghton Mifflin, 1940.

6. Roland Omnès, article « Espace (conquête de l') », *Encyclopaedia Universalis*, édition de 1968, volume 6, p. 466.

7. *Phédon*, 100d. Platon, *Œuvres complètes*, trad. Léon Robin, Paris, Gallimard, Bibliothèque de la Pléiade, tome I, 1950, p. 829-830.

8. Voir par exemple *Sur un ton supérieur nouvellement pris en philosophie*. Trad. Alain Renaut, Kant, *Œuvres philosophiques*, Paris, Gallimard, Bibliothèque de la Pléiade, tome III, 1986, p. 413-414.

9. J'emprunte la question à un dialogue de Fernand Raynaud. Toto pose cette difficile question à son père, et celui-ci ne trouve rien d'autre à répondre que le fameux : « C'est étudié pour ! »

10. Leo Strauss, *La Crise de la philosophie politique*, dans : *Nihilisme et Politique*, trad. Olivier Sedeyn, Paris, Bibliothèque Rivages, 2001, p. 117.

11. Même ouvrage, p. 117-118.

12. *Critique de la raison pure*, 1re édition, A 100-101, trad. J.-L. Delamarre et François Marty d'après la traduction de Jules Barni. *Œuvres philosophiques*, édition citée plus haut, tome I, p. 1407.

13. Pierre Boutin, *Jean-Théophile Desaguliers. Un huguenot, philosophe et juriste, en politique. Traduction et commentaires de*

The Newtonian System of the World. The Best Model of Government. Paris, Honoré Champion, 1999.

14. *Pensées*, fragment 752 (Lafuma), 866 (Brunschvicg). Pascal, *Œuvres complètes*, Paris, Gallimard, Bibliothèque de la Pléiade, 1954, p. 1091.

15. *Pensées*, fragment 308 (Lafuma), 793 (Brunschvicg). Pléiade citée, p. 1341.

16. *Pensées*, fragment 512 (Lafuma), 1 (Brunschvicg). Pléiade citée, p. 1091-1092.

17. Je cite le titre du *Discours de la méthode pour bien conduire sa raison,* etc.

18. Tous ces éloges concernent Pascal en tant que savant et qu'auteur des fragments cités, et non la totalité de son œuvre philosophique et religieuse.

19. La Bruyère, *Les Caractères*, XII, 94. Dans : Jean Lafond (dir.), *Moralistes du XVIIe siècle*, Paris, Robert Laffont, coll. « Bouquins », 1992, p. 892.

20. *Principes de la philosophie*, Seconde partie, § 3. Descartes, *Œuvres et Lettres*, Paris, Gallimard, Bibliothèque de la Pléiade, 1963, p. 612.

21. Jonathan Swift, *Les Voyages de Gulliver*, trad. Guillaume Villeneuve, Paris, GF Flammarion, 1997, troisième partie, chapitre II.

22. *From Dawn to Decadence*, ouvrage déjà cité, p. 324.

23. *De l'esprit des lois*, livre premier, chapitre premier. Paris, GF Flammarion, 1979, tome I, p. 123-124.

24. Voltaire, cité par Lucian Boia, *La Mythologie scientifique du communisme*, Paris, Les Belles Lettres, 2000, p. 16.

25. D'Holbach, cité par Boia, même ouvrage, même page.

26. Voir Werner Heisenberg, *La Partie et le Tout*, trad. Paul Kessler (légèrement modifiée), Paris, Albin Michel, 1972, p. 62-63. Bohr reprend quelques idées de cette conversation, mais pas toutes, dans une conférence au Congrès des mathématiciens scandinaves (Copenhague, août 1925) : « [...] on aperçoit immédiatement une différence essentielle entre un atome et un système planétaire. Un atome doit en effet présenter une stabilité particulière, absolument étrangère à la mécanique. C'est ainsi que les lois de la mécanique permettent une variation continue des mouvements possibles des particules atomiques ; or, une telle variation serait en contradiction absolue avec le caractère bien

défini des propriétés des éléments. » (Niels Bohr, *La Théorie atomique et la Description des phénomènes*, ouvrage déjà cité, p. 28-29).

27. Je passe sous silence l'existence d'isotopes pour les atomes constitutifs de cette molécule. Ce correctif à l'identité ne met nullement en cause le fond de la thèse et l'usage qui en est fait ici.

28. Voir mon livre *La Science suicidaire* déjà cité, p. 77-80.

29. Il ne faut pas confondre Erwin Straus (1891-1975) avec Leo Strauss (1899-1973), souvent cité dans cet essai. L'œuvre d'Erwin Straus, selon un bref article de l'*Encyclopaedia Universalis*, éd. de 1968 (vol. 20, 1975), constitue « une contribution capitale à la psychopathologie et à la psychiatrie clinique, et elle a exercé une influence profonde sur la conception du pathologique comme phénomène vécu ». Dans son ouvrage capital, poursuit l'auteur anonyme, Straus « retrace les développements de la pensée objectiviste et met en évidence la distorsion du subjectif et la dépersonnalisation de l'expérience consécutives au mécanisme cartésien ». Il a aussi précisé qu'« il ne s'agit jamais, chez Straus, de disputes purement théoriques » et que « lorsqu'il émet un verdict négatif, c'est que l'expérience l'y contraint ». Il est triste de devoir ajouter que la seule traduction française de l'ouvrage *(Du sens des sens, contribution à l'étude des fondements de la psychologie,* Grenoble, Jérôme Millon, 1989) est pleine de fautes qui vont jusqu'au contresens. Il vaut mieux se reporter à l'original : *Vom Sinn der Sinne, ein Beitrag zur Grundlegung der Psychologie,* 2e éd. augmentée, Berlin, Springer-Verlag, 1956.

30. Murray Gell-Mann, *Le Quark et le Jaguar*, trad. Gilles Minot, Paris, Albin Michel, 1995, p. 159-160.

31. Dans un ouvrage trop négligé ces temps-ci, le philosophe Edwin Arthur Burtt écrivait que « la science physique elle-même a été obligée de rompre ses amarres newtoniennes et de reconsidérer ses fondements » : *The Metaphysical Foundations of Modern Physical Science* (1924 ; éd. révisée, 1932), Doubleday Anchor Books, Garden City, N.Y., 1954, p. 304.

32. Hannah Arendt, *Le Système totalitaire*, ouvrage cité. Voir en particulier la section 1 (La propagande totalitaire) du chapitre I.

33. Emmanuel Levinas, « Liberté de parole », article paru dans *Les Lettres nouvelles*, n° 51, 1957. Recueilli dans : Emmanuel Levinas, *Difficile Liberté*, 3e édition, Paris, Albin Michel, 1976, p. 265-268.

34. Voir mon livre *La Science suicidaire* déjà cité, p. 85 et 98-99.

35. René Riesel, *Aveux complets des véritables mobiles du crime commis au CIRAD le 5 juin 1999*, Paris, Éd. de l'Encyclopédie des nuisances, 2001. L'auteur veut contribuer à la « difficile construction d'une véritable opposition anti-industrielle » (p. 9). Le physicien Roger Belbéoch, dans une contribution à cet ouvrage, affirme : « Ce qui est inacceptable dans les biotechnologies (et dans la science), c'est qu'elles représentent un énorme danger » (p. 88).
36. José Ortega y Gasset, *La Révolte des masses*, trad. Louis Parrot, Paris, Gallimard, coll. « Idées », 1967, p. 122.
37. Descartes, lettre-préface des *Principes de la philosophie*, édition déjà citée, p. 566.
38. L'expression est de Husserl, *La Crise des sciences européennes...*, ouvrage cité, § 9h ; trad. citée, p. 60.
39. Emmanuel Levinas, *Noms propres*, Paris, Fata Morgana, 1976, p. 11.

Dictionnaire

1. Jacques Barzun, *From Dawn to Decadence*, ouvrage cité, p. 544.

INDEX

TABLE DES MATIÈRES

CET OUVRAGE
A ÉTÉ ACHEVÉ D'IMPRIMER SUR ROTO-PAGE
PAR L'IMPRIMERIE FLOCH À MAYENNE
EN MAI 2003

Éditions du Rocher
28, rue Comte-Félix-Gastaldi
Monaco

Dépôt légal : mai 2003.
N° d'édition : CNE section commerce et industrie
Monaco : 19023.
N° d'impression : 57226.

Imprimé en France